冷暖室別集

嶺南師友

黄天骥 著

南方日報出版社
NANFANG DAILY PRESS
中国·广州

图书在版编目（CIP）数据

岭南师友 / 黄天骥著．– 广州：南方日报出版社，2021.7
ISBN 978-7-5491-2234-9

Ⅰ．①岭… Ⅱ．①黄… Ⅲ．①散文集 – 中国 – 当代 Ⅳ．①I267

中国版本图书馆 CIP 数据核字 (2020) 第 194576 号

LINGNAN SHIYOU
岭南师友

著　　者：黄天骥
出版发行：南方日报出版社
地　　址：广州市广州大道中 289 号
出 版 人：周山丹
出版统筹：谭庭浩
责任编辑：陈 焱
责任技编：王 兰
责任校对：裴晓倩
封面设计：邓晓童
经　　销：全国新华书店
印　　刷：雅昌文化（集团）有限公司
开　　本：787mm × 1092mm　1/16
印　　张：22.25
字　　数：275 千字
版　　次：2021 年 7 月第 1 版
印　　次：2021 年 7 月第 1 次印刷
定　　价：58.00 元

投稿热线：（020）87360640　读者热线：（020）87363865
发现印装质量问题，影响阅读，请与承印厂联系调换。

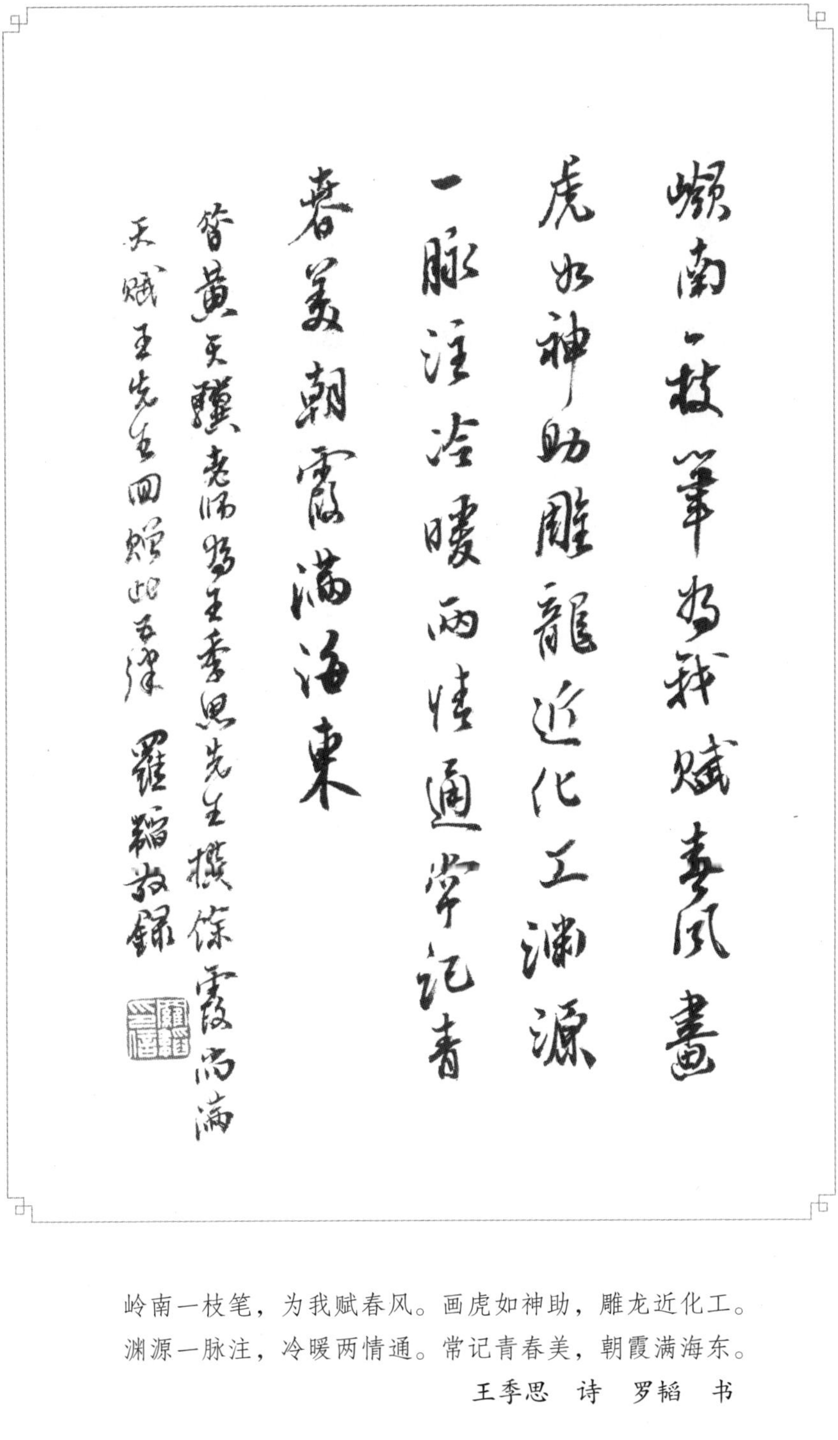

岭南一枝笔，为我赋春风。画虎如神助，雕龙近化工。
渊源一脉注，冷暖两情通。常记青春美，朝霞满海东。

王季思　诗　罗韬　书

序

张诗洋

本书出版在即，黄老师嘱我写序，我心里诚惶诚恐。见我迟迟未动，有师兄建议，不妨写写学生们眼中的黄老师。转念一想，自二〇〇九年跟随黄老师求学，至今已有十一个年头。借文章梳理一番恩师教义，自是理所应当的。再者，黄老师找学生写序素有传统。《黄天骥文集》所收皇皇十五卷大著，除了黄修己、金钦俊等先生赠序，其余多是学生辈撰写序言，是老师绛帐传薪、提携后辈的写照。老师既有此美意，我这初生牛犊，但写无妨！

黄天骥老师一九五二年进入中山大学中文系学习，随后留校任教，在中大度过了将近七十年的时光。老师对曾经教过他的师长念念不忘，他说："好的老师，对于一个人的影响，是一辈子的。……他们未必耳提面命，但老师们的道德文章，治学方法，会给人许多启发。"黄老师一遍遍体味着夫子们的春风化雨，体悟耳濡目染中得到的智慧与情怀。老师年幼痛失双亲，把师长当作父亲一样去爱护。回忆起王季思、董每戡等先生的往事，他常常眼眶发红，无语凝噎。他不仅料理了诸位先生的生前身后事，还守先待后、赓续薪火，培养了一支戏曲研究队伍。

黄老师治曲，深受董每戡、王季思二位先生的影响。王先生注重戏曲文本考证与校勘，董先生关注戏曲舞台和演出形态，两位学者双峰并峙，各领风骚（见本书《杏花零落香——记董每戡老师》《余霞尚满天——记王季思老师》两文）。这“一文一武”的研究范式和治学主张，奠定了黄老师和整个中山大学戏曲研究团队的学术根基。同时，他又得詹安泰、黄海章先生亲传旧体诗词创作技法（见本书《岭南词宗　树蕙滋兰——记詹安泰老师》《人淡如菊——记黄海章老师》两文），在诗词、碑文和散文创作方面亦颇有成就。黄老师将师长所教的“戏曲”与“诗文”两种研究路径融会贯通——用诗文创作的思维研究戏曲，又用戏曲的眼光解读诗词。守成之外，敢于创新，成就了黄老师“自是曲子中缚不住者”的治学面貌。

黄老师对文学的感悟力和审美力，还源自他深厚的艺术修养。老师年轻时原本可以报考音乐学院，因为他不仅会演奏曼陀林，而且在合唱指挥上也颇有造诣。后来他走上学术研究的道路，还经常在重大节庆晚会上指挥合唱。最具传奇色彩的是，二十世纪八十年代他在中大指挥合唱队演出，曾得到卡拉扬大师的首肯！余生也晚，未能见到卡拉扬赞誉黄老师的场面，但从师长们的转述中，从近些年亲眼见到老师指挥合唱的盛况中，仍能感受到他气势恢宏的指挥风采。在指导学生时，“黄指挥”的妙法也能派上用场：学生茫然不前时，老师的指挥棒轻轻荡开，嘱其舒缓顺其自然；学生狂飙突进时，老师又大手一挥，引导他们紧跟拍点靠谱演唱。

黄老师一向主张文艺不是中文系师生的课余活动，而是必修课。因着共同的音乐爱好，老师在专业课和文艺爱好方面，都对我鼓励颇多。记得我写博士论文时，有一次文思涩滞于某章，干脆跑去中文堂楼下多功能厅练琴。当时弹的是肖邦的《夜曲》，心情郁闷，琴声也跟着气若游丝。黄老师恰好经过，听了一会儿推门而入，告诉我，“不是那么回事儿”。《夜曲》的静谧并非单纯用弱音表现，尤其是肖邦这样情思较多者。诗中常讲“月出惊山鸟”“鸟鸣山更幽”，有对比才更具表现力。老师还特别关注音乐与文学的关系，他对《送别》《梁祝》《杜鹃花》等曲目的解读，可谓独具只眼。对音乐的精通，对韵律的敏感，为老师的诗词和戏曲研究增加了另一个触角。

寿过耄耋，黄老师有了更多自由的时间，质优量丰地产出一系列成果。最近这两年，他保持着每个月两篇文章的写作节奏，一篇是唐诗鉴析，一篇是散文创作。散文创作是老师的写作调剂，正题还在于挑战自己，向文学史上“不是那么回事儿”的定论发难。他告诉我，从“人”出发，抓住“人性”这个主题，破除成见，文学史是要改写的。这其中的分量和气魄不言自明。遗憾的是，诗歌的确非我所长。许多文字，我虽幸运地成为第一读者，却没有能力生发开来，与老师展开更有见地的讨论。不过，如何找到小作家的大问题、大作家的新问题，如何处理文献取精用弘，给了我诸多启示。

黄老师一辈子对学术一往情深。《黄天骥文集》十五卷出版之后，《〈长生殿〉创作论》已列入下一步写作计划中。源源不断的大著，是黄老师毕生的心血，也是学界之大幸。他的学术成就早有公论，为人师表有口皆碑，但老师对名利得失看得很淡。他一生经历过大小劫难，归来仍是一介书生。对别人敬称“大师”等美誉，他一概否定，讪笑只有和尚或风水先生，才被称为“大师”。老师说自己受时代和水平的局限，“顶多只能作为过渡性的桥梁”，学术成就“就那么回事儿”，还总用广式“煲冬瓜”（粤语，谐音“普通话”）刻意拖长结尾的儿化音，以示自我调侃。

其实不仅是身外物“就那么回事儿”，老师甚至对生命本身，都抱持一种顺其自然的畅达思想。一方面，他懂得王季思先生教诲的“学术不靠拼命，靠命长”，因此在研究上很少突击作战，大都从长计议，规律写作。在《全明戏曲》大项目忙得不可开交时，老师上午全心处理明传奇剧本校对稿，中午稍作休息，下午撰写《〈牡丹亭〉创作论》专著，晚饭后总找学生一起，散步聊天，作为放松。早上还要游泳八百到一千米，这比年轻人还要自觉、高效。另一方面，他看淡生死，面对疾病衰老，都秉持一种近乎道家的思想，无为无畏，丰赡舒展。更难得的是，他保留着“老顽童”心态，看电影喜欢武打场面，看球赛只看女排，不看男足。遇到台阶，他一个箭步跨上，走起路来步履飞扬。前几年，有次自行车被盗后，老师竟想换成无扶手的双轮电动平衡车，还说看到别人像踩风火轮一样穿梭，很是帅气。后来他果真去买，不过商家一问他的年纪，不敢卖给他……

黄老师率真，讨厌矫揉造作与刻意修饰。文章如此，做人亦然，结交了不少好友。“人之相知，贵相知心”，正是因为与真朋友同声相应、同气相求，老师总能从与他们相处的小事中，随手拈出几笔便颇见精神，刻画出诸先生不为人知的一面。一些感怀友人的文章背后，实在是有所寄托的。如其所写的《一日心期千劫在——记罗宗强教授》一文，还有个小插曲：老师完稿后交与编辑，嘱咐其他文字都可以删改，唯有文中“两件事”不可改动。这篇文章，除了追忆挚友罗教授，分别提到了当下学界在意的“博导”身份、刊物定级等问题。黄老师借回忆当年被聘为国务院学位委员会第二届学科评议组成员时的工作情况，“让诸君知道问题的来龙去脉”以及走了样的现状，皮里春秋，发人深省。明眼人即刻明白老师的深意，这便与一般回忆文章又有所不同了。

黄老师不仅对朋友真诚，对于后进的帮助更是不遗余力。他尤其能体恤年轻人的不易，愿意为他们说话。他办公室的大门总敞开着，随时欢迎老师同学们去交流。前几年台湾花莲大地震时，他担心台湾学生芳羽的安全，多方联系。直到确认其无恙，老师才放下心来，又一一告知联系人，让他们也安心。得知一位研究生患病，他去找学校附属六院的大夫，嘱咐大夫务必用心诊治，又提醒我们从旁鼓励帮助。学生遇到不顺心的事，他比学生还着急，把眼镜往额头上一推，眯着眼睛，一字一顿地在手机上敲出大段暖心的安慰发给学生。诸位先生传道授业对于黄老师的影响，又何尝不是他后来培育与感化学生辈的源泉呢？

老师一辈子得师长喜欢、受晚辈爱戴。他不爱端架子树权威，既拎得清自己，也看得清他人。他洞明世事，仍富于善意和美感去观照这世界，有血有肉地记录对生活、对师友的热爱。集中所收诸篇，风格各异，我们读到的不仅仅是“岭南师友”，更可以读到黄老师这个人。对读者来说，喜读故事的，可以从本书中看到历史现场的绝望和希望；欣赏文笔的，可以看到学者型作家遣词造句的老练与鲜活，不期然在书中撞见人生，透视一代知识分子的风骨与情怀。

不揣谫陋，漫谈一番如上。个中精妙，留待读者品味。

二〇二〇年十二月二十四日

目 录

名师掠影

考进大学，学生最关注的是学校里有什么老师。名校之所以为名校，是因为校中有众多的名师。名校在人们心目中的名气、名次，与它有多少名师关系密切。老实说，许多学生选择报考什么样的学校，是冲着该校有什么样的名师来的。

我们从进入康乐园的第一天起，就盼着和老师见面了。新生们三三两两聚在一起，总会打听将有什么样的老师给自己上课。接待新生的师兄们，也会把一些道听途说的有关名师们的故事，绘声绘色地给后生小子们介绍。那时候，人们谈论最多的名字是陈寅恪、姜立夫，还有容庚、岑仲勉、杨荣国、胡金昌、周誉侃、曹廷藩、徐俊鸣、罗克汀、王力、陈心陶、陈焕镛、梁伯强等教授。大家既景仰，又觉得有点神秘。我们知道教授们多住在马岗顶附近一幢幢的小楼里，却不便探头探脑去查问；在路上，我们常常碰见一些挟着洋装书或线装书的老年人，就其风度仪态，估计多是教授，又苦于对不上号。

慢慢地，大家对名师们有些认识了。知道陈寅恪教授就住在东南区一号的楼上。又知道，陈教授双目失明，听说他通晓多种语言文字，而且记忆力惊人。他不能看书，在研究

陈寅恪先生

和备课时，需要核对资料，便告诉助手，所需材料在某书、某页、某行。助手“按图索骥”，百无一失。同学们越传越神，都希望有机会一瞻风采。不过又听说陈老师早就不给学生上课了，有资格听讲课的，最低限度是副教授，而且讲课地点就在他府上宽宽的走廊上。于是，同学们又望“楼”兴叹。其实，后来听历史系胡守为教授说，陈老师是给本科讲授“两晋南北朝史”“唐代乐府”等课程的。有时，讲课的对象只有一个学生，他也认真备课。每次上课，也都衣着齐整。胡教授曾当过陈老师的助手，他的回忆当然是准确的。可是，当时同学们一味地以讹传讹，还传说中苏会谈时，斯大林会见毛泽东，第一句话就是问及陈寅恪。种种传闻，容或与事实有所出入，但不必深究，因为，它是同学们尊敬老师和向往知识的表现。不过，有一点，却千真万确，那就是同学们对陈教授的道德文章和敬业求知的精神，十分仰慕。在一九五〇年，学生们送给陈老师一面锦旗，上书“万世师

姜立夫先生

表”四个大字，给予他至高无上的评价。

又过了一些时间，我们认识了更多名师的面影。

在二十世纪五十年代中期，老师们的穿戴，各适其适，“百花齐放”。在校园里，我常常看到两位最喜欢穿 套纯白色唐装的老人，其中一位是数学家姜立夫教授。他的家，在大钟楼附近。我们常常见到他在夫人的陪同下，拄着拐杖，慢慢地走。颔下银须，随风轻拂，那气定神闲的风度，使人肃然起敬。同学们在小径上遇上了他，都会侧身站在一旁，让他先走；他也会微笑垂颔，接受同学们的好意。我知道，姜教授是几何学权威，曾任国民政府中央研究院数学所所长。那时候，全校只有他和陈序经教授、陈寅恪教授领取一级教授的工资。据说人民政府每月发给他们三百八十一元，人们戏称为“三八一高地”，它是学术地位最高的标尺。在“知识就是力量”的号召声中，许多人把它作为追求的目标。

岑仲勉先生

姜教授通常还穿白衬衣、灰色的西裤。另一位老人容庚教授，则是一年四季，总穿一套白色唐装，白袜子，黑布鞋。他的年纪，虽也和姜教授差不多，可是从不拄杖，反而一天到晚骑着自行车在校园里飞跑。容老是中外著名的古文字专家，他那身打扮，颇能显出国粹的特色。

与容老齐名的古文字学家商承祚教授，则喜欢穿着笔挺的西服。他穿藏青色的西装，雪白的衬衣配黑色的领带，皮鞋锃亮，走起路来，腰杆挺直，精神矍铄。那时候，老师们以穿西装者居多，但像商老那样穿得合身得体者，却不多。个别老师，披上西装，就像穿着马褂，晃晃荡荡，松松垮垮。不过，到了“文化大革命”以后，商老却再不穿西装了，他也和容老一样，只穿一套纯白色的唐装，手中还往往拿着一面扇子。他喜欢一边走，一边摇，悠悠然在校园里逛来逛去。

冬天，有些老师还会穿长袍，脖子上围着围巾，一派二十世纪三十年代的文士打扮。有一位姓陈的教授，穿着更

胡金昌先生

随便，他在干部服外面，披件旧西服上衣，下边穿的是唐装裤子，脚上穿的是无筒雨靴，手上拿着的是装满书籍的旧布袋，这不伦不类的穿戴，大家也见怪不怪。显然，在新中国成立之初，政治环境比较宽松。从老师们随心所欲的穿戴上，可以看出，校园风气自由自在，人们心情舒畅。各式各样的学者，虽然步履不同，但都一起走在社会主义的大道上。

在校园的小路上，我们也常会见到数学系的胡金昌教授。在中学时代，我们都晓得胡老师曾获得美国的“金钥匙”奖，以为“喝过洋水”的他，一定是西装革履、风度翩翩的学者。谁知道，我们见到的胡教授，却是位矮瘦的小老头。他通常穿一身土黄色的布质中山装，佝偻着身躯，慢慢地走。而研究中国语言学的学术泰斗王力教授，则又是另一番气象。王力老师个子很高，光亮的脑门下，架着黑边眼镜，嘴角紧紧地向下弯着，显得分外威严。不过，王老师说话时声音细小，语气轻柔，和他高大的身段适成反比。听说他曾留学法国，生活方式颇似西欧，每到星期天，必会和家

王力先生

人外出郊游，绝对地放松、休息。在平时，他工作、学习的时间，抓得很紧。同学们如果到他家里求教，他会很高兴地从楼上的书房，走下客厅接待。等到谈了五分钟，他便一看手表，递给学生一叠画报，说：“您很忙吧！”便上楼工作去了。所以，同学们都懂得他的脾气，有问题请教，必先准备好，简明扼要地提出，以免妨碍老师的工作。

同学们和老师接触，当然主要是在课堂上。

那时候，不少刚到广州求学的同学，在课堂上却碰上了意想不到的难题。

新中国成立初期，同学们多是来自全国各地，老师们却多是广州或广东潮籍、客籍人士。而在新中国成立前，广东人还没有讲普通话的习惯，新中国成立后才开始推广普通话。人们常说：“天不怕，地不怕，最怕广东人讲普通话。”当同学们听到一些粤籍老师，操着半咸不淡的“普通话”上课时，便如堕入云里雾中，糊里糊涂，不知所云。当时，教务处又强调学生上课要记笔记，有些班级，课后还会

叶启芳先生

抽样检查课堂笔记。这一来，来自广东以北省份的同学们，便叫苦连天了。据说，胡金昌教授上课时，滔滔不绝地讲授，许多同学听不懂，便要求胡教授采用普通话教学。谁知胡老师眼睛一瞪，一本正经地回答："我依家（现在）讲的就系（正是）煲冬瓜（普通话）。"同学们愕然，原来，胡老师以为把粤语稍稍变些声调，就是普通话了。这真没有办法，乡音难改，胡老师这位年近半百的老人，响应学校规定，用带着极浓重的粤腔普通话上课，已经是很不容易了。当然，过了一段时间，同学们倒习惯了胡老师的"煲冬瓜"，领悟到他授课内容的精妙。

给我们上"外国文学"的叶启芳教授，是卓有建树的翻译家，外语和中文的水平都很高。可是，他说普通话的水平却令人不敢恭维。有一次，他给我们讲述欧洲的文艺复兴，突然冒出了一句："欧洲的中世纪，是黑猛猛的乌里单刀的。"多数同学完全听不明白，只好瞪着眼睛。下课时，我告诉外省籍的舍友，"黑猛猛"者，黑蒙蒙、黑暗之极之谓

二十世纪五十年代的中山大学北门

也；“乌里单刀”者，乌七八糟之谓也。当舍友们明白过来，不禁捧腹大笑。

又过了一段时间，我们习惯了大学的校园生活，对老师的神秘感慢慢变为亲切感。晚上，大家从图书馆自习后回到宿舍，当行经教师的住宅时，往往看到教授们在灯下备课的身影。于是，我们都会自觉地放轻脚步，敛住喧哗，心里默默地祝祷老师们晚安。

一粒莲子　一片冰心

——记冼玉清老师

我在番禺南沙宾馆，遇见了黄焕秋老校长。饭前聊天，提起了已故的中文系教授冼玉清先生。

老校长问我，有没有听过冼老师的课。我说没有。在我入学时，冼老师负责清点、整理原中大和原岭大合并后的文物，工作量不少，再没有担负课堂教学任务。到一九五五年，她退休了。所以，我们只知道她是有才华的女诗人、女教授，知道人们亲切地称她为“冼姑”，却没有机会听她讲授。

不过，我们有时也会在路上遇见她，总觉得她的打扮有点特别。当时，女士们的时兴打扮，或是穿“布拉吉”连衣裙，或是穿灰蓝色“列宁装”，或是穿衬衣长裤短外套，而冼老师经常穿的是浅花色或纯蓝色的长旗袍。她上了年纪，身材矮小，腰身微胖。旗袍的剪裁也不讲究线条身段，穿在身上，仿如套着一个椭圆形的蛋卷。冼老师脸庞也是圆圆的，额前刘海则剪成半月形，脑后小髻梳成小球状；加上弯弯的眉毛，稍微丰润的肌肤。在路上，她步履轻盈地走过，就像椭圆形的球体在滑动。我们想笑，却不敢。

冼玉清先生

老校长问起冼老师，倒使我想起了一次和她在马岗顶上邂逅的情景，于是给老校长讲了一件往事……

大概是在一九五五年的秋天吧，有一天，我骑着自行车经由马岗顶返回宿舍，在浓荫的小径里，蓦然遇见了冼玉清老师。我赶紧滚鞍下车，向她点头，让她先走。谁知她站在路边，把我端详了一会，和蔼地问我：“你是黄天骥吗？”我不知道她怎样知道我的名字，连忙回答：“是的，冼老师。我是中文系三年级学生。”冼老师一听，知道原来我也认识她，看来颇高兴，便说：“来，到我家里坐坐吧！”她一指，路旁有一座别墅式的老房子，那是她的家。走几步就到了。

“花径不曾缘客扫。”冼老师一边念着杜甫的诗句，一面掏出钥匙开门。

我放好了车，跟着冼老师走进客厅。客厅其实是由宽宽的走廊，用书架间隔而成。里面没有多少陈设，但整洁清雅。她让我挨着书桌坐下。

“冼老师，我知道大家都叫您冼姑。”我冒冒失失地说了一句。

她笑了，说道：“是。你以后也叫我冼姑！”我唯唯，其实不敢。冼老师接着问我是什么地方人，几岁了，在哪所中学毕业，爱读些什么书，为什么喜欢学习古代文学。我一一回答，她也一直很有兴致地听着。

冷不防，冼老师指着我的裤管，问道：“为什么弄得这么脏？”我低头一看，原来骑车时不小心，裤管下沾上了车链的油渍。我有点尴尬，连忙低头用手去擦，她却回身撕下一页稿纸，捣成一团，递给我：“怎能用手擦！用这吧！”我接过纸团，一边想：老师真是慈母的心肠。我又觉察到她一直怜惜地俯视着我，似乎把我看成不懂事的毛小子。

擦净了裤管，我们又闲谈了几句。忽然，冼老师站了起来，说：“只顾讲话，忘记请你吃东西了！”我连忙说，快要吃晚饭了，请她别客气。她摆摆手，径往书架边走去。

书架上，搁着一个宽口的玻璃瓶子，远看去，像是盛着半瓶腐乳。她拿起了瓶，拧开了盖，又取过一只碟子，走到我的身边，很郑重地宣布：“我请你吃糖莲子。”原来，宽口瓶装的是这东西，我只好连声道谢。

冼老师把碟子放在桌上，坐下来，眯着眼，从瓶子里很小心地把莲子倒出了一粒，又笑眯眯地把碟子移到我的面前，说：“尝尝吧！”

这一下，我愣了，碟子里就只有一粒糖莲子，我怎能独吞，便急忙推让，请她先吃。谁知她拧上瓶盖，又把碟子挪给我：“就专门请你吃的。”并且说：“莲子是好东西，补中益气。”我心想，这颗莲子，岂不是像颗仙丹了！迟疑间，冼老师进一步给我做“思想工作”：“吃吧吃吧！吃不饱的，不影响吃晚饭！”真有趣，一粒莲子，岂会有撑饱肚子之理？经她一再劝说，我不好推辞，也不想拂老师的好意，便用两个指头，把糖莲子拈起。

冼老师高兴了，她转身把瓶子拿回书架，边走边说：“莲子属泮塘五秀，你是西关仔，知道吧？”

我拿起莲子端详，发现这孤零零的宝贝，有点发黄，黄中有灰，分明有点发霉了。这玩意，能吃吗？当年，我们还未懂得黄曲霉素属致癌物质，但也晓得发霉的东西不宜入口。我有点犹豫，冼老师则以为我在欣赏，她站在书架边看着，目光充满慈爱与期待之情，一心一意等待着我吞食这一粒“九转还丹”。

我一发狠，把糖莲子放入嘴中，吞进喉咙，觉得舌尖有点儿甜，也有点儿涩。冼老师问我：“好吃吗？”我点着头“唔唔”作答，连自己也不知道是在说好吃还是不好吃。

我不记得当时是怎样离开冼老师家的了。回到宿舍，向同学们一说，大家都笑弯了腰。有人说，早就听闻她的脾气有点儿古怪，对女生的态度比较严厉，对男生特别和蔼。这是否属实，我不知道。不过从她对我的态度，我是分明感受到她那份母性的爱心的，尽管仅以一粒莲子待客的方式比较奇特。

…………

焕秋老校长听了我的忆述，也笑了起来。接着，他也对我说另一桩有关冼老师的事。

老校长说，人们都觉得冼姑有点“孤寒”（粤语，吝啬）。其实，大家并不知道，她在新中国成立初期做过一件很令人感动的事。

冼玉清老师出生在澳门一个富裕的家庭里，但她不像一般的阔小姐。在岭南大学求学期间，她一直半工半读，不肯花费家里的钱。后来从事教学工作，由助教而至教授，入息不菲。她决心不嫁，积攒了一大笔钱，准备购买一幢舒适的房子，宁

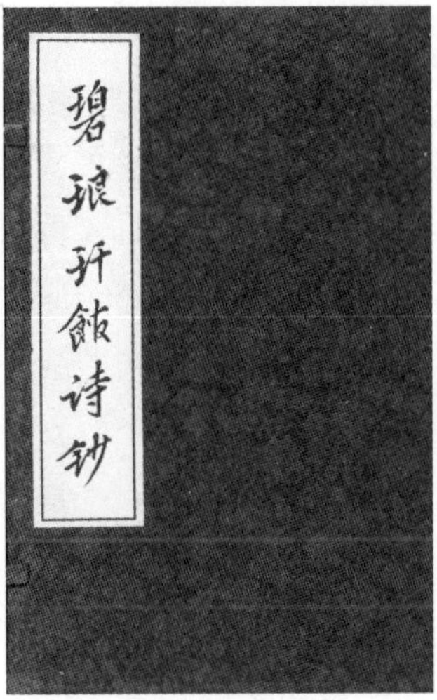

冼玉清诗集《碧琅玕馆诗钞》（广东人民出版社，二〇〇八年版）

逸地享受治学研经的生活。

钱准备好了，房子尚未完全看准。这时候，抗美援朝战争正如火如荼地进行。在爱国热情的鼓舞下，校里许多老师纷纷解囊捐款，为保家卫国尽一分气力。当时，捐款纯属自愿，各人量力而为，不存在互相攀比，大家也没有互相打听。冼老师平素端庄沉静，说话不多，“政治学习”时从不会慷慨陈词；大家又知道她是柔弱的女性，一向节俭。因此，谁也没有在意她有没有捐款。

老校长说，有一天，冼玉清老师忽然独自走进财务处，托梁科长替她办理认捐手续。原来，她要把准备买房子的钱，统统捐给国家。这是一笔很大的数目！梁科长怔住了，不敢立刻接手，赶紧向有关领导报告。领导感谢冼老师的爱国热情，也考虑她独身的处境，请她再三斟酌。但她的态度很坚决。她开出的条件，只是要求领导们不要宣扬，要替她保守秘密。就这样，她把积蓄献给了国家，自己一生只住在学校分配的老房子里。她的义举也一直鲜为人知。

焕秋老校长感慨地说："人们都说冼姑'孤寒'，而她对国家又是多么的慷慨！人的性格，是多面的，切忌只看表面。"

听了老校长的一番叙述，我再也笑不起来了。他只娓娓道来，我则心灵震撼。原来，饷我一粒糖莲子的老太太，对国家民族却有如此广阔的胸怀！我想，当她决心捐献的时候，未尝没有过思量。一个弱女子，购房养老，不也是很有必要的吗？但是，国家为重，一旦国家需要，她舍得罄其所有。在当时，其实谁也没有动员她捐款，她也不让人知道她捐款，她为了什么？她为的是她的心，这是伟大而纯洁的爱国心！

我和老校长分手后，回到自己的房子里。夜渐深，但心情许久不能平静。我既为自己的浅薄感到羞愧，也陆续想起了一些有关冼老师的传闻。听说她曾经帮助过不少经济困难的同事，资助过冼星海留学法国。晚年身患重病，她让在境外的弟弟把属于她的海外巨额遗产，全数调回广州，又立下遗嘱，把财产全数捐给了国家，用作社会福利基金。

一个对国家民族一再捐出巨款的人，能和"吝啬"两字扯得上边吗？然而，冼老师确又只请我吃一粒莲子；听说她馈赠给朋友的珍贵礼物，往往是用重重纸片包裹着的少许花生，这又怎样解释呢？我细想，如果不用世俗的眼光去看问题，便可以理解这是她平素生活节俭的一个侧面。她不拘小节，又不讲究物质享受。她自己吃得不多，习惯于浅尝辄止，自然觉得人们也会像她那样，大家尝点滋味，聊表寸心，就足够了。因此，赠我以一粒莲子，还是一大堆莲子，在表明她对学生的爱心而言，其实是一样的。她率性为之，我少见多怪，这十足反映我自己的势利眼。

冼老师一生没有结婚。她是有名的才女，年轻时眉清目秀，娇小玲珑，追求者自不乏人，但她一直守身如玉。有人问

《冼玉清论著汇编》（广西师范大学出版社，二〇一六年版）

她为什么不考虑终身问题，她回答得很干脆。她说自己专心追求学术，一旦有家室之累，学术必大受影响，便索性独身了。她又曾赋诗言志：“香饵自投鱼自远，笑他终日举竿忙。”多少年来，她就是不肯吞吃男士们投下的香饵，真可说是个为学术、为事业献身的女性。

冼老师一生写下多篇学术论文，对研究岭南文化、文献，做出重要贡献。不过，在强调一切“为阶级斗争服务”的年代，冼老师的研究显得不合时宜。在许多人看来，她是守旧的“白专”典型。确实，冼老师虽然学识渊博，但对许多政治术语，包括苏联、东欧的文艺理论用语，却茫茫然搞不清楚。她只会扎扎实实地考证、爬梳古籍，读她爱读的书，做她爱做的事。在“风雷激荡”的年代，她似乎跟不上政治，跟不上时代。她静静地生活，似乎真的像唐代王维所说：“晚年惟好静，万事不关心。”但是，从她先后两次捐款的举动看，你能说她不关心政治，不关心祖国和人民吗？

在我们康乐园里，像冼老师那样性情有点奇特甚至迂腐者，并不少见。他们当中，许多人对国家对人民都有火热的心，只不过那颗心，被或平淡或乖异的外表遮盖着，让人看不清楚。而正是这些执着地追求学术、以学术为生命的学者，用自己的心血，浇灌学术园圃，为康乐园积聚起厚重的学术氛围。

一位自甘淡泊一生节俭的弱女子，生前身后的两次义举，真可谓轰轰烈烈！尤为难得的是，她又认为这微不足道，只是了却作为一个中国知识分子的心愿。这纯洁的心，真可谓冰清玉洁！

…………

冼老师离开我们很久了，如果不是老校长提起，人们对她也渐渐淡忘，而我作为中文系的老学生，也不可能对她有稍为全面的了解。那一次番禺南沙之行，时间虽短，我则收获很大。我又一次得到老校长的教育，也更深地了解到“人”的含义。

老圃秋容淡

——记容庚老师

每逢新学年开始，我往往会想起当年拜访容庚教授的情景。

古文字学家容庚的大名，我们在中学时代就听过了。“新生入学周”一过，几个新同学便到他家拜访。容老那时住在一幢两层的小洋房里，四围竹影婆娑，榕荫笼罩。一进屋，我们都愣住了，只见整个房子的墙壁，全是一架架的书。容老领着我们楼上楼下一一参观，告诉我们，他的书房，虽然名为“五千卷金石书室”，但所藏有关研究金石、文字、碑帖等的典籍，早已逾万。我们从未见过这样多的古籍，又惊又喜。不一会，容师母捧出了一盘荔枝，让我们品尝。容老看到我们拘谨，便笑着说：“后生仔，不必害羞，你们是大学生，我却没有上过大学。”他似乎觉察我们有些疑惑，还特地补充：“我说的是实话。”

后来，我们才了解到，容老确实没有经历过大学的本科阶段。他从小跟着舅父邓尔雅先生读书，自学金石之学。二十八岁时到北京，拿着《金文编》的书稿，去见古文字学家罗振玉。罗先生非常赞赏，举荐他到北京大学当研究生，随即在北大任教。抗战胜利后，他才回到广东。

容庚先生

实话实说，是容老平生一大特点。上课时，我们问他，为什么他能辨认出那么多天书一样的古文字。他随口回答："靠猜。"我们一听，不禁愕然。那时，学术界都在批判胡适"大胆假设，小心求证"的治学方法，我们以为容老是在开玩笑哩！谁知他一本正经地解释："我的学问确是猜出来的。我对着这些字，比较来比较去，印证一番，就猜中了。"容老不是理论家，不惯于说大套道理，他所说的"猜"，是以深厚的学殖为基础的。当掌握了充分的材料，经过缜密论证，才能解开许多千古之谜。容老一生，出版过《金文编》《商周彝器通考》等二十七种皇皇巨著，发表过五十多篇论文、述作。他治学以事实为依据，其严谨的学风，一直为士林称道。而在破译古文字的过程中，当然离不开推理、假设。容老把一连串复杂思考、印证、研究等步骤，概括为一个"猜"字，这只是直觉地说出自己的感受，希望消除同学们对学习古文字的畏难情绪。不过，就是这一个"猜"字，犯了时忌。有人知道了，便说容老向青年灌输唯心主义思想，为胡适招魂；有人还揭发他，说他在古文字学的研究中，从来不讲马列主义。容老火了，争辩说："古文字里找不到马列主义，我不懂，也不会讲，就是猜猜猜！"两下里一顶牛，大小批判会接踵而至。其实，当时主事者只须仔细研究容老所谓"猜"的含义，告诉他在科研中实事求是，一切从材料出发，这本身就是唯物主义的态度，符合马列主义的精神。可是，那时正需要找寻批判"资产阶级治学方法"的靶子，人们便不管青红皂白，乘机大做文章了。

容老很节俭，据容璞女士回忆："他每月拿出一半工资给我们的母亲，当作家用；其余一半，用作购买书籍、收藏铜器及字画用。"当然，容老也会把一些经过研究或收藏价值不大的器物卖出，然后购回更为珍贵的古董。有人向他请教，他从来没有自诩俭朴，却老老实实地说到转卖后的再买，还乐呵呵地引用了《礼记·大学》的一句话："这叫作'生财有大道'呀！"

这一句实话，又犯大忌了。在二十世纪五六十年代鼓吹发财，这还了得？加上他常常鼓励学生自学成才，又被看成是煽动青年"走捷径"。一时间，"生财有大道，成名有捷径"，这一对由别人替他凑成的句子，便成了容老用资产阶级思想毒害青年的罪状。说来好笑，容老所讲《礼记·大学》里的话，全文是这样的："生财有大道。生之者众，食之者寡，为之者疾，用之者舒，则财恒足矣。"意思是说，生财之道，在于节省。看来整人者没有读过《大学》，连断章取义也谈不上，只是望文生义地胡批乱砍。记得有个从海外归来显得特"左"的学生，摆出立场坚定的模样，在会上对容老批得很凶。容老坐在一旁，一脸的无奈，一味地抽烟。

容老虽然研究文物，却关心现实，热爱自己的国家。我们后来才晓得，七七卢沟桥事变之后，他办了一份名为《火炬》

的小报，呼吁抗日，还被推举为燕京大学教职员抗日委员会主席。他曾经告诉我们，当初之所以立志研究古文字，动机之一，是要和日本人一较高低。因为一些日本学者，仗着军国主义的势头，口出狂言，声称甲骨文由“中国出土，日本研究”。容老认为这是对中国人的侮辱，他发奋著书，是要为中华儿女争气。在《秦汉金文录》一书的序言中，容老写道：“今者岛夷肆虐，再入国门，余不能执干戈、卫社稷，有负祖若父之期许。‘国耻未雪，何由成名’，诵李白《独漉篇》，不知涕之何从也。‘雄剑挂壁，时时龙鸣’，余宁将挟毛锥以终老邪！”书生报国之情，溢于言表。一九三三年，他在《颂斋吉金图录》的序文中又说：“私意商周彝器，非寒士所敢望。然环顾宇内，干戈扰攘，所出日多，政府莫能禁，有博物馆出而购求者乎？无有也！此种种不流海外，将安所归？抱残守缺，亦余责也。”这番话，说明了他竭力搜求文物的原因。他节衣缩食，苦心孤诣，正是为了不使珍品外流，为了保存民族的瑰宝。

新中国成立以后，容老满腔热情，一心一意报效祖国。他奉命专程赴港，劝说一位著名学者不要在国际讲坛上攻击祖国，不要做损害民族尊严和妨碍统一的事。直至二十世纪五十年代末，常常挨批的容老，对党依然满怀期待。在一次会议上，他和彼此有过误解的王季思教授，互相握手，互相鼓励。两位学者还比赛，“看谁先加入共产党”。那时，我在系里当助教，看到此情此景，觉得他们天真得好笑，心想怎能连入党也可以比赛！同时，也确感受到两位老师追求进步的可敬和可爱。

从一九五九年到二十世纪六十年代的头几年，我国经济极端困难，政治运动则依然不断，一会儿“拔白旗”，一会儿“交心”，一会儿“整风”；又频频组织师生停课下乡下厂。

容庚先生与夫人徐度伟女士

容老对许多政策和社会问题，都想不通。惯于实话实说的他，自然随时随地亮出自己的想法，于是一次又一次地遭受批判。而越是批他，他就越想不通。在“十手所指”的情况下，他也怀疑过自己是否真的赶不上时代，禁不住自称：“我是野马，我是鬼锁。”谁知这话又引来一轮“棍子”。有人狠狠批他，说他有和党对抗的情绪。但容老以“野马”“鬼锁”自喻，无非表白自己脾性倔强，很难驾驭，思想疙瘩也很难打开。他不满老是把他当作靶子，却又希望有人能开启他，引导他为国驱驰。岂料当时不仅得不到理解，还将批判会开到师生劳动的虎门田头上。有一天，批判会后，人们不见了容老踪影，这才着了忙，四处寻觅，最后发现他躺在山里的荒坟上。几经劝说，他才肯起来。从他的神情，人们看得出他内心的痛楚。

“文化大革命”一开始，容老便被视为“反动学术权威”，批判他的大字报铺天盖地。容老很苦恼，闪现了自杀的念头。幸而那时广东省委统战部部长萧隽英同志找他细谈，劝他放开怀抱，相信真理总归会胜利。老朋友出自肺腑之言，竟把“鬼锁”打开了。容老答应萧部长，不管风吹浪打，也会生活下去，完成未竟的研究工作。后来，萧部长在运动中未能幸免，也被“揪”出。而容老则坚守承诺，硬是挺了过来。

运动开展不久，容师母被作为“漏网地主”押送回乡，年近八旬的容老，一个人在家。他每天拿着饭盒到饭堂买饭，然后匆匆回家伏案工作。他的几部整理研究碑帖的著述，就是在极端困难的环境中完成的。

“文化大革命”期间，情势凶险；特别是“牛鬼蛇神”，动辄得咎。容老却依然故我，想到什么便说什么，有时甚至不顾后果。在校园里，一些小学生（那时叫红小兵）遇见了他，要他背语录，他说不会；问他什么是“三座大山”，他回答：“背语录、早请示、晚汇报，就是压在我头上的三座大山。”这些话，连小学生听了也吓得回头便跑。“九一三”事件以后，工宣队召开座谈会，让容老参加，要他对林彪外逃一事表态。容老直说：“这是整天搞阶级斗争的结果。你斗我，我斗你，就斗成这个样子……”与会者大惊失色，工宣队立即不让他说下去。曾听说有关方面宣布容老为“现行反革命”，要把他关押到“警司”，不知后来为什么没有执行。一九七四年夏天，“评法批儒”运动席卷全国。有人为了“大做声势”，强迫容老站出来“批孔”。他坚决不肯，声明：“再强迫我‘批孔’，我就去跳珠江！”他那正直不阿的品格，使喧嚣一时的“左”派为之气慑。

为了打击容老的“反动气焰”，主事者在饭堂组织了一次全系批斗大会。据说这回经过认真的准备，搜集到“人证”“物证”，认为一定可以揭穿容老的面目。“悍将们”一个个摩拳擦掌，并且在批斗容老之前，先“揪”出他的助手张维持先生，作为铺垫，然后才把矛头直指容老。

这回批斗的重点，是要揭发容老盗卖国家文物，消除群众认为他爱国的印象。批斗者一个接着一个发言，火力越来越猛。到了一定火候，主事者看准时机，抖出了撒手锏，大喝一声：“容庚里通外国，打倒容庚！”

容老莫名其妙，立刻反驳：“没有！”

“怎么没有，你把一件贵重的商代铜器，卖给了美国人。”

话音一落，群众哗然，因为事关重大，有人为容老提心吊胆，有人则大呼小叫。主事者以为胜券在握，命令容老“必须坦白交代”。

容老摇头说：“就是没有！”

主事者胸有成竹：“我们掌握了充分证据，你死不认罪，死路一条！”

容老还是一句话：“没有。”主事者大怒，拍案而起，冷冷地说：“你这是不见棺材不落泪。”然后把手向人丛一招：“人证出来！”

这时候，会场上鸦雀无声，就等着“刺刀见红”了。只见容老的一位同事站了起来，说：“容庚，怎么没有？你把贵重文物××鼎，卖给了美国人×××，时间是×年×月。当时，我在场，亲眼见到。”这一来，会场“炸”了，把祖国文物卖给外国人，这非同小可。于是群情沸腾，“打倒容庚！”“坦白从宽，抗拒从严！”“不准容庚抵赖！”的口号，此起彼伏，批斗气氛达到高潮。主事者打铁趁热，居高临下地追问：“容庚，有没有这件事？”

容老稍稍想了一想，老老实实地回答：“有！”

群众觉得问题十分严重了，大家屏住气息，等待他的交代。

谁知道，容老只说了两句话：“这个鼎是假的，我是把假古董卖给了美国人。”

此语一出，群众先是呆住，跟着哄堂大笑。那同事立刻蔫了，坐了下来。究竟他是“立功”心切，打出了“臭弹”，还

《金文编》（中华书局，二〇〇七年版）

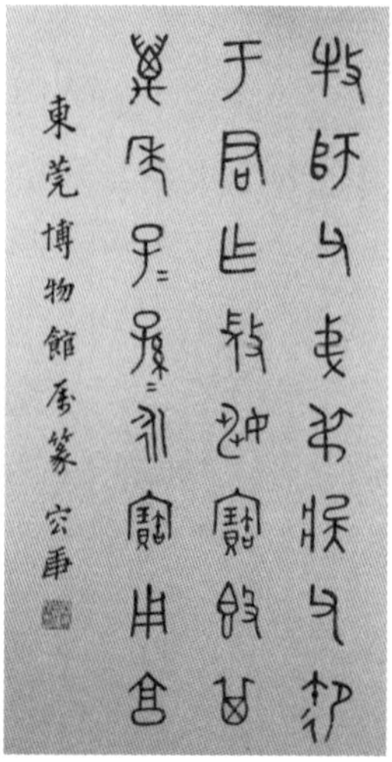

容庚先生书法

是有意帮助容老，虚晃了一枪？鉴于“阶级斗争形势复杂”，我们一时也闹不清楚。只见会场一片混乱，“革命群众”有笑的，有骂的，有趁愿的，有摇头的。主事者十分尴尬，眼看再也斗不下去，只好宣布散会。在人丛中，我瞥见容老又匆匆拿着饭盒，第一个跑到窗口排队买饭。

在“文化大革命”十年中，斗争如急风暴雨，容老一直默默地忍受，但内心实在很不平静。大概在一九七五年间，系里分给每户教工两斤“剥皮牛”。这种咸水鱼，别国用作饲料，而我们物资匮乏，每月凭票买肉，有“剥皮牛”额外供应，大家简直像过节了。那时，容老也分到了两斤。

可是，他从来没有侍弄过这玩意儿，更没有下厨的经验，家里没有别的人，只好自己动手。好容易才将一条一条的鱼，一点一点地剥掉了皮，学着放在锅里去煎。谁知煎着煎着，鱼都煎煳了，变成了一块一块的焦炭。这一回，容老委实伤心，想到了晚境的凄凉和无奈，蓦然又涌出了轻生的念头……幸而当时户口制度严密，同系的人謦欬相闻，许多人从心底里同情和尊敬容老，当知道了他的困窘，赶紧给他开解。大家还把自己那一份鱼，匀给他一些，帮着他煎好，这才使他过激的情绪，慢慢平复了下来。

人的思想感情，是十分微妙的。容老不知抵受过多少屈辱和叱责，但一直坚韧不屈。岂料煎煳了“剥皮牛”一件小事，却使他内心淌血，老泪盈眶。假如不是四邻抚慰，真不知会发生什么样的事！不过，想深一层，一个在学术上蜚声中外、敬业爱国的老人，竟落得如此难堪，被推到人生的悬崖；于是，长期积聚在心头的辛酸之情，很容易就通过小小的决口，像汹涌澎湃的波涛，冲垮堤围，不可收拾。“左”风的荼毒，一切善良的人，都应该认真吸取教训。

打倒“四人帮”以后，容师母回到校园，容老的生活渐趋正常，更可以专心致志地从事教学和研究了。他和商承祚教授，一起指导研究生。那时，他已八十多岁，还诲人不倦，经常跑到研究生宿舍看望弟子。他每到一次，同学们就在墙上记上一画，五次即积成“正”字。他当年的学生陈初生同志有诗记述：“墙头正字应犹在，记得先生数度来。”这情意深长的诗句，表达了学生们对容老的感激和爱戴。

随着时间的推移，人们对容老的人格、学问，越来越称颂，报刊上也越来越多地登载表彰他的文章。有人告诉了他，他稍一浏览，淡淡地说：“有什么好写的？过去，你们说得我那么坏，其实，我并不那么坏；现在，你们说得我那么好，其实，我并不那么好。”话说得很平常，却像警钟一样，发人深省！在容老，他以平常心对待他认为应做的一切，实事求是，不掩恶，不虚美。他既想不到因此挨批，也没想过会受表扬；他只求认认真真做事，清清白白做人，无愧于家国，无愧于人民。而在过去一段相当长的岁月中，要做到这一点，也真难。容老的可敬，正在于他无论在什么时候，都保持纯真求实的本色，他一生爱穿一身素白的唐装，皎洁的颜色，正好映照出这位中国知识分子的冰雪胸怀。

二十世纪八十年代初，容老把一辈子珍藏的铜器以及一千多件古字画、一万多卷书，分批捐赠给广州博物馆、美术馆及中山大学图书馆。容璞女士说："当这些陪伴了他几十年，用他心血换来的书籍、字画搬走以后，他面对着四壁空空的房子，一连几夜不能成眠。他深情地对母亲说：'这些书和字画都是我一件一件买回来的呵！'"是的，它们已经成为容老生命的一部分，实在难以割舍。据说他在弥留之际，还常常发出叮嘱家属挂晾字画的呓语，可见它们在他心中的分量。然而，国家为重，学术为重，为了不让国宝流失，为了让更多的后人能观摩研究，容老尽管对这些珍品无比依恋，还是毅然向国家奉献了一生的所有。容璞女士把她父亲的思想活动和盘托出，使我们更清楚地看到，容老是一个真实的人、真正的人，是一个真诚高尚、热爱祖国的卓越学者。

"老圃秋容淡，黄花晚节香"，在学术的场圃中，容老是勤恳耕耘的园丁。他自奉清淡，更淡泊名利，而古道热肠、光明磊落，表现在行为上，便是一生实话实说。讲实话，是他的本性，对他来说，无所谓实话"难说"或者"易说"的问题。在校园里，除一些以整人自售者外，多数人一直衷心尊敬这位实话实说的老人。

人心未全斫丧，这大概是几千年的中华文明，不至于隳坠的缘故吧！

中华传统文化的守护者

——记商承祚老师

在我们中文堂的二、三层楼上，走廊的墙壁，挂满了校友的书法作品。二楼中间最显眼的位置，则挂着容庚、商承祚等几位教授的条幅。我有空时，常会从办公室下到二楼，仰视先师们的条幅，在欣赏他们的书法作品的过程中，脑海里便泛起先师们的音容笑貌，低回念想，不忍遽离。

几位老师的书法作品，或端庄，或飘逸，或苍劲，尽态极妍，各有特色。在几位老师的作品里，我往往在商承祚教授的作品面前，驻足的时间最长。因为他的条幅，不仅清逸秀劲，结体精严，而且是用他最擅长的铁线篆体书写的。我不擅古文字，往往要望字推敲，也往往想起了和商老接触的一些趣事。

容商二老

在古文字学领域，人们常把容、商并称。商承祚老师的著作，出版了十五本之多，还出版过两本书法集。其中尤以《殷墟文字类编》《石刻篆文编》，受到学术界交口称赞。当王国维先生看到《殷墟文字类编》，欣闻这是出自年仅二十一岁的

商承祚先生

青年之手，十分称许，认为他睿智勤奋，将来一定是古文字研究的栋梁。商老进入北大研究所，和容庚老师成为同门和同事，他俩都喜爱收藏古代文物。后来先后在中山大学研究古文字学，一起指导研究生，一直是莫逆之交。

我在上大学时，当然早就知道容商二老，是中山大学国宝级的专家。可是在“文革”前，我和容老接触的机会较多，和商老交往却很少。这倒不是敬而远之，而是在大学二年级的时候，商老只给我们上过两节课。那是“古代汉语”课，课程由赵仲邑老师担任。其中有关古文字的两节课，赵老师特别邀请商老前来讲授。

在高校，有些教师科研能力极强，但口头表达能力稍弱；有些老师，专心于教学，很受学生欢迎，科研进展则稍缓。这也是高等学府的常态。当然，科研教学兼擅，那是最好的。但这样的教授，在各高校里属凤毛麟角。这一点，真正的教育家，是懂得的。教授们各有所长，而只要做好其中一面，就是优秀的学者，有些可以成为某个领域的国之瑰宝。

得知商老要给我们上课的消息，大家翘首以待。谁知道，商老虽然名重天下，也擅长培养研究生，但对本科生上课，则不是他的强项。我们虽然留意听讲，但实在不知所云。到现在，他讲的是什么，我一点也记不起了。倒是他在上课时穿的服装，却记得清清楚楚。

当时，老师们的穿戴，比较随便。有穿干部服的，有穿唐装的，有穿长袍的。有些老师，服饰始终不变，像数学系主任胡金昌教授，一直穿着土黄色的中山装，姜立夫教授和容庚教授，一直穿着白色的服装。而商老，则总是西装笔挺，十分讲究。那天给我们上课，他穿着一套藏青色的西服和背心，雪白的衬领上结着黑色的领带，皮鞋擦得锃亮。这像接待贵宾的穿戴，当年，我在课堂上，从未见过，印象十分深刻。

在一九五七年以后，商老担任中文系主任。这职务，他一直当到一九六六年“停课闹革命”之前。但在整整九年中，他很少在系里工作，开大会时，间或会讲几句不痛不痒的话而已。全系的行政工作，实际上由副主任吴宏聪教授主持。当时，他和容老一起指导研究生，工作地点被安排在另一幢小楼上。因此，我和他的接触实在不多。平常，我们见到商老，一般只是向他微躬致意。而他真正认识我，却是在二十世纪六十年代初的羽毛球场上。

“小马！来呀！”

我和容庚老师，接触倒是较多的。因为我在当大学生的第一周之后，就和同学们拜访容老。容师母捧出一盘荔枝请我们吃。我吃得很快，一不小心，喉头被荔枝汁呛住，容老哈哈大笑。从此对我颇有印象，碰见时也会和我聊天。到一九六二年政治形势和缓的时候，还会天天约我到羽毛球场上陪他打球。有一天，商老从场边走过，看到我们一老一少打得兴高采烈，不禁驻足观看。容老很有趣，打得兴奋时，每次还击，便喊一声：“小马！来呀！”商老一边看，一边嘻嘻地笑。等到我们休息，他走过来对我说：“原来你姓马！”容老抢着回答：“不是，他姓黄。人家批判我，说我是不受管束的‘野马’。这小子的名字，有‘马’字的偏旁，我就叫他为‘小马’！”商老笑了。从此，见面时，他也跟容老一样，称我为“小马”。

有一次，我有急事回家，骑上自行车飞奔。迎面看到商老，他把我喝住，我只好滚鞍下车。他便一脸严肃说：“小马！你以为你真是马吗？这里是下坡路，骑得快，很危险！”我唯唯。正想跨步上车，他又把我叫住，对我说：“我知道你研究古代戏曲。但看书，不能像你骑车一样，一目十行。要和我研究甲骨文那样，逐字细细地读！知道吗？”我赶紧点头。这番教诲，我真的记住了。这是他平生对我认真讲话的一次。我也明白，作为系主任和老教师的他，是既严肃又亲切地关怀年轻一辈的学者。

“文革”期间，我偶然在校园里的草坪边，也会遇见商老在看“大字报”，彼此一对眼神，便各自走开。那时，我倒很少看到有涉及他的“大字报”，也许是他外出考察文物的机会较多，平时又谨言慎行，因此，尽管他也属“资产阶级学术权威”，但人们斗争的锋芒，只集中于容老。当然，在那特定的环境中，商老也难逃一劫。他原本藏书很多，居住条件较好，却被迫迁到只有两个房间的斗室。这一段时期，他虽然“蒙混过关”，但日子也还是艰难的。

放了哑炮

那时，我见到商老而且印象最深的一次，是在全系“革命群众”批判容老的大会上。

容老对“群众运动”很不理解，经常发表不合时宜的言论。为了打击他的“反动气焰”，主事者在饭堂组织了一次全系斗争大会。这次大会，经过充分的准备，布置了“人证”，务求一举揭穿容老的“真面目”。这回斗争的重点，是要批判他里通外国，盗卖国家文物，把一件贵重的商代铜器，卖给了美国人。容老莫名其妙，立即反驳：“没有！”

语音刚落，群众哗然。主事者看准火候，拍案而起，冷冷地说：“你就是不见棺材不流泪。”然后喊了一声：“人证出来！”

这时候，全场鸦雀无声，只见一位老教师站了出来，指证容老：“你在×年×月，把一件××鼎，卖给了美国人×××。”这话一出，全场“炸”了，偷卖古董给美国人，这还了得？主事者便喝问容老：“这事有没有？”只见容老想了一想，爽快地回答：“有！”这一来，“革命群众”义愤填膺，“打倒容庚”的口号，喊声震天。主事者便乘胜追击，喝令容老老实交代！全场也鸦雀无声，就等着看容老坦白。

谁知道容老说：“那××鼎是假的！我骗了那美国佬！”他话刚落，大伙愕然，随即哄堂大笑。主事者眼看批判会开不下去了，赶紧宣布散会，革命群众便一哄而散。

站起来指证容老的教师，正是商老！

散了会，我离开较迟，在骑车回家的路上，看到商老的背影。他在前方，一边走，一边悠悠然摇着扇子。我没法绕过他，只好从他身边驶过。回头一望，只见他笑嘻嘻的，神态从容，一点也没有尴尬的样子。我没有下车，说实在的，当时对商老的举动，颇不以为然。幸而他放出的，只是个哑炮，否则容老的命运，不堪设想。

不久，打倒了“四人帮”，我有好几次看到两老走在一起，有说有笑。有时走进古文字研究室，往往看到容商二老，有时争论，有时互相取笑，没有一点芥蒂。我心想，“文革”时，商老在众目睽睽下，对容老发出“重炮”，按理是不容易获得谅解的，难道容老忘记了，统统不予计较吗？

“老友呀！”

一九八三年三月，容老去世，我就明白两位老人的友谊，是何等深厚的了。

在举行容老追悼会的那天，殡仪馆大厅外面，挤满了前来向容老告别的亲朋师友。只见商老独自坐在休息室的角落里，一言不发。当时，我作为中文系负责人，一面提醒照顾好来参加吊唁的老教师，一面吩咐殡仪馆工作人员，让我先行进入大厅，检查大厅里的安排。工作人员就只让我一个人进入，又掩上厅门。我进入大厅，调整了一些花圈摆放的位置，然后走到容老遗体旁边。只见他安卧在花丛里，就像睡着了一样。我端详着他慈祥的遗容，想起容老对我许许多多的教诲，正在黯然神伤。猛抬头，大厅里忽然走进一个人，穿着一身白色的唐装，一看，正是商老。我吓了一跳，赶紧迎上去，刚走到大厅中央，只见商老脸色凄楚，对着容老遗体，高叫一声：“老友呀！”跟着泪流满面。我赶紧上前扶着他，他好像不认识我，只是喃喃自语，“六十年啦！六十年啦！”这时，我劝他不是，不劝也不是，不知如何是好。幸而大厅的门也很快打开了，师友们来到前排。我便请别的老师照顾好商老，赶紧安排别的事宜去了。但是，商老那一声“老友呀”的凄怆呼唤，一直在我的脑海里萦回，让我心魂震撼。言为心声，我知道，“老友呀”这三个字，包含着两位老人纯真友情的千钧重量！

恍然大悟

我不是对商老揭发容老的举动颇不以为然吗？后来，偶然看到容老的记述，其中说到商老对文物鉴定的水平，比他要高。他买了一些古董，请商老一起欣赏鉴定，商老往往说这是假货。容老咬定是真的，于是经常争吵。但他嘴里不服，心里又不得不承认，往往便转手卖掉。我在商老写的《我与容希白》（容庚，字希白）一文中，也看到一段有趣的话：

> 有一次，他正在鉴赏一物，上镌四字，高兴之极，见我来了，兴致勃勃地谈此器的妙处。我说，几天前我已看过，因器真而字伪未买。希白不信，争论起来，我举证此字是仿自某钟的，于是当场查阅该器，证明确伪，他不能不服。过了半月，他兴奋地对我说：“我把那件古董卖了。”我问他卖给谁，答：“卖给美国的福开森。”我为之莞尔。

我恍然大悟，原来如此！在强大的压力下，商老不得不接受“揭发”容老的差事，不得不表示和容老“划清界限”。但他明明知道，容老当然记得，卖给美国人的是那一件假古董，也当然会和盘托出。这一来，商老完成了“揭发”的任务，容老也说了真话，交代了问题，这等于反驳了对他“出卖文物，里通外国”的诬蔑，于是，严厉的批斗会，竟变成了一场闹剧。也许是心有灵犀，怪不得在批斗会后，商老施施然走出会场，怡然自得；也怪不得在打倒“四人帮”后，两老反而更加

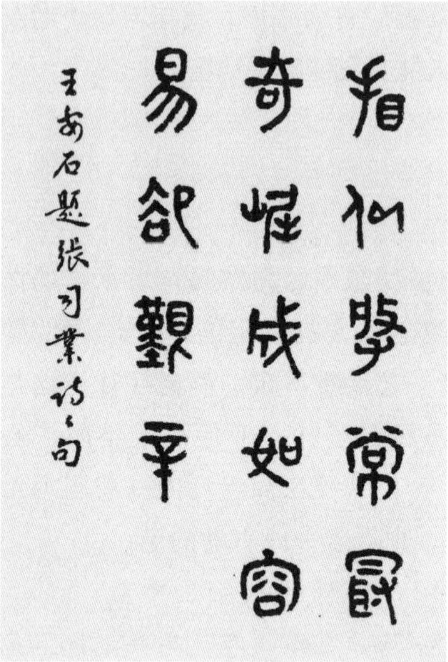

商承祚书法

亲近。思前想后，我不能不佩服商老的智慧。

商老在特定的环境中，不能不自保，又不能伤害容老，于是“明修栈道，暗度陈仓”，以“揭露”的进攻姿态，不惜让人对他有点误解，使容老安然度过了险境。想到他在非常时期以非常的方式对付，想到他的胸襟和睿智的举动，实在让我十分感动。

童心未泯

改革开放以后，商老的性格有了新变化，从前谨言慎行的他，变得敢于大胆发言，坚持己见；对后辈也变得既亲切风趣，又严格认真。这一点，竟然很像逝世前的容老。更有趣的是，他再不穿西装了，天天穿的是一套白色的唐装，这也和容老生前一样。而和容老不同的是，他手中经常拿着一把葵扇，一面走，一面摇。从此，他也经常和我接触，甚至一老一少，打打闹闹。

有一次，我因有接待任务，穿了一套西服，刚好遇见商老。他大声叫喊："小马，过来！"我赶忙前趋，他就问我："为什么要穿西服？"我作了解释。他厉声说："中国人就应穿唐装，我在全国政协开会时，给胡耀邦总书记写信，反对他经常穿西装，特别反对接见外宾时穿西装。"我说："我见的是校友，又不代表国家，穿西装可以吧？"但他还是唠唠叨叨，固执得很。我赶着要走，又不好和他争拗，突然灵机一动，便问他："您不再穿西装了吗？"他回答："坚决不穿！"我说："我记得您在给我上课时，穿了套藏青色的西装，在吗？"他说："在呀，怎么了？"我又问："穿吗？"他答："当然不穿。"这正中我下怀，立刻说："那么，送给我吧！不送，卖，也行。"商老想不到我会提出这样的要求，一下子愣了，他没有回答，只是用鼻子哼了一声，用葵扇拍一下我的肩膀，便悻悻然走开。我也给自己解了围。

想不到过了几天，他的公子、人类学系的商教授，忽然提着一大包书籍来到我家，说是商老让他带来送给我的。我问为什么，商公子说："我也不知道，他说这对您有用。"商公子离开后，我打开封包，里面包着的，赫然是几十本线装的《古本戏曲丛刊》。这正是我在专业上十分需要的书籍。为什么商老忽然送书给我？仔细一想，明白了！那天我和他开玩笑，要他把藏青色的西服送给我，他答不上话，这不是他舍不得，而是他既反对穿西服，怎么会把西服让我穿呢？这一回，他送给我的书籍，价值远高于那套藏青色的西服。我知道了商老的心意，实在十分感激。过了几天，遇见了他，赶忙上前道谢。他回答说："谢什么，这些书我用不着，对你却有用，不就给了你？"我又跟他开玩笑，说："那么，我以后请您吃东西。"

他又用鼻子哼了两声，就走开了。

谁知道，我这开玩笑的话，后来真的兑现了。

过了一段时间，我被学校任命为中文系主任，商老遇见我时，再不称我为“小马”，直喊我为“黄老板”了。那时，每天晚饭后，我夫妻二人有到校园中区散步的习惯。有一天，走到孙中山铜像附近，只见商老站在草坪旁，看见我们走近，立即到我身边，对我说：“黄老板，给我两毛钱。”我问他：“干什么？”他说：“你别管。”我刚好身上有零钱，便掏钱给他。只见他走到马丁堂旁边的小档，买了一条冰棒，一边吮着，一边摇着葵扇散步去了。我觉得很有趣，怎么大教授变成小孩般的模样了?!谁知第二天黄昏，我们散步行经孙中山铜像前，商老走了过来，伸手又要我给两毛钱买冰棒去了。以后，天天如此，我也只好天天在口袋里，准备着零钱对付。

过了一段时间，商老的媳妇王医生找到了我，告诉我，他们家不让商老身上带着钱，就是不让他买冰棍，担心老人家拉肚子，请我千万不要再把钱给他。我恍然大悟。其后黄昏散步，便选择别的路径，估计商老再也找不到给两毛钱的人了。

商老再也买不到冰棍了，但他还是每天黄昏，绕着校园中区的草坪散步。

康乐园的大草坪，青青如玉，就像铺在小礼堂前的一幅翠锦。可是，自二十世纪七十年代以来，许多人不自觉，往往横越草坪。“路是人走出来的”，草坪四角，便被走出两条斜线。商老很生气，他绕着草坪散步，同时也充当草坪的守护者。每当看见有人贪图方便，越过草坪走过来时，他便挥动葵扇高喊：“回去！回去！”听说有一回，两个横越者，嫌商老“多管闲事”，想对他撒野，但看到商老一脸正气，知道他是不好惹的老教授，只好讪讪地溜走。那时，也有一些同事，担忧商老会被一些混进校园里的流氓伤害，劝说他别管了，由保卫部门管理算了。商老正色回答："保卫部门要管，我也要管！学校是我们的家，破坏草坪，不能容忍！"别看商老身材瘦小，但精神矍铄。这番话，掷地有声！他爱校如家，每天，在夕阳斜照的草坪中，人们总会以崇敬的目光，看着商老踽踽巡行，显得很高大的身影。

在康乐园里，老中大人还知道一段佳话。

校道旁边放有垃圾桶，有一天，不知是哪个顽童，胆大包天，竟把它们全推倒在地。经调查，原来这都是商老干的！人们便问他，为什么这样捣乱？商老很生气，指着垃圾桶说："你们看，怎能让国宝来放垃圾？"大家一看，明白了，原来有关部门为了美化校园，把垃圾桶造成熊猫的模样。熊猫的嘴巴，就是放垃圾的口。这当然很不妥，有关部门也知道弄巧反拙，赶紧整改。

商老这位七老八十的老教授，把满校园熊猫模样的垃圾桶，逐个一脚蹬翻，这固然有趣，但是，我们又不得不佩服他爱校和爱国的感情。熊猫被誉为国宝，在高等学校里，用它的模样制成垃圾桶，确是考虑不周，有亵渎国宝之嫌，也难怪惹得商老生气。

在康乐园里，人们都知道，商老和容老都是我们的国宝。这两位老友，性格虽迥然不同，但又都是勤奋倔强而又机敏的爱国者，是祖国文物的典藏者，是中华文化和传统道德的守护者。

杏花零落香

——记董每戡老师

在我们校园东侧，有一幢小楼，瓦老苔青，绿荫笼罩，显得分外宁谧。五十年以前，我国著名的戏剧史家董每戡教授就住在小楼上。每当走过这里，我总是把脚步放轻，脑海中也总会掠过董先生佝偻的身影。

说起董每戡先生，许多人恐已淡忘了。不过，五十年前，在戏曲界和学术界中，董先生的名字，却是如雷贯耳。董先生一九二六年毕业于上海大学中国文学系，青年时代已出版了《中国戏剧简史》和《西洋戏剧简史》，是最早能用唯物史观研究戏剧发展的专家。他还导演话剧、撰写剧本，电影艺术家赵丹第一次登上舞台，演的就是董先生所写的剧本《C夫人肖像》。抗战期间，他参加过“左联”“剧联”，和田汉等人在各地组织戏剧活动，以文艺作为反抗日本侵略和揭露蒋家王朝黑暗统治的武器。新中国成立后，他在我们学校里讲授中国戏曲史，绘声绘色，妙语如珠，让学生们听得如痴如醉。课余，董先生积极参加省内的戏剧改革和评论工作，激扬文字，指点江山，以鞭辟入里的分析和渊博的知识，获得戏剧界同行的尊敬。二十世纪五十年代初，他连续出版了《三国演义试论》和

《琵琶记简说》等专著，见解独到深刻，使学术界大开眼界。这段时期，董先生单薄的身躯，像是上足了发条的机器，释放出无穷无尽的精力。由于在科研和教学上作出了重大贡献，四十九岁时，他被评为获得二级工资的教授。当时同评为二级者，中文系只有容庚、商承祚、詹安泰等几位，董先生是二级教授中最年轻的。

新中国成立之初那几年，社会安定，气氛宽松，呈现出一派欣欣向荣的局面。在学校，董先生意气风发，十分活跃。除上课外，他还指导学生排戏。有一次，系学生会排练《借靴》，这是一出由京剧改编的话剧，董先生充当导演，教我们体验角色，给我们示范动作。经他点拨，平淡无奇的场面变得妙趣横生，让观众捧腹大笑。在导演的过程中，董先生让我们懂得斯坦尼斯拉夫斯基的戏剧体系，懂得怎样处理演员与角色的矛盾，文娱活动也就成了深刻生动的课堂。董先生享有盛名，嘴唇上翘着八字胡，显得颇为威严。其实，他对学生最是随和宽容不过的。这一点，我的感受也特别深。求学年代，我常常调皮捣蛋。有一回上课，董先生因事迟到，同学们静静地坐等，我却不耐烦，张望外边无人，便学着董先生惯常走路的姿态，半弯着腰，大摆着臂，悠悠晃晃，然后走上讲台，用食指擦擦鼻下的“胡子”。同学们看了，哄堂大笑。

我正在得意，笑声骤止，回头一望，只见董先生在课室门口盯着。我手足无措，赶紧溜回座位。下课时，董先生叫我留下。我想，这回惨了，准要挨批了。谁知他一边拍打衣袖上的粉笔灰，一边对我说：“我看你的模仿能力不错，研究戏剧合适，以后多跟我讨论，好吗？”我一怔，说不出话，只会呆呆地一个劲儿点头。以后，我的兴趣就从研究古代诗词，转到研究古代戏曲。在毕业论文答辩时，董先生给了我很高的分数。留校工作后，我和董先生接触的机会更多，成了他家的常客，

董每戡先生

在那幢小楼上，黄昏清昼，听他分析剧目，考证古剧。每回请教，收获极多。而董先生对青年学生的宽厚和他自己严谨的治学精神，更使我逐步懂得了作为教师，应该走什么样的路。

正当董先生直攀事业高峰的时候，他的名字和许多耿介之士一样，一下子消失了。一九五七年夏天，他响应号召，帮助“整风”，被某个领导邀请发言，于是“蛇”便被“引出”了“洞”，沉沦在惊心动魄的“运动”中。要知道，学者们多有恃才傲物和“语不惊人死不休”的弱点，董先生也不例外，何况以为“治病救人”“言者无罪”，谁料到会被打翻在地。于是，曾经营救过地下党员，从事过进步戏剧活动，新中国成立后积极靠拢党的董先生，一转眼成了“恶毒攻击”的“极右分子”。等到二十年后，云烟消散，董先生感叹地说：“当时人们说我否定一切，而我和田汉是生死之交，对冯乃超校长十分敬服，难道我会连他们也否定吗？”言谈之间，我看到董先生虽然露着笑容，但终掩不住内心的痛楚。

董先生和田汉交情至深。记得董师母给我说过，在一九六八年十二月上旬，一天午夜，董先生突然从睡梦中惊醒，拥衾痛哭。董师母赶紧起来，问他为什么。董先生说："田老大死了！"董师母知道他一定梦见了什么，虽感诧异，但认为不可能，因为从不知道有关田汉健康状况的消息。她劝董先生安心睡觉，无谓胡思乱想，可董先生就是不听，连夜和泪给田汉写了五首挽诗。谁知道过了几天，报章上便登载田汉逝世的消息，应验了董先生的预感。这件事确属奇怪，真不知该如何解释，难道世上果有心灵感应之说吗？不过，思念至深，幻而为梦，则是常有的事。董先生的不幸言中，其梦中幻象莫非是精诚凝聚的倒影？

一九五七年后，董先生离开了学校，回到湖南。从一九五八年到一九七九年，漫长的二十余年，这一段生活是怎样过的，他没有细说。在他逝世后，人民文学出版社出版了他的专著《说剧》，他的独子董苗给该书责任编辑弥松颐兄去信，倒是提到了董先生当时的情景。松颐把信收录在《说剧》编后记中，兹转摘如下：

> ……父亲五七年被划为右派时，临时处分是撤销一切职务，每月发生活费二十元；母亲（胡蒂子）也被牵连划为"右派"，由九十元降为三十元，当时还要负担祖母的生活费。由于广州生活水平高，生活有困难。那时对教授的处理有一条是可以自谋生活，母亲是长沙人，因此迁家长沙。母亲退职，发了两个月的生活费共六十元。父亲后被称为自动离职。
>
> 国庆十周年前夕，他写出《中国戏剧发展史》近六十万字，《李笠翁曲话论释》约二十万字。到六二年，他又将《三国演义试论》增修为二十万字。

一九五一年董每戡先生与家人于长沙湖南大学

湖南省委统战部领导，知道了我父亲的困难处境，从六二年五月到六五年十月，每月发给生活费五十元，并照顾住房。到六五年十一月以后，取消了生活费，让全家迁到另外一处小房子住。

这个期间，他仍然不停地写作，写出《明清传奇选论》约三十万字，及《五大名剧论》五十万字。到六六年九月上旬，两度抄家，家中稍值钱的东西（甚至连眼镜）都抄走了。父亲最痛心的是被抄走了《中国戏剧发展史》《明清传奇选论》《三国演义试论》等手稿和十箱书籍、资料。《五大名剧论》由于藏在地板底下（已被老鼠咬掉一半），《说剧》因寄给洛阳的三叔审阅，所以幸免遭劫。从六六年起一直到七九年四月，他面壁斗室，一面修改、补充这两部手稿，一面继续写能回忆起来的稿子。当时手头资料全无，只好托人借书参阅。

这些年，家贫如洗，他睡的是两个空书箱搭起的门板（睡了十二年之久，原来的床已被抄走），吃的是粗茶淡饭，电影都没看过一次，写作用的是一支蘸水用的破钢笔，稿纸五花八门……。当时靠我菲薄的工资维持生活（我在六五年十二月才进一个区办厂当工人），亲友偶尔接济。在极度困难的条件下，尽管营养不良，他还是把全部精力花在写作上，从来不向亲友叫苦，坚信自己没有错。在这种信念支持下，精神才没有崩溃……

记得董苗跟随父母离开校园时，他才九岁，圆脑袋剃个小平头，活泼可爱。他给松颐写这封信时，也三十出头了吧！信写得很平实，却是一字一泪，使人读来心灵震撼。我们后来才知道，当时董先生买不起稿纸，只好到街上捡来烟盒，把它拆开铺平，当稿纸用。为了节省，字写得小如蝇头，齐整工细。我记得董先生在校工作时，常跑到中山五路附近的西餐馆，边喝咖啡边写作。他身体不好，手常颤抖，因而字写得歪歪斜斜，其大如卵，往往一张稿纸写不了十多个字。想不到环境的改变，竟使他咬着牙镇住了发抖的手腕，而他意志的坚强，于此可见一斑。

松颐说："这样一个老知识分子，在极端困难的环境中锲而不舍地进行研究和写作，他的勤奋和刻苦，乃是忠于自己所从事的专业，忠于祖国文化学术事业的表现。这是中国知识分子可贵的品质。"的确，于逆境中挺了过来，已不容易，何况还能在没有资料只凭记忆的情况下，写出近二百万字的学术论稿！过去，屈原见逐，乃赋《离骚》；司马迁被谤，乃著《史记》。董先生穷厄著书，不正是继承着中国知识分子自古以来的高尚品德吗？！他们以铮铮铁骨，撑持着中华文化。翻开董

《五大名剧论》（人民文学出版社，一九八四年版）

先生的《说剧》和《五大名剧论》，里面密密麻麻的字，岂止是用心血浇成，它还包含着董先生对祖国文化的热爱之情，凝聚着敢于直面人生的勇气。

“文化大革命”期间，本来已是入息低微的董先生，连区区一点生活费也被取消，实在穷愁困窘。有位好心的朋友便提醒他：“如今江青掌权，你认识她，何不给她一信，帮你解决困难？”说实在的，董先生曾在上海滩参加戏剧活动，当然认识江青，但他拒绝了朋友的建议。因为他早就晓得江青的为人，看透了“文化大革命”是怎么一回事，岂肯为五斗米折腰，攀龙附凤！后来，有关部门派人向董先生调查，问他认不认得蓝苹。他断然回应：“不认识。”也幸亏董先生没有据实回答，否则就完了，江青是要把二十世纪三十年代认识她的人赶尽杀绝的。当时，董先生未必了解到查访的深意，但耿介的品格挽救了他，使他逃过了劫难。

董先生的耿介，邻里们是知道的。他多次被抄，家徒四壁。“文化大革命”后期，政策稍稍落实，有关方面发还被抄的东西。劫后余烬，所剩无几了。其中最值钱的，不过是一块手表。董先生一看，这手表不是他的，赶紧缴回。主事者颇感为难，也不知这表该还给谁，便劝他好歹收下，聊作损失的弥补。但董先生硬是不肯。这件事，感动了许多人，统战部门知道董先生是大好人，尽可能给予援手。在世界上，群众的眼睛是雪亮的，好人也总占大多数。我想，人们的理解，有助于董先生的苦撑；而人们之所以理解他，是因为看到了他有高尚的人格，看到他在“文化大革命”当中的大节、小节，看到他“贫贱不能移”的风骨。

一九七九年五月，学校落实政策，派人把董先生接了回来，把他夫妇俩安排在面积为二十八平方米的房子里。董家别无长物，而且二十多年惯处穷巷陋室，来到这里，他们夫妇竟颇满足。平心而论，在当时的条件下，校方在物质上对董先生还是注意照顾的了。回校以后，董先生很快就把精力用于科研教学。那年夏天，我陪他应邀到省剧协演讲，看着他在讲台上侃侃而谈。时光和苦难，虽然磨蚀了这位老人的锋芒，但他思

一九七九年六月，董先生与学生合影。左起：作者、郭秉箴、董每戡、许翼心

路清晰，旁征博引，依然和往昔一样吸引着听众。那年冬天，他被邀请到北京，参加第四届全国文代会。当时拨乱反正，形势大好，他十分兴奋，还准备撰写一部反映新中国戏剧发展的专著，连题目也定好了，名为《新华铺绣录》。光看书名，就可以看出董先生对新中国文化事业的热爱。一个曾经呼唤新中国诞生，却在新中国饱受煎熬的人，对新中国依然怀着赤诚的心。正像《离骚》所写："亦余心之所善兮，虽九死其犹未悔。"这至死不变的爱国心，就是亘古以来中国知识分子的良心。

可惜，《新华铺绣录》还未动笔，董先生从京返校不久，便溘然长逝。算起来，他离湘南下，还不到一年，稍稍舒坦的日子，也没过几天，霎时间，一切都成虚幻。真不知老天爷对这位正直善良、勤奋坚韧的学者，为什么如此刻薄?!

我见到董先生的最后一面，是在他逝世前两天。那时，临近一九八〇年的春节。董先生素患哮喘，天冷病发，肺部感染，要到市内医院急救住院。教研组里的年轻教师，便轮番到医院值夜陪伴。董先生住院数天，病情逐渐稳定。二月十日，该我值班。下午一点，我到了董先生的病房。那天他精神很好，刚刚聊了几句，董苗便从长沙赶来了。我们坐了一会儿，董先生说有儿子陪他了，催我回家。我便起身告辞，想不到从此永诀。

据说十一日晚上，医生抢救别的病人，病房嘈杂，董先生一夜未曾合眼。天亮前，他要求吃安眠药，但吃了依然不起作用。他急了，再请护士给他注射镇静剂，才勉强入睡，谁知以后再也没有醒过来。这意外，属医疗事故还是别的问题，不得而知，家属也没有追究，大家默默地把他送走。

董先生壮志未酬，匆匆谢世，实在令人痛惜伤感。不过，想到他在世时历尽崎岖，饱受折磨，离去时却没有什么痛苦，于是亲朋们在悲痛中又找到了一丝安慰。这也许是老天爷的另一种安排吧！在追悼会上，学校宣告董先生在一九五七年被错划为“右派”，算是给他平反。然而逝者已矣，如果这决定早做出几天，或者可以使董先生放下心上的石头。现在，他已无所谓了！就只能作为给后人的一种交代了！过了几天，我去看望董师母。只见她独自盘坐床前，黯然无语。床的对面，挂着董先生的遗像，桌上放着骨灰盒，盒子围着一圈白色的花，花瓣开始憔悴，有些还散落在地面上。我不知道该怎样安慰董师母，只好向董先生的遗像深深地鞠躬，随后默默告退。不久，董师母回到长沙，又过了一段日子，也逝世了。

转眼间，董先生已离世许多年了。然而，骨灰盒旁那一圈黄色的花，我依然记得清楚。这些花该是杏花吧！在曲阜，孔子讲学的地方叫作杏坛，当初想是开满杏花的，后来也用以泛指教师的讲学处。我想，让杏花陪伴董先生安息，是很合适的。我又想起了古人的诗：“雨后却斜阳，杏花零落香。”竟觉得可以作为董先生身后的写照。

岁月如梭，时光很快就要进入新的世纪。改革开放的道路不可逆转，法制逐渐健全，随意整人者不易为所欲为了。而且，好些在二十世纪五十年代蒙冤受屈的人，已能尽其所长，为国家输诚效力。像董先生那样的悲剧，该不会重演了吧！重阳时节，仰视晴朗的天，万里无云，我在董先生旧居附近徘徊，往事历历在目。我轻轻地走着，心中一直默默地祝祷……

余霞尚满天

——记王季思老师

我的案头，放着《全元戏曲》。这套书共分十二卷，由王季思教授担任主编。那些年，王季思老师带领着我们十多个不同年龄层次的师兄弟，为完成这项国家古籍整理的重点工程，排除干扰，努力奋战，终于有了初步成果。一九九一年，我把一箱样书送到王季思老师家里，王老师亲自打开包装，取出了精美而沉甸甸的书，从他微微颤抖的手中，我看到了老师的喜悦和激动。他一页一页地翻阅着，忽然提出："书出版了，是不是该把大伙儿找来，我请大家吃螃蟹？"

王季思老师是浙江人，生长在海边，爱吃螃蟹，凡是遇到什么高兴事，就想吃螃蟹。不过，我想，这回吃螃蟹，还有另一层意义。《全元戏曲》可以说是王老师一生治学的心血结晶，是他带领学生攻克的一座学术坚城。廉颇老矣，尚能健饭。啃开了"螃蟹"的硬壳，是该持螯把盏，庆贺一番的。

王老师当时八十六岁了，前年退休。不过，退休以后，他依然坚持工作。清晨起来，就坐在书桌旁忙个不休。我们送去《全元戏曲》的校稿，他一个字一个字地认真审阅批改。老年人，嘴角容易流涎。为了避免弄脏书稿，他挂着大口罩伏在案上写着、读着。那两年，王老师没有带研究生的任务，但我在辅导博士研究生时，总叫大家搬了凳子，环坐在王老师的书桌旁边。老人家专注地听我们发言，也常发表指导性的见解，讲述他的读书心得和治学方法。

就在《全元戏曲》初战告捷的时候，王季思老师在人生旅途中，又一次经历了困难时期。一九九〇年夏天，王老师的老伴姜海燕先生，患登革热诱发心肌炎，突然去世。上午，王老师把她送下扶梯，还说等她回来吃饭，谁知当天晚上，即天人永隔！

羊年除夕，羊城洋溢着一派欢乐的气氛，家家团聚，户户笙歌，鞭炮声噼噼啪啪，一夜响个不停。我惦挂着老人家，他和女儿静静地守岁，心情不知怎样。年初一大清早，我带了些糕点，便赶往他的寓所。我转入门前小径，放好自行车，猛抬头，看到门上贴着王季思老师自拟的春联，红彤彤的，分外醒目。联上写着：

龙战中东，惊看海水腾飞，金堤横溃；
春回南国，愿见祥光霞起，兵气烟消。

看罢这副对联，我不禁眼眶一热，心头上的那块石头也落下了。原先准备好宽慰老人家的话，一句也不必说。他的胸怀、眼界，是那样的宽广，他想到更多的是祖国、是世界的命运。

一九五二年，我进入中山大学中文系学习。开学的第一天，我们静静地坐在课室里，等待系领导讲话。秋天的阳光，把课室照得通亮，我们的心情，也格外兴奋。忽然，一位教师健步走进课室。有人悄悄告诉我，这就是系主任王起教授，他又叫王季思。我一看，王老师身材高大，才四十出头，已谢了顶，两鬓却是乌黑的。他架着黑边眼镜，容貌严肃而奇特。我

王季思先生

不禁心里一惊，他怎么长得像一头老虎，对学生会很凶的吧！

开学后不久，有一天，我到操场上运动，路上碰见王老师，他正在和来穗的杭州大学词学专家夏承焘教授一起散步。王老师瞥见了我，停住脚，把我叫到身边。大概他见我长得瘦小，对我说："你要注意锻炼身体。做学问，靠长命不靠拼命，体质不好不行。"

"我喜欢踢球，右边锋。"我那时少不更事，不太注意礼貌，竟在师长面前扭动扭动右腿。提起踢球，王老师来劲儿了："我踢中锋呢！"我打量着他的身躯，觉得他果然是踢中锋的材料。

王老师说得高兴，接着告诉我："我在龙泉浙大分校任教时，有一回踢球累了，蜷伏着在书桌上小睡。阳光射进来，墙上有我的影子，某女同学经过，用粉笔把影子轮廓勾出来，像头老虎。"

夏教授微笑着插话："我在墙上加了'睡虎图'三个字。从此同学们都叫季思作'王老虎'。"

我笑弯了腰。回到宿舍，赶紧告诉大家："王季思老师样子很严肃，其实很和善、很幽默。"旁边一位老同学听见了，说："原来你还不知道，王季思老师是很关心青年、很爱学生的教师。"于是，他给我讲了王老师营救赖春泉同学的事。

在广州解放前夜，由党领导的"地下学联"积极开展活动。地下火在运行，自然引起了国民党反动派的恐慌。一九四九年七月十三日，大批军警包围了中山大学校园，把一批进步学生和教师抓走了。在被捕者当中，有一名中文系学生——赖春泉。中共地下党得悉：三天后，赖春泉将被枪决。

地下党决定全力营救。可是，该使的钱使了，该走的门路走了，却无济于事。后来打听到，如果找到名教授保释，事情会有转机。

地下党的领导找到了王季思老师。王老师给赖春泉上过课。学生有难，老师怎能见死不救。他慨然接受了地下党的嘱托，冒着受牵连的风险，亲自深入魔窟，到反动政府警备司令部，为赖春泉保释签字。

当赖春泉走出监狱的铁门，坐进了在路旁等着的汽车时，看见王老师在车上，才知道是谁救了他，感动得紧紧握住老师的手。

时间过去了四十年，后来《诗词报》主编赖春泉学兄给我讲述这段往事时，眼睛泪光莹莹。他说："当时，我真不知道该讲些什么。是地下党救了我，是王老师不顾自己身家性命，把我从死神那里拉了回来。"

人世间，有各种各样的感情。师生之情所独具的温厚清醇，往往难以言传。王季思老师常说："爱青年，爱学生，是当教师的自然而然的事。"他从不经意学生对他的感激。因为，从他任教以来，他就把学生看作是自己生命的一部分了。

一九五五年，王季思老师在《人民文学》杂志发表了评论

《西厢记》的学术论文，跟着又出版了论著《从〈莺莺传〉到〈西厢记〉》，系里同学反应强烈，学习古代戏曲的兴趣一下高了起来。我随着大伙儿访问王老师，才知道早在新中国成立前，他已对《西厢记》和元杂剧做了深入的研究。

王季思老师的家乡温州，是我国古代戏曲发源地之一，长期以来，昆腔、乱弹、高腔等地方戏在这里流行。王老师从小喜欢看戏，那涂着白鼻子的小丑，插着雉尾的番将，风流潇洒的书生，婀娜多姿的旦角，还有观众的哄笑声、叹息声，飘散在夜空中的锣鼓声、管弦声，在他当时幼小的心灵中，留下了不可磨灭的印象。

一九二五年，王季思老师在东南大学学习，得到著名学者吴梅先生的教诲。吴先生多才多艺，学识渊博，填词写戏，唱曲制谱，无一不精。他主讲“词选”“曲选”，像磁石一样把学生牢牢吸住。教师高质量的课堂讲授，往往是学生事业成就的催化剂。王老师本来就爱看戏，听了吴梅先生的讲课，研究戏曲的愿望更加热切了。

在吴梅先生的教育和影响下，王季思老师选择了《西厢记》作为研究中国古代戏曲的突破口。

《西厢记》是我国剧坛上一朵鲜艳的花朵，它提出了“愿普天下有情的都成了眷属”的理想，热情歌颂了追求婚姻自由的莺莺和张生，反对封建礼教对青年的束缚。五四运动时期，王季思老师正在浙江第十中学读书，和许多青年一样，从《新青年》《新潮》等刊物里，接受了民主思潮的洗礼。他从当时江浙一带的情况体会到，男人虽然剪了辫子，女子虽然不再缠足，可是，封建的枷锁依然不容许青年男女迈开自由的脚步。他希望通过研究《西厢记》，唤起青年人反抗封建的叛逆精神。

其实，王老师自己，也是从《西厢记》中获得反封建的勇气的。他不满家长给他安排的婚姻，和徐碧霞女士相恋，决定

"私奔"。徐女士是我见到的第一个王师母，她娴静端庄，是王老师的贤内助，可惜在一九五八年去世了。

据说，那时，他俩悄悄买了船票，准备乘江轮逃到上海。到了码头，刚好碰到熟人，王老师只好停住脚寒暄几句，让徐女士先上了船。谁知汽笛一响，船儿起锚，离岸好几尺了。王老师急了，飞奔向前。说时迟，那时快，他跃身一跳，竟跳上了甲板。江上风急浪高，人们都替他捏一把汗。后来，"张生跳墙，王生跳船"，成了朋友们的谈资。

王季思老师以严肃、科学的态度研究《西厢记》，注意弘扬它的反封建精神。显然，王老师从迈入古典文学研究领域的第一步开始，就注意密切联系社会现实，力求从故纸堆中跳出，让优秀的文化遗产发挥积极的社会效能。

《西厢记》语言生动，清辞丽句，使人读来满口生香。可是，正是它那文采本色兼具的语言，夹杂着大量典故和元代方言俗语，要弄清楚它每字每句的准确含义，难度很大。王季思老师决心参照阎若璩的考据、王念孙的训诂，以严谨的态度注释《西厢记》。他注意掌握第一手资料，几乎阅读了元人全部散曲和杂剧，考查了元代著名作家的生平事迹，写了大量的札记和资料卡片，细心地把《西厢记》中难以理解的方言俗语，与话本、散曲以及其他杂剧的例句排勘比较，纠正了从古以来许多注家的臆测，给予确切的解释。

经过长期不懈的努力，王老师的《西厢五剧注》出版了。当时，学术界反响相当强烈。有人写诗嘲笑他"不爱六经爱五剧，《西厢》浪子是前身"。但更多的人认识到这一研究成果的权威性，曾经流行了三百多年的金圣叹批点的《西厢记》，则逐渐少人问津。新中国成立后，《西厢五剧注》更名《西厢记校注》，由上海古籍出版社出版，从二十世纪五十年代到八十年代，再版多次，发行一百多万册，在社会上产生了广泛的影响。

二十世纪五十年代末，我和苏寰中同志在王老师的指导下，校注《中国戏曲选》。当时，对我俩工作最有助益的参考资料，实际上是王老师在注释《西厢记》时所做的各种各样的资料卡片，以及他在《元曲选》上写下的密密麻麻的札记。资料卡片有三四箱，其中有些还是王老师抗战逃难的劫后余烬。如果把这些卡片稍稍加以整理，它本身就是一部研究元代方言俗语的著述。我和苏兄两个年轻人，天天摩挲着王老师辛勤抄编的卡片，常常相对慨叹。在老师的手迹里，我们领悟到治学严谨的含义。

从二十世纪五十年代中期开始，王老师的论文、专著，一篇接一篇地发表、出版。其中，他对关汉卿的研究，最受时人瞩目。

关汉卿是元代伟大的剧作家，这一点，在今天已成为国内学术界的共识。但是，直至二十世纪五十年代，不少人还囿于旧说，把关汉卿视为“风流浪子”。

对关汉卿的剧作，王季思老师早就十分喜爱。关剧写到元代人民颠沛流离、卖儿鬻女的苦难，使他联想到新中国成立前瓯江发大水，哀鸿遍地、妻离子散的景象，联想到十四年抗战，人民辗转沟壑、国土沦丧的状况。关汉卿塑造的窦娥、赵盼儿等具有反抗精神的典型形象，又使王老师感奋不已。在早年，王老师自己也曾反抗过反动政权，他曾经因宣传抵制东洋货、嘲笑亲日派而被勒令退学。新中国成立后，王老师学习了马列主义，懂得要用辩证唯物主义和历史唯物主义的观点看待古代文学，更产生了研究关汉卿这位敢于和封建统治者抗争的剧作家的强烈愿望。

一九五四年，王季思老师发表了论文《关汉卿和他的杂剧》，着重评价关汉卿剧作的思想成就、艺术成就，澄清了当时一些糊涂的认识。接着，他又发表了一系列文章，以精审的考证和鞭辟入里的分析，引起人们对关汉卿剧作浓厚的兴趣。

王季思老师一贯认为，搞研究，切忌空疏抽象，游谈无根。他主张，研究中国戏曲史和文学史最好从具体问题入手，通过微观剖析，进入宏观掌握。他研究王实甫，研究关汉卿，便是以此为基点，脚踏实地，扩展到对元代戏曲发展的全局做透彻的了解。二十世纪五十年代末，王老师的注意力转向明清戏曲，他选择的突破口，则是《琵琶记》与《桃花扇》。

孔尚任的《桃花扇》，是我国戏曲史上最成功的一部历史剧。它借离合之情，写兴亡之恨，把南明王朝灭亡的历程以及朝野众生的形象再现在舞台上。清末，梁启超对《桃花扇》做过考订；抗战期间，欧阳予倩把它改编为话剧。但在新中国成立后的一段时间里，人们对它却不够重视。

王老师经过仔细研究，决心把它推荐给广大读者。

王老师对《桃花扇》做了认真的校勘和注释，并写了《〈桃花扇〉校注前言》一文，在《文学评论》上发表。在论文中，王季思老师深入考察了我国古代以历史为题材的剧作在创作上的发展变化，既从分析《桃花扇》进入对历史剧全局的考察，又从历史剧创作的发展看《桃花扇》的价值，其意义远远超过一般的分析。随后，《〈桃花扇〉校注》由人民文学出版社出版，也成了再版多次的热门书。

二十世纪六十年代初，王老师奉调到北京工作一段时期，和游国恩等几位著名学者一起主编《中国文学史》，并发表了不少研究古代诗词的论文。但他的主攻方向，一直是古代戏曲。其论文集《新红集》《玉轮轩曲论》《玉轮轩曲论新编》《玉轮轩古典文学论集》，所收的论文，多以研究戏曲为主，因此被学术界公认为当代最有影响力的戏曲研究专家之一。

作为从旧社会走过来的高级知识分子，该怎样用自己的知识为社会主义建设事业服务，这是王季思老师经常思考的问题。他相信，唯有马列主义与中国实际的结合才能够救中国，也唯有学习马列主义才能正确解决中国古代文学和戏曲研究存在的种种问题。正由于王季思老师学力深厚，注意联系实际，注意学习辩证唯物主义和历史唯物主义，加之文笔明快，论文写来娓娓动人，能把深奥的道理、枯燥的考证，用明白易懂、质朴流利的语言表达出来，所以特别受到高校师生的推许。

王季思老师长期患有胃病，他刚入院把胃切除了五分之三，十年浩劫便开始了。没完没了的揪斗，使身体原来十分健壮、能够天天挥拍打网球的王老师，一下子苍老了许多。

一九六八年秋的一天，王老师又被揪斗。那一次，斗得真狠，他被打断了两根肋骨，当场昏倒在地。在殴打王老师的红卫兵当中，竟有些是他给上过课的年轻人，是他爱过的学生！

伤愈后，王老师表面上精神还好，还能到“干校”接受“再教育”。但想不到，被打断的肋骨，把横膈膜刺开了一个小孔。日子长了，穿孔越来越大，腹腔里的肠子，通过膜孔，竟全部窜上胸腔，于是，王老师的身躯，伛偻变形，病情十分严重。医生们只好把他的胸腔剖开，把肠子拉了下来。折腾了好几个月，王老师总算捡回了性命。

经过十年浩劫，人们心灵上的创伤，真不易平复。不过，王老师对那些犯过错误的学生，并不介意。有些人对他表示歉意，他说：“在那个疯狂的年代，难免头脑发昏，做了蠢事、错事。大家向前看就好，重要的是把失去的时间夺回来。”

然而，时光毕竟不能倒流。王老师深知，要振兴中华，关键在于培养更多能够担负“四化”建设任务的人才。因此，在打倒“四人帮”以后，他把精力用于辅导年轻教师和研究生。

一九八二年，王老师在我的论文集《冷暖集》上题了一首诗：

人生有限而无限，历史无情而有情；
薪尽火传光不绝，长留双眼看春星。

这首诗，后来王老师也送给了许多学生，深情地表达他对后辈的期望。有一次，郭启宏等几位来自远方的同学，回校看望王老师。王老师很兴奋，留大家吃饭。有人举杯祝愿老师身体健康，多留下几部专著。王老师把酒一饮而尽，却又摇摇头："我能写出几部？人生有限，事业无穷。根本的出路是把有限的人生变为无限的人生！"他似乎觉察出大家有点疑惑不解，转身回到书房，随即拿出几页文字，风趣地说："我有长寿之秘诀，不死的灵方，它就在这里！"

大家凑上前去，边看边传，原来是一份培养研究生的教学计划。同学们霎时明白了，王老师的人生目标，是为国家培养一批又一批的专家，让戏曲研究的事业代代相传，光辉不绝。在这个意义上，有限的人生就变得无限了。

鉴于王老师在学术上的造诣和作出的贡献，国务院学位委员会聘请他为第一届学科评议组成员。在国家教委关于学位评议原则的座谈会上，王季思老师做了题为《为新一代学者、专家的成长开辟道路》的发言，他认为："我们要求的是观点和资料的结合，即马克思主义立场、观点、方法和中国语言文学的现象和现状的结合，而不能为辑佚而辑佚，为考证而考证（尽管这些工作也需要有专人去做），不能把新一代引向乾嘉学者的老路。"他主张，老教师与年轻学者共同编书，老中青结合，在编写过程中共同提高，让年轻一代在实践中练好基本功，认为这是能够较快地培育人才的方法。近十年，他带领着一批中青年学者编纂《中国十大古典喜剧集》《中国十大古典悲剧集》《元杂剧选注》《中国戏曲选》《元散曲选注》《元明清散曲选》《全元戏曲》等书，出版书稿近三百万字。王老师在主编书稿的过程中，亲自参与定本、选目、标点、校勘、注释、眉批、集评以及撰写题解、前言等工作，成稿后又逐页披阅，纠正错讹，付出的劳动比大家都要多。在王季思老师的带领下，一批中青年学者逐步成长，中山大学也成了国内戏曲研究的学术中心之一。

王季思老师对学生的要求是严格的，即使到了八十多岁的高龄，还对后辈送来的作业、论著逐字批阅，圈圈点点，连标点符号也不放过。他对学生的帮助，又是无私的。他常说："学术乃天下之公器。"他所藏的图书、资料，随便让学生们翻检，要借阅，签个名就行。一位进修教师要校注《元刊杂剧三十种》，另一位进修教师要校勘《录鬼簿正续编》，他把自己多年积累的有关两书的资料，提供给他们，使他们在较短的时间内完成了两部专著。

王老师也特别喜欢和年轻人接近，他觉得，教学相长，老专家也能从后辈身上吸取自己缺乏的东西。当他写了文章，无论是长篇论文，还是诗词杂感，总要复印出来，请自己的学生提意见。在参加全国古典戏曲讨论会时，他写了发言稿，预先找来几位研究生一起座谈。一位同学很不客气地指出稿子中的几处语病，王老师当即改正。他从不把自己的学术观点强加于人，倒是常常鼓励学生提出不同于他的见解，在辩论中共同提高，没有一点学术权威的架子，堪称随和温厚的长者。许多人都愿意跟随王老师学习，跟着他，不仅可以在业务上得到较快的提高，更重要的是，可以受到他从来不计较金钱名位、从来以扶掖学生为重等美德的熏陶。

岁月无情，容颜易老。昔日虎头虎脑的魁伟壮汉，今天成了白发苍苍的龙钟老者。但是，他爱学生、爱青年的心，老而弥坚。他的女儿曾经埋怨："爸爸就是爱学生，不爱子女。"王老师嘿嘿一笑，不作辩解。其实，王老师也深深爱着自己的骨肉，但从他女儿那句半开玩笑的话里，倒真可以看到王老师对学生的情感。

王老师对学生的关心，是无微不至的。谁在生活上不顺心，谁在工作中受到挫折，谁在学习中遇到困难，王老师总会主动设法帮助。有次我到南京开会，王老师告诉我：“我们的研究生王星琦，在南京工作，听说还没有解决‘两地分居’问题。你到那里，要向当地领导了解他的工作表现，也要请求关照他家属调动的问题。”后来，我由宁返穗，向他报告有关领导对星琦的关怀，他才放了心。另一位学生，受到不公正的对待，王老师知道了，立刻写信给有关方面反映情况。他写着写着，禁不住老泪纵横，把信稿也打湿了。

对学生，王老师是关心一辈子、教育一辈子的。陆定一同志的夫人严慰冰，一九三四年曾和妹妹一起在江苏松江女子中学读书。当时，王季思老师给他们上国文课和历史课。严慰冰同志在一篇题为《五十年如一日——遥寄王季思老师》的文章中回忆：“他批改作业很认真，好句子打双圈，错别字加上框框。”后来，严慰冰同志受到“四人帮”的残酷迫害，王老师一直为她的生死担忧。一九八〇年王老师到京，见到了严慰冰姊妹，他从行囊里取出岭南干果嘉应子，说：“上了年纪，带不动多的东西，这嘉应子北京没有，姊妹俩分着吃吧！”严慰冰同志感慨地写道：“妹妹因株连，坐了九年牢，她与我都已白发苍苍，可老师还把我们当孩子看待。”

严慰冰同志又写道：“我一九八二年离休后，偶尔为报刊写些短文，老师看到后，还像五十年前一样，仔细为我批改。刊物字小，排得又密，老师因我患白内障视力太差，特用另纸抄过，将刊物与改件用挂号信寄给我。”

我看到严慰冰同志的这段话，不禁思绪如潮。得到王老师教诲的学生，都有和她一样的感受。

在二十世纪八十年代初的一段时间，同学们学习的热情十分高涨，年迈的王老师，也主动给本科学生开设选修课。

每次上课，教室总是坐得满满的，大家都希望能多听听老专家的学术见解。这时候，他的老伴姜先生，发现患了子宫癌，必须动手术。

同志们好不容易把姜先生送进肿瘤医院，王老师也三番四次地到医院看望陪伴。亲人患病，谁不揪心？可是，医院决定动手术的日期，恰巧和王老师上课的日期碰在一起。

“季思，开刀的时候，你来陪着吧？”姜先生问。

“我想来，可刚好要上课。”王老师回答。

“请个假，不就行了？”姜先生躺着说。

王老师迟疑了：“行是行，不过耽误了一百几十名学生的学习，怕不大好。”他用征询的目光看着老伴，“何况我又不是医生，待在手术室外面，也无济于事。不如下课后赶来吧！”

“也行。”姜先生识大体，也了解王老师的脾气，虽然她多么希望开刀时丈夫留在身边，使她多一分勇气和力量。

在姜先生被送上手术台的时候，王老师也迈步走上讲台。这两节课，他和平常一样，讲得流畅认真。下课后，他才匆匆赶赴医院。

这件事，学生们知道了，都非常感动。中青年教师更是从王老师身上得到教育，大家说：“如何对待工作，老师给我们做了表率。”

王季思老师常说：“当老师，不能不懂装懂，更不能文过饰非。坦诚地承认自己的不足，这表明你在进步，也可以让学生懂得应该诚以任事，诚以待人。”每当我们坐在一起，回首往事，心直口快的姜先生常会责备王老师过去工作的过失，我看到他总是沉吟不语，知道老人家在反躬自省。

一九九三年庆祝王季思先生从教七十周年大会。持牌匾者右一为时任中大校长曾汉民教授，左一为黄水生书记。匾上的题词是：桃李满天下，星斗焕文章

一九八一年，《中国当代社会科学家》登载了王季思老师的一篇自传。文章末尾，王老师加上了一段“附记”，说明传文是助手整理的，同时郑重地指出：

> ……传文对我过去走过的弯路，如在学术上贪多务博，主次不分，在历次运动中的随风俯仰，缺乏定见等，没有指出。尤其是我到大学教书后，安于书房生活，脱离广大群众，反映现实的诗歌与散文越来越少写。这是应该作为切身的教训来向读者说明的。

岁月悠悠，谁没有做过错事或违心的事？而一个享有盛誉的长者，勇于向读者自我解剖，却是不多见的。

有一桩事，给学生教育至深。

一九七九年春节，王老师到学生宿舍去探望学生。同学们

很高兴，围拢过来和王老师一起谈天。老人家很关心大家的学习，当了解到同学们对文学史课某一位任课老师的教学颇有意见时，他默默地坐着，想着。王老师走后，同学们议论纷纷，都说想不到老专家竟先给学生拜年。

更使同学们想不到的是，新学期开始，当文学史课上第一节课的时候，王老师颤巍巍地走进课室，坐在第一排的位置上。

上课铃声还未响，王老师先站了起来，对同学们说："大家对任课老师教学的意见，我是知道的。不过，你们也许不知道，任课老师遭遇坎坷，他二十年没有教课。今天，他能走上讲台，已经很不容易了！"

王老师停了一停，双手按着椅背，禁不住微微颤动。"那时，我担任系主任，也做了违心的事，实在不堪回首。"他的声音很低，但发自肺腑之言，大伙都听到了。

接着，王老师又说："任课老师学识广博，虽然他的普通话说得不大好懂，但如果大家耐心听讲，一定会大有收获。"

当任课老师来到课室，看到同学们十分安静，又看到作为前辈的王老师摊开笔记本，准备听他讲课时，不禁一怔。在讲课中，王老师几次走上讲坛，亲手替他把黑板抹净。开始时，他有点手足无措，但很快就明白过来了。下课时，同学们一齐起立向任课老师致意，他却对着王老师，深深地鞠躬，然后搀扶着老人家，一起离开了课室。

这一幕，同学们全看在眼里，许多人感动得眼睛湿润。从此，大家对这门功课听得特别用心，任课老师的讲授也越来越受同学们的欢迎。过了许多年，同学们还常常谈到这一番动人的情景。一位同学说："从王老师的身上，我懂得了什么叫作高尚的品德，懂得了怎样做人，怎样助人，怎样教书育人。我一辈子也忘不了王老师擦黑板时的背影。"

人们不是常常赞美“名师”吗？我想，凡是“名师”，首先应是“明师”吧。“明师”，不仅指明智、明慧、明察，更重要的是心怀像水晶一样透明。澄澈的光辉，可以使愚者智、懦者起，可以帮助人洗涤灵魂的污浊。人们推重“身教”，称教师为“灵魂的工程师”，道理也在于此吧！

现在，到了耄耋之年的王季思老师，早就不给本科学生上课了。但同学们知道他行动不便，有五位学生便自动组织起来，每天轮流搀扶着王老师散步锻炼。我们的校园靠近珠江，黄昏时分，“余霞散成绮，澄江净如练”。人们总会看到王老师在余霞尚满天的景色中，和年轻人一起走着，一步、一步，向前、向前……

双峰并峙　各领风骚

——重温两位老师的四本小书

近日，北京出版社寄给我四本“大家小书”，包括董每戡教授的《中国戏剧简史》《西洋戏剧简史》和王季思教授的《古典戏曲略说》《古典文学略述》。重温两位先师的论著，眼前不禁呈现他们对我教导时的身影。

董老师是在一九五三年到中山大学中文系任教的。从一九五四年开始，便给我们讲授苏联文学和中国戏曲史。我们也都知道，他是研究中国戏剧史的专家，又是著名的导演和剧作者，曾和田汉、欧阳予倩等在一起，参加过左翼的文学活动；也知道著名表演艺术家赵丹，平生第一次演出话剧是《C夫人肖像》，一举成名，而这部戏的作者和参与导演者，正是董老师。

早在一九四九年前后，董老师已出版过《中国戏剧简史》《西洋戏剧简史》《说剧》等论著，以及大量的剧评，在学术界产生了很大的影响。他调入中大以后，又连续出版了《三国演义试论》和《琵琶记简说》，蜚声学坛。任课之余，他还积极参加广东省的戏曲改革和评论工作，以鞭辟入里的分析和渊博的知识，获得了戏剧界同行的尊敬。

“大家小书”中的《中国戏剧简史》，正是他当时给我们上课的内容。这“小书”虽然篇幅不大，但在中国戏剧史的研究中，具有划时代的意义。

我们知道，自从王国维先生开创了中国戏曲史研究以来，许多研究者继承王氏研究词曲史的角度，以治经的方法治戏曲；而另一位学界权威吴梅先生，则主张以曲治史，他以曲律曲谱的研究为主，也取得了较大的成绩。在二十世纪三四十年代，治中国戏剧史者，鲜能走出王、吴两位大师开辟的途径。

然而，董每戡老师则根据戏剧的本质，认为“戏剧本来就具备两重性，它既具有文学性，更具有演剧性”，并认为万一不能兼顾，“在剧史家，与其重视其文学性，不如重视其演剧性，这是戏剧家的本分，也就是剧史家的本分，也就是剧史家与词曲史家不同的一点”。显然，他以不同于王、吴两位的研究方法，开创了第三条治戏剧史的道路。由于董老师具有深厚的旧学渊源，又有长期从事编剧和导演等戏剧活动的经验，还接受了西方戏剧理论的影响，因此，他在研究戏曲史上的主张，在当时独树一帜，也为后辈学人提供了研究戏剧这一特定文体的新路。

《中国戏剧简史》开宗明义提出的主张，贯串在这本书的结构中，例如在戏剧史分期上，他着重指明特定时期场上演出形态的特点。后来，他在《五大名剧论》等多本论著中，一直既注意文本的文学性，同时注意剧本的舞台性。因此，研读他的著述，就像看到一位导演对着演员，作出一场连着一场的分析，指导着演员如何排好每一场戏，从而从戏剧行动中，领悟戏的题旨和人物性格等等。这和一般中文系出身的学者，把剧本主题、情节、人物性格分别论述的方法，完全不同。那时，我们听董老师的课，脑海里也像是呈现一幕幕戏在舞台上演出的场景。

《中国戏剧简史》（北京出版社，二〇二〇年版）

把中国戏剧的发展，和我们每一历史阶段的社会经济政治联系起来，这是出版于一九四九年的《中国戏剧简史》的一大特色。他认为："戏剧艺术发展的历程，绝不是孤立地四无依傍地去完成它自己的发展的，它确确实实伴随社会发展形式的历程而一同迈进，因此在不同类型的社会里，就产生了某一种类型的戏剧。"在考察我国史前时期的戏剧形态时，他认为中国古代戏剧有歌有舞。舞和歌，源于劳动，是人们再现劳动动作和劳动感情的抒发。据此特性，他认为中国戏剧起源于劳动，进一步才与祭祀有关。这论点，不同于王国维在《戏曲考原》中提出的"歌舞之兴，其始于古之巫乎"的说法。董先生还从文字学的角度，详论"舞"与"巫"的关系，指出"巫"字本是人们拿着牛尾舞蹈姿态的再现，后来字形演化，我们才不易看出它的原来面目。在论证过程中，董老师指出："我们不只要说明古代的'舞者'即'巫者'，而且要说明'舞'非由'巫'产生，事实是'巫'因'舞'而有。"董老师的论断，看来是接受了普列汉诺夫学说以及辩证唯物主义思想的影响，从中，我们也可以看到老一辈学者追求进步、力求创新的思想倾向。当然，他求证于传统经典，通过严密考证从而获得结论的做法，也还是吸取了王国维以经治史方法中可取的一面的。因此，董老师对中国戏剧起源的主张，至今仍具有重要参考价值。

当然，董老师也和王国维一样，非常重视祭祀与戏剧的关系，但他更从祭祀仪式的变化中，看到它和社会劳动与生活形态变化之间的关联。像指出远古有所谓“蜡祭”，《礼记》云：“天子大蜡八，伊耆氏始为蜡。”多种文献资料也表明，“蜡祭”亦称“腊祭”，是对祖先的祭祀。而在“蜡”与“腊”名称的变换中，董老师发现了它们之间的差异，指出“腊者猎也，猎禽以祭祖，表示不忘本，开始于以狩猎为主要生产方法的时代。蜡者索也，索飨百神，祈年报功，开始于以农耕为主要方法的时代”。这推断十分精彩，也说明董老师注意到作为戏剧源头之一的祭祀，其文化形态的变化，和不同时期生产和生活方式的变化有着密切的关系。其实，《中国戏剧简史》论及汉魏时期百戏的产生，舞巫转化为优倡，论及唐宋元明产生杂剧、剧曲演化发展的过程，无一不与经济制度的变迁息息相关。很明显，董老师对戏剧发展的认识，不同于王、吴两派，他的目光，始终注意到作为上层建筑的文化艺术，与经济基础有着密切的联系。早在二十世纪四十年代，董老师就能高屋建瓴地观察中国戏剧的发展，这和老派学者的视界，并不相同。他力图在这领域中，开辟出一条崭新的并且与理论基础贯通的研究道路。

此次“大家小书”也收入董老师在一九四九年就写成的《西洋戏剧简史》。正如董上德教授在该书的序言中指出：研究西方戏剧并非董师的主业，但这部简史对西洋戏剧史的分期，以及对雨果等作家创作方法的评价，竟与二〇一五年由多位欧美作者合作编写并风靡全球的《世界戏剧史》，观点大致相符。在六十六年前，在图书资料匮乏的年代，董每戡老师能对西洋戏剧有如此深刻和超前的认识，实在不能不让人叹服。也由于他熟谙西洋戏剧，因此在撰写《中国戏剧简史》时，多处以西方戏剧的情况，与中国戏剧发展的各个阶段，作了精彩的对应和对比。显然，董老师能从世界戏剧的视野，观察中国戏剧的发展和特点。这样的研究方法，不仅在大半个世纪以前独树一帜，即使在今天，依然有着重要的指导价值。

董老师罹难离职后到长沙居住，生活极其艰苦。但他勇敢面对，顽强不屈，日日夜夜，坚持研究和写作。当时，他穷得买不起稿纸，甚至要到街上捡来废纸或烟盒，拆开铺平，以一支破钢笔在上面书写。由于手腕颤抖，他只能以右手横握笔杆，左手推着笔尖，勉力写作。“文革”期间，他已定稿的计有六十万字的《中国戏剧发展史》被抄走，不知去向；藏在地板下的《五大名剧论》等稿，被老鼠啮掉一半。他又咬牙重写。总之，从一九五八到一九七九年，在最困难的二十余年间，他著书立说，计有近二百万字。董老师有诗云：“病手推成文百万”，这顽强执着的治学态度和奋斗精神，催人泪下，更令人肃然起敬。

我知道董老师能够唱曲，虽未见过他在曲调方面有所论述，但在调入中大工作后，他让资料室搜购了二百多张各种地方戏的唱片，看来董老师有参考吴梅，用新的眼光研究曲调的计划。可惜他遭遇厄运，又经过十年“文革”，唱片荡然无存。我也无法跟随他学习这方面的学问。

王季思老师也是戏曲研究专家，他和董老师同是温州老乡，二十世纪五十年代时曾担任中大中文系主任，在引荐董老师赴粤任教的过程中，起过重要的作用。可惜造化弄人，让两位同是以研究戏曲为主业的老朋友，在特定时代的浪潮中分道而行。而他们两位，又前后分别经历过血的教训。特别是王老

《古典戏曲略说》（北京出版社，二〇二〇年版）

师，“觉今是而昨非”。“文革”后，董老师重返中大，王老师登门诚心致歉，但不久董老师因病匆匆辞世。这两位老朋友再也没有合作的机会。

王老师在学术上的贡献，不同于董老师，他从小受到孙诒让先生的熏陶。后来虽然求学于吴梅先生门下，却走上了像王国维那样以经治戏的道路。

不过，在二十世纪三十年代，王老师受到五四运动进步思潮的影响，决心校注具有反封建意义的《西厢记》时，更注意对蒙元时代典章制度，特别是对坊间俗语方言的搜集和解释。书成后，一鸣惊人。在当时，虽然饱受道学先生的讥讽，说什么“不爱六经爱五剧，《西厢》浪子是前身”，但是，有识之士都认识到，王老师的《西厢五剧注》完全取代了风行两百多年的金圣叹校注本。其水平之高，不仅在今天还未见有人超越，而且具有作为蒙元时期语言辞典的意义。

在收入“大家小书”的《古典戏曲略说》一书中，绝大多数是王老师在新中国成立后发表的论文。我知道，他虽然曾在一九四九年之前发表过《机声》等几篇话剧作品，但由于大多

《西洋戏剧简史》（北京出版社，二〇二〇年版）

数时间从事中学和大学的教学工作，因此，他写作的兴奋点在于对剧本的文学性分析。

王老师在新中国成立后，注意思想改造和理论学习。因此，他一直注意研究古代戏曲的时代精神，认为评价剧本的文本，要注意其舞台形象是否“集中反映了广大人民的思想感情，同时教育并鼓舞了广大人民在遭受残酷的封建压迫和外来侵略时坚决起来斗争”。早在一九五四年，他在《人民文学》发表了《关汉卿和他的杂剧》一文，详尽考证关汉卿和下层市民的联系，细致分析《窦娥冤》中窦娥反抗至死、不屈不挠的精神，分析《救风尘》中赵盼儿拯救沦落风尘的姊妹，在反抗压迫者时所表现的机智勇敢。通过对文本思想艺术的论述，王老师不仅呼应了王国维认为《窦娥冤》是世界上“伟大悲剧”的评价，更全面地肯定关汉卿是蒙元时代最伟大的戏剧家。这篇论文，从时代精神切入，注重研究古代戏曲经典文本的深层意蕴，在当年名刊较少刊载古代戏曲研究的情况下，产生了重大的影响。

《古典戏曲略说》最具特色的是，作者在分析文本时，注意对作品题材源流的搜索，从民间传说和前代文献等资料中，审视同一题材的演变过程。像发表于一九五四年《人民文学》九月号的《〈西厢记〉叙说》，王老师从追溯元稹的《莺莺传》和唐代有关吟咏莺莺的诗文入手，进一步从考证宋代赵令畤《蝶恋花》鼓子词，如何蜕变为金代董解元《西厢挡弹词》；最后详论王实甫如何在继承前人作品的基础上，进行全新的创造，让它成为“天下夺魁”的名著。显然，王老师根据传说野史和各家文献，寻根溯源地分析戏剧文本以及情节、人物的典型化过程，这对我们如何评价古典戏曲作家的创作成就，很有启发。

“文革”结束，王老师已是七十岁的高龄老人了，但被“小将”打断了两条肋骨，骨尖刺穿了横膈膜，乃至肠脏涌上了胸腔的他，身体复原后，立即投身于研究生教育和研究工作。《古典戏曲略说》中所收的论文，最为重要的几篇，都是发表于“文革”之后。值得学习的是，王老师虽然已进入老境，但从不故步自封，而是不断追求，与时俱进。即使老眼昏花，他也认真学习马克思和恩格斯的著作，从《德意志意识形态》《家庭、私有制和国家的起源》等论著中得到启发，写出了长篇论文《从〈凤求凰〉到〈西厢记〉》。王老师从有关卓文君和司马相如的传说和有关文献入手，逐步联系到不同时代恋爱和婚姻形态的演变，论述从“始乱终弃”发展到“大团圆”结局，乃至《西厢记》提出“愿普天下有情的都成了眷属”的过程，用以说明爱情、婚姻在不同时期的文化思潮和人类发展历史的关系，他认为：“同一个反映青年男女爱情的故事，先由喜剧变为悲剧，又由悲剧变为喜剧，转了一个圈，但它不是回到原来的起点，而是螺旋形地上升了。”另外，王老师在文章中，经常使用恩格斯说了多遍的“性爱”一词，注意到婚恋与人的本能的关系，实际上，他是关注到“人性”的问

《古典文学略述》（北京出版社，二〇二〇年版）

题，认识到人性乃是人类历史发展的重要方面。在这里，王老师能够把文本的源流分析，提升为具有规律性意义的理论，对文本“题材学”的研究，也有着启迪的作用。

《古典文学略述》一书，编选了王老师对诗词研究的论文。他既从知人论世的角度评论苏轼、李清照等名家，更注重分析传统名篇的审美特征，提出研读古典文学作品“是为汲取它的有益内容来丰富自己的思想，咀嚼它有味的地方来满足自己的美感享受”，还认为读者可以根据自己的认识有所发挥。这就涉及审美主体和受体之间的问题。他的《杜甫〈羌村三首〉》和《怎样理解和欣赏〈西洲曲〉》等篇，都从审美的角度，提出自己的见解，帮助读者提高文本鉴赏的能力。

在中大，目前有幸曾同时受到董、王两位老师教诲的，就只剩下我一个人了。他俩都是主攻中国戏曲史的大家。此外，董老师也关注叙事文学的研究，他出版的《三国演义试论》，一直脍炙人口。王老师则关注诗词等抒情性文学的研究，也取得了很好的成绩。在学术界中，两位学者双峰并峙，各领风骚，不过，作为教师，在教书育人、善待后辈、严格要求、因材施教等方面，却是一致的。

我在大学一、二年级时，喜欢学习诗词，三年级撰写学年论文，也以陶渊明的研究为题。但我生性调皮捣蛋，即使上了大学，依然不改。有一回上课，外面下着大雨，董老师迟到了，同学们静静地坐等，我有点不耐烦了，突然灵机一动，跑到课室门口，四顾无人，便学着董老师惯常走路的姿态，半弯着腰，大摆着臂，撇着双腿，悠悠晃晃，走上讲坛，然后用食指擦擦鼻下的“胡子”，干咳两声，做出准备开讲的神态。同学们看了，哄堂大笑。

我正在得意，笑声骤止，回头一望，只见董老师在课室门口静静地盯着。我手足无措，赶紧溜回座位。这节课，心情忐忑。到下课铃声响了，董老师叫我留下。我想，我死也！准要挨批了。谁知道，他走到我身边，对我说：“我看你的模仿能力不错，合适研究戏剧，以后多跟我讨论，好吗？”我一怔，顿时说不出话来，只一个劲地点头。从此，我的学习兴趣便从诗词转为古代戏曲。董老师指导学生剧团，把京剧《一文钱》改编为小话剧时，便让我坐在一旁，观看他怎样导演，怎样调动场面，怎样处理和指导演员对角色的创造。我毕业留校，向董老师学习的机会更多。他不仅指导我阅读戏剧作品和讲述戏剧理论书籍，还鼓励并要求我到剧团实习，了解和学习一些表演程序，参与剧目的讨论，乃至协助导演对场景的处理，让我体会戏剧舞台性的特质，这让我在研究戏剧作品时，有不同于一般中文系教师的视角。更重要的是，从董老师身上，我学到了怎样对待有缺点的学生，知道什么是“师德”“师风”。

董老师被错划为右派后，系里安排我跟随王老师学习。王老师也知道我一向好动，“屁股尖，坐不住”，因此对我严加管束。当他接受高教部的委托，编写全国教材《中国戏曲选》时，便让我和另一位师兄参加工作，着我天天到他家里准时上班，把他多年来为注释元剧积累起来的卡片资料，全数让我翻阅。他还特别把版本最多最为复杂的《西厢记》选目，交给我负责校勘注释。这项工作，我们花了三年工夫，弄得头昏脑胀。而我也在王老师的指导下，掌握了校释古籍的基本知识。这部书稿完成后，放在王老师家里，正要寄交中华书局出版，谁知“文革”开始，红卫兵抄了“反动学术权威”王老师的家，也把我们辛劳的成果，一把火烧掉。等到打倒了“四人帮”，王老师下决心重整旗鼓，指导和率领我与两位师兄弟，重新编写。又过了两年，第二稿卒告于成，便送交人民文学出版社出版。那时，王老师年岁已高，为防唾液流出，弄脏稿纸，大热天也戴着口罩，低头审阅。他为完成国家任务锲而不舍勤奋顽强的精神，教育了我，也让我彻底改变了“屁股尖”的习气。

在集体编写和共同研究的过程中，王老师非常重视老中青三结合，为中山大学构建了中国戏曲研究的团队。通过多年的团结合作，我们也没有辜负老师的心血，努力完成研究和教学的任务。

师恩深似海，菁莪教泽长。重温董、王两位老师的“小书”，想及他们教育后辈的劳绩，铭感不已。王老师曾有句云：“薪尽火传光不绝，长留双眼看春星。”如今，我在不觉间进入了耄耋之年，也热切希望更后一辈的学者，为弘扬中华文化优良传统、建立文化自信，作出更大的贡献。

有事弟子服其劳

——记我们照料老师的一桩往事

近期，常从新闻画面上，看到一些年轻人照顾老人的情景，我不期然想到了三十年前的一桩往事。

在中大康乐园，到了暮春三月，岭南草长，杂花生树，群蚊乱飞。最可怕的是，有一种花斑蚊，人若被它叮了，可能会染上登革热，若引发并发症，危险得很！很不幸，这种病，竟发生在我们的老师王起（季思）教授的家里。王老师是著名的古代戏曲研究权威，培养了我们好几代学人，在建立中大的戏曲研究团队方面，作过卓越的贡献。

我记得，在一九九〇年夏天，一位校友来访，送给我两小包海蜇皮。我一想，这东西最宜下酒，王老师是每饭必饮的"高阳酒徒"，不如转送给他。第二天早上，便打电话和王老师联系，他清晰地回答："好吧！"我立刻骑车前往。

车刚转入马岗顶，远远看到有人抬着担架走出，再细看，抬担架者，是康保成、董上德和王老师的女儿王小雷。我心里一阵发慌，王老师刚刚才和我通电话，怎么忽然出事了？走近一看，原来在担架上躺着的，是师母姜海燕先生。我立刻跳下车，一看姜先生脸色苍白，昏迷不醒，便赶忙把自行车扔在一旁，和大家一起把姜先生抬到学校的医务室。

我们七手八脚把姜先生抬上病床，医生发觉不妥，赶紧叫来救护车，把病人送到附近的广州河南医院急诊室。经诊断，判定为被蚊子叮着，染上登革热，引发急性心肌炎，要立刻抢救。可是，迟了，到晚上七时左右，姜先生不幸去世。

我们接到消息后，急忙赶往医院，让守在母亲遗体旁的小雷，当晚先不要回家，听候我们的安排。因为，王老师当年已八十四岁了，又患有较严重的心脏病，他怎么样也想不到姜先生起病只有三天，早上还在一起，离开不到十小时，便天人永隔。如果我们把不幸的消息告诉他，这猛然的打击，他能抵受得了吗？万一心脏出了问题，怎么办？如果不告诉他，又实在不可能，万一走漏消息，他更受不了。这又怎么办？真教人左右为难。

那时，情况特殊，我只好通知各位师兄弟，到大海兄的家里，共同商量。晚上十点左右，我们围坐在一起，研究两个问

作者和王季思先生（右）

题：一是怎样告诉王老师，二是怎样为姜先生办后事。而关键在于，怎能让王老师身体不出现特殊的状况，能平安地接受不幸的现实。围绕着这一难题，大家左思右想，一筹莫展，只好拿出香烟，一根接着一根地猛抽，把烟尾巴扔满一地。

忽然，有人提出：坏了！现在王宅只剩下老人家一个人，孤孤单单的，怎么办？于是决定，让当时最年轻的上德，骑上自行车前往探望。大家吩咐他，如果楼上没有灯光，说明王老师已经睡了，那就不必惊动，赶紧回来报信；如果楼上有灯亮着，说明王老师没有睡，那么，立刻上楼和他聊天，稳住他，安排他休息，并且打电话过来通报。上德二话没说，受命飞奔前往。而我们则留在大海家里，一边继续商量，一边守候消息。

王老师的家在康乐园的西北区，大海的家在西南区，两地相距较远。那年代，手机还没有出现，我估算一下，上德骑车抵达王宅，约需十分钟，如果王老师睡了，马上回程，一来一回，顶多需要半个小时。上德是十二点左右出发的，无论如何，凌晨一时，我们便应该知道信息。

谁知道，直到凌晨两点，上德还没有回来。这一下，我们慌了，上德一向办事认真，这是怎么回事？再一想，不好！莫非他在路上出了什么事故？深夜飞车，撞上什么东西，那真就祸不单行了！我们越想，心里便越发毛。我沉不住气了，正想让大家分头去找，又不知上德走的是哪条路线。正在踌躇之际，门打开了，只见上德满头大汗，刚好回到。原来，他的自行车半路上坏了，鼓捣了半天，依旧没法把车修好，只好步行到王老师家，一看，楼上没有亮灯，又只好徒步走回来。我们听着，也都松了一口气。

我们又讨论了一会，依然找不出应对的办法。眼见快近四点，曙光熹微，大家都有倦意，便决定先各自回家休息，等头脑清醒些，再作决定。

我回到家，立刻睡觉。起来后洗了个澡，冷水一冲，突然灵机一动，有了！记得前两年，校党委某领导的家属突然去世，她患有心脏病，校长便先对她封锁消息，让她到广东省人民医院住院体检，并和院方沟通，在做好抢救的准备后，才告知她。这办法，颇有效果。

我便想，我们对王老师，不是可以如法炮制吗？主意已定，立刻向校党委书记张幼峰请示，他很同意我的想法，并立即通知校医室，给予配合。我便和校医室王坤儒主任联系，请她准备车辆，并以学校组织老教师体检的名义，送王老师到河南医院。但我们又怕引起王老师的怀疑，便把真相告知王老师的同乡好友——哲学系刘嵘教授和图书馆连珍馆长，请他们也装着参加体检的样子，和王老师乘车一起前往。同时通知王小雷，让她立刻回家，装着没事，告诉王老师，妈妈也在河南医院，没有大碍，并悄悄替父亲准备住院的物品。当然，我们也请学校方面迅速和河南医院取得联系，告知我们的意图。

一切安排妥当，刘、连两位教授坐上面包车，一起来到王老师的家中。起初，王老师真不想去，但刘、连两位告诉他，老教师体验，是学校统一安排，他们俩也得参加，不去不好，何况姜海燕也在那里留医，彼此方便照顾。王老师想了想，同意了，和大家一起上了车。一路上，大家说说闲话，强颜欢笑，车子很快就到达医院。

到了河南医院，医生很配合，首先给刘、连两位做了检查。轮到王老师，东弄西弄，便说他心脏不好，肝部也有问题，必须立刻住院留医。王老师愕然，我们则不由分说，连哄带吓，把他送往住院部，安排他住到五楼的双人房。一住下来，他便要看望妻子，我们告诉他，姜先生正在好转，但不能受干扰，请他放心。王老师老了，行动不便，也不知姜先生住在哪号病房，只好作罢。

我们回到校里，大家又一起商量，姜先生的追悼会应该在六七天后举行。至于在什么时候才把实情告诉王老师，则要看情况而定。我们一面通知系领导，要求系里的老师配合，绝不能走漏消息；一面决定，在王老师住院期间，早、午、晚三段，由戏曲研究团队的师兄弟，轮流值班陪侍。晚上一段，则由当时未婚的黄仕忠，以及不用照顾家庭的林健负责。我则重点负责各个方面的协调工作。大家又想到，医院伙食不算好，便规定每位同志，凡是轮到值班看护时，必须带上有营养的汤品。家里没有开锅的，便到附近饭店买上一盅。由于营养充足，后来王老师出院时，体重反增加了。

王老师住进了医院，大家安心了。第二天早上，我要和王小雷与院方共同研究采取什么方式、在什么时间向王老师“摊牌”的问题。到医院后，我们先到病房看看王老师。他一见我，便追问：“海燕怎样了？”我们支吾以对，说情况还好，请他放心，然后匆匆离开。

我们从院长室里出来，已经十一时多了。我又跑到病房，看看王老师的情况。还未进门口，轮值陪侍的师飚瞄见了我，对我说：“王老师焦急得很，说天骥办事，从来不会一来便走，刚才，他还要我到处找您。”我立刻进入病房，只见王老师坐在床上，一见到我，立刻就问姜先生住在哪幢楼哪号房。我说不能去，他有点生气了，还是一个劲要求带他去探视。这下子麻烦了，我沉吟一会，横下心来，索性告诉他，姜先生病情突然恶化，刚才和医生商量，已经把她转到省人民医院治疗。王老师急了，又赶着要去看她。我立即正告他，不可能，医生不会批准他离开。总之，我编了许多理由，硬是劝他不能前往，只能自己安心静养。王老师也没有办法，只好听从。

我回到学校，和大伙说了王老师的情况，决定采取时松时紧的策略，一会儿对他说姜先生好转了，隔天又说姜先生出了问题。消息时好时坏，反反复复，让王老师有一个思想准备的过程，然后再抓住时机，才告诉他不幸的消息。

谁料过了四天，邱世友教授到了医院，径直探访王老师。邱老师是王老师的老学生和老同事，他学问很好，有时却有点迂气。那天，他去问候王老师，两人谈心。谈着谈着，邱老师忽然谈起老庄哲学，还大谈庄子丧妻，鼓盆而歌，说到庄子坦然的态度等等。王老师是何等聪明的人，当然听出了弦外之音。当时，轮值看护的师弟大惊失色，却又不能阻止侃侃而谈的邱老师，眼看着王老师默然发呆，只能暗自着急，却束手无策。

也真凑巧，在王老师住院后的第三天，隔床住上一位老干部。他是某造船厂的厂长，“文革”时，曾到中大担任过工宣队队长，对学校知识分子的情况，也有所了解。他看到了我们师兄弟的奔忙和种种情态，早就“瞧科”了。邱老师离开后，晚上，这作为“病友”的厂长，便对王老师说，一年前，他在住院留医期间，老妻去世了。可是儿女们一直瞒着他，过了两个月，才告诉他，他很不满。但回心一想，子女这样做，其实正是为他好，怕他伤心，影响健康。厂长又说，后来想通了，只好接受现实。王老师听了，也点头称是。显然，厂长把一切看在眼内，已经自动地帮助我们做了思想工作。那晚值班的师弟赶紧把看到的情况告诉我们。我们一听，时机到了，立刻决定，隔一天，就可以向王老师说明真相。

那天，院方把一些医疗设备搬进了病房，几位医生也做好抢救的准备，然后，王老师的女儿小雷，穿了黑色的衣服，与王老师的挚友连珍馆长，还有我和两位师弟，一起进入病房。王老师一看，便明白了。跟着，小雷正式告诉他妈妈逝世的时间和情景，连珍馆长也简单安慰了他几句。只见王老师泪流满面。过了一会，一位医生握着王老师的手，检查他的脉搏和血压，回过头来，向我们示意，他心脑没有异常。于是，我们只留下小雷陪伴父亲，大家默默退出。当走出病房门口，又都长长地舒了一口气。后来听小雷说，王老师哭了一会，便睡着了。我们知道了，也稍稍安心。

尽管王老师情绪渐次好转，但暂时还不能让他出院回家，否则他睹物思人，又会感情波动，因此，大家决定让他继续住院。每天，我们依然早、午、晚三班，轮值看护，陪他聊天，或者推着轮椅，让他到处走走，散散心。当然，每天也继续轮流给王老师送去富有营养的汤汁。那时，天气炎热，下午值班者，还必须替王老师洗澡。

有一天下午，轮到我和师兄苏寰中教授值班。到四点钟左右，我俩扶着王老师进入沐浴间。王老师腰腿不便，我们不敢让他跨进浴缸，只能替他脱光衣服，让他站在淋浴器下面。苏兄搀扶着他的左侧，谁知，王老师身高体重，苏兄顶托着，非常吃力；我则一手扶住老师的右腋，一手打开水龙头，替王老师从头到脚，冲洗搓擦。等到把他搀回病床时，我们才发现，自己全身已被汗水和自来水打湿，弄成落汤鸡了。

又过了若干天，我们看到王老师情绪已经稳定，便和他家属商量，决定让王老师出院后，先不回到中大的家，而直接送往深圳，让他在女儿王丽娜的住处继续休养，然后再回康乐园。主意已定，连忙请医院给他做一次全身检查，准备办理出院手续。

过两天，我们接到王老师的体检结果，一看，坏了！体检书写着：胃癌晚期。并建议：由于本院设施不足，尽快到省人民医院复检。这事情，王老师一点也不知道，我们却惊得一佛出世，二佛升天，紧急和王老师子女开会商量。他们都决定，如果复检属实，只好消极治疗，不再开刀，让病者舒服离世。

话虽如此，但大家的内心，实在非常伤感。眼看着一波未平，一波又起。八十多岁的老翁，癌症晚期，看来日子无多了！

怀着吉凶未卜的忐忑心情，我们请学校备车，由王老师的儿子王则柯教授，以及欧阳光和我，三人一起，把王老师送到省人民医院复查。在等候复查结果时，我们如坐针毡，心里像有十五个吊桶，七上八落。直等了三个钟头，王老师被护工推送出来。过一会，复检证明也拿到了，我们紧张得很，抢前一看，哎哟！阿弥陀佛！原来王老师根本没有癌变，一切正常。我们相视而笑，悬着的心，才像一块石头落地。

王老师住院，前后共二十多天。出院赴深圳前，我打电话给当时深圳特区报社的社长许兆焕校友，告诉他："老师交给您了。"他朗声回答："没问题！"当王老师抵深那天，老许召集了七位校友接车。那时没有电梯，他们便轮流抬着王老师，硬是爬着楼梯，登上了王丽娜居住的七楼。我们知道了，都十分感动。这就是中大的校风！但愿这尊师爱生的校风，能发扬光大，传之久远。

经过二十多天具有戏剧性的奋战，王老师安然无恙。我们虽然心力交瘁，但也都觉得值得。"有事弟子服其劳"，这是中国人应有之义。此一役，对我们来说，其实也是自我教育，大家也更紧密团结，为后来完成一桩又一桩的重大科研项目，打下坚实的思想基础。

岭南词宗　树蕙滋兰

——记詹安泰老师

近来，我常写些有关唐诗的文字，往往想起了教我学习诗词的詹安泰教授。不想则已，一想起来，却又五味杂陈。

我从小喜欢诵诗词，但孤陋寡闻，只知道词学大家陈洵，曾在中山大学任教。等到考进了中大中文系，才知道该学科由詹安泰教授主持。能接手陈老先生教席的，岂是等闲之辈？我赶紧查阅资料，知道了詹老师也是一位词学权威。

早在一九四九年之前，詹老师就出版过《词学研究》，对词的创作体裁，从声韵、音律、调谱、起源、章句、修辞、意境、寄托等方面，作出理论性的分析。这与当时许多词家，只着重汇集、注释的做法，大不一样。他还经常发表高质量的词作。在学术界中，詹老师和夏承焘、唐圭璋、龙沐勋，有“四大词家”之誉，“北夏南詹”，成为词坛许多人的共识。这一来，我早就渴望着能见到詹老师，能听到他的讲授了。

那时，中大中文系的一年级上学期，便安排中国文学史的课程，任课老师正是詹安泰教授。上课时，詹老师多是穿着一套灰色的中山装，整洁朴素。他面容癯瘦，可是声音洪亮。一口带着潮州口音的普通话，说得抑扬顿挫。他讲解《诗经》

詹安泰先生

时，引经据典，条分缕析，让同学们听得入迷。一些艰深难懂的诗句，经过他的讲解，便豁然开朗。更绝的是，他的板书，写得秀逸遒劲。下课时，我们往往不忍抹掉，因为它本身就是一幅美妙绝伦的书法作品。

詹老师一开始讲《诗经》，便把我们镇住了。当时的学界，流行着一种观念，认为“三颂”和“大、小雅”，多是出自贵族统治阶级的作品，没有多少文学价值。但詹老师认为，“周颂”是祭歌，但它多是以民间的祭歌为蓝本，不能简单地否定。他特别不同意郭沫若对《良耜》的看法。通过严谨的考证，他作了全新的解释，雄辩地说明它确是一首生气勃勃的农歌。当年，郭沫若大名如雷贯耳，原来，他对一些问题的判断，也只是一家之言，未必正确。詹老师这开头的一课，告诉了我们，在学术上，可以挑战权威，作为大学生，在学术上应该学会独立思考。

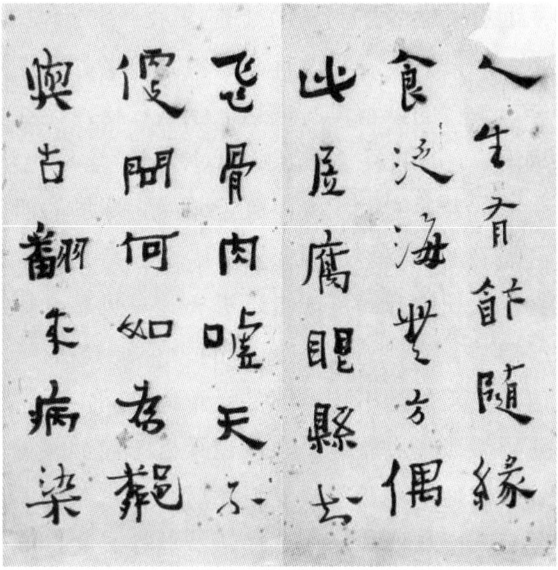

詹安泰先生墨迹

在二十世纪中叶，广州的冬天，还是比较寒冷的，课室外边的草坪，早上还会残留薄薄的冰珠。这阶段，詹老师正好给我们讲授《离骚》，记得他换上黑绒长衫，围着颈巾，在讲台上来回走动，激昂地念诵诗句。当他讲到“余既滋兰之九畹兮，又树蕙之百亩”时，像是陶醉在诗人培育后进的欣喜中；讲到“长太息以掩涕兮，哀民生之多艰”时，他紧皱双眉，仰起前额，用力拍打沾在衣上的粉笔灰，表情悲愤。下课后，同学们纷纷议论，都说詹老师讲授《离骚》的样子，有着屈原的影子。这几节课，詹老师情绪激昂，声情并茂。他讲授的内容和教学的态度，本身就是对我们进行生动的爱国主义教育。

当年，我们每门课程都设有课代表，要直接向任课老师反馈同学们对教学的意见，或是转达老师对同学学习的要求，或是主持课堂讨论，然后向老师汇报，等等。这起着沟通作用的课代表，和任课老师的接触自然较多。我对学习中国古代文学很有兴趣，便被选为这门课程的课代表。谁知道，当上了这角色，

“近水楼台先得月”，它影响了我一生工作的走向。

一天下午，我没有课，便到詹老师家里拜访。在一九五二年，教授的家都没有电话，学生往访，无法预约。但是，凡有事没事，径直往访，老师们对不速之客，也从来不以为忤。

詹老师的家，就在康乐园西大球场的西北角。门前有以篱笆隔着的小院落，树影婆娑，显得特别幽雅。那天，詹家门开着，我便推开篱笆，走了进去。只见詹老师端坐椅子上，面容严肃，正在训斥站在旁边的一个小光头。这时候，我站在门边，走不是，不走也不是。正为难间，詹老师举头瞥见了我，便招手让我进屋。那小孩也乘机一溜烟跑了。后来知道，他正是詹老师的小儿子叔夏。此后，我常在西大球场见到他。我也爱玩，便和他一起抓草蜢，拉单杠。又过多少年，我和叔夏成了无话不谈的朋友，大家也都还记得初见时的尴尬情景。

詹老师让我坐在他身旁，詹师母便用托盘端着几只小小的茶杯，放在桌上。詹老师把开水注入小茶壶中，均匀地斟到小杯里。杯子里茶色金黄，清香扑鼻。詹老师用两个指头拈起一杯，示意我也拈一杯。我从未见过用如此细小的杯子喝茶的习惯，也从未喝过这样的茶，便像喝酒时干杯那样，一饮而尽。詹老师看到我的模样，笑了笑，告诉我，我们喝的是潮州的功夫茶，不宜牛饮，应该小口吮咂，细品茶的滋味。他又告诉我有关功夫茶的知识，例如用小茶壶，把茶均匀地斟在围成一圈的小杯上，这叫“关公巡城”；最后还有壶中余沥，点点滴滴，分别注入小杯里，这叫“韩信点兵”。我感到十分有趣，觉得詹老师平易近人，进门时的局促之情，一下子抛到九霄云外去了。说着说着，话题转到学习方面，我告诉老师，同学们初进大学，大都不知道怎样看书。詹老师指着杯子说：“有些书，阅读时可以用像你平时喝茶的习惯，一股脑灌进嘴里，解解渴，就可以了。但有些重要的书，就要像喝功夫茶那样，细细品味，反复领会，切忌囫囵吞枣。”这一番话，让我顿开茅塞。到现在，我还沿用詹老师教我的学习方法，把粗读和精读结合起来。这既可以读书较多，有较广阔的知识面，又可以集中精力对有些书反复阅读，深入思考。还要围绕着其中值得注意的问题，找寻有关的书籍，“竭泽而渔”，从各方面加以参证，就像苏东坡说的“八面受敌”，聚于一穴，让知识牢牢地渗入自己的脑海里。

听师一席话，胜读十年书。詹老师从饮茶教导我读书的方法，让我一辈子受益。

在詹老师客厅的书架上，堆满了一叠叠线装书，我每次到他家里，总会拿起一两本随便翻翻。一天，他告诉我，他是下定决心，三年不读线装书。也就是说，他准备用三年的时间，大量地认真地研读政治和文艺理论著作。

当时，我不太理解，作为研究中国古代文学的专家，怎能搁得下线装书？但仔细一想，明白了，像他那样长期从事文史工作的学者，许多典籍早已烂熟于胸，暂时放下，不会产生太多的影响。倒是如何提高理论水平，加强对中国古代文学发展规律的研究，改变“评点式”的鉴赏方法，这对从旧时代过来的文史研究工作者来说，是十分必要的。在新中国成立后不久，詹老师较早就认识到提高理论水平，强化逻辑思维能力的必要性，实在难能可贵。后来，他在校报上，还公开了自己学习理论的决心和设想，产生了较大的影响。从此，我对文学理论课的学习，也注意用功，努力克服只重视锻炼形象思维的倾向。

正是在重视理论学习的思想指导下，一九五三年，詹老师在《人民文学》杂志上，发表了有关研究《诗经》的论文。当年全国性的文学期刊，只有《人民文学》和《文艺报》两种。《人民文学》从来只刊登小说、诗歌等文学作品，而它竟破天荒发表了詹老师的论文，这立刻引起了文学界广泛的注意，在

《詹安泰全集》（上海古籍出版社，二〇一一年版）

中大校园里，更是轰动一时。跟着，高教部又委托詹老师领衔编写新中国成立后的第一本《中国文学史》，同学们知道了，掀起学习中国古代文学的热潮。

其实，詹老师也非常注意对文献和作品的考证校笺。在早年，他已有《花外集笺注》《碧山词笺注》和《姜词笺释》等著述问世。在给我们上课时，他已开始撰写《离骚笺疏》一稿，汇集从王逸以来历代专家对《离骚》的注解，爬梳剔抉，从中阐释真微之义。与此同时，他撰写《屈原》一书，还发表了长篇论文《论屈原的阶级出身、政治地位及其在文学上的作用》。论文以大量史料，论述"左徒"官职的发展，从而考证屈原政治地位的变化，进一步论述这对屈原创作的影响。这篇资料翔实，考证严密，并且具有理论深度的力作，受到了楚辞研究专家姜亮夫教授的推崇。

在我入学之初，系主任便宣布，中文系是培养中学教师、大学教师和研究人员的，不是培养作家的，因此，学习期间，不许创作文艺作品，否则被视为"偏废"，要受到批评。对此，我大惑不解。因为我们许多同学，都是怀着“作家梦”才来报考中文系的。而且，研究和创作并不矛盾，为什么就不准学习小说、诗歌的创作了？我生性“反叛”，才不管系里那一套规定，有空就写写马雅可夫斯基体的新诗，有时还自鸣得意，吟诵一番。团支书当然对我提出批评，我虚心接受，坚决不改。其实，也许当时的系主任，不得不按照苏联的教学大纲，宣示一番，而他自己和詹安泰老师，不也在报刊上发表诗词作品吗？怎么学生偏偏就不准写了？因此，同学们“睬佢都傻”（粤语，懒得管他），在课余时间，往往都写写小说，写写情诗。

有一天下午，我拿着文学史课堂讨论的纪录，到詹府交给老师。只见詹老师斜靠在摇椅上，闭着眼睛低声吟诵。我不敢打扰他，也不知道他咿咿呀呀唱些什么。正听着，詹师母走了出来，对詹老师说：“天骥站着哩！”詹老师张开眼睛，看见了我，笑了起来，告诉我，他吟唱的是刚刚写就的一首词。我说：“您刚才用潮州话念吗？我听不懂，却觉好听。”詹老师说：“你用广州话来读诗词，也是很好听的。”随即和我说起诗词有关平仄和词牌运用等问题。那学期，语言学家王力教授正好给我们上课，我一边听着詹老师的指点，一边联想王老师讲授的汉语知识，不禁豁然开朗。我听得入神，忘了要向他汇报有关课堂讨论的情况。詹老师也说得很兴奋，忽然问我，写过诗词没有？我回答，现在只写写新诗，不过，在念中学时，也学写过诗词。詹老师便让我读些旧作，给他听听。我有点不好意思，只好说，当时没有留稿，只记得在清明节上坟时，写过一首《点绛唇》，开头两句是：“野草离离，彤云尽掩山头翠。”

詹老师一听，把眼镜推到鼻尖，瞅着我，好一会，对我说：“以后你多写些词，写了就拿给我看看。”我觉察到老师有认为孺子可教的情态，大喜过望。几十年过去了，但老师愿意栽培我所表现出来的眼神，至今还深深地印在我的脑海里。

过了一段时间，我便拿着新写的《浪淘沙》一词，到詹府交给老师看。谁知他读了一半——“春篙送春舟，点散春愁，远山如黛试春妆，波逗春心花弄影，伴我春游”，便把眼镜拉下，一脸严肃，把词稿递回给我，对我说：“写诗作词，要有真情实感，切忌为文造情；你这词，每句都有‘春’字，自以为巧，却弄巧反拙，显得矫揉造作。”我一听，满脸通红，手足无措。过了一会，詹老师打开了抽屉，找出他的一首新作，叫我坐到书桌旁边，一字一句地告诉我他为什么要写这首词，他是怎样构思的，为什么句子用这个字才稳妥，为什么采用这一韵脚，等等。他把自己创作和修改的全过程，都告诉了我。又对我说，要多读些古人诗词，揣摩其意；创作时，却要跳出来，千万不要把自己打扮成古人，一定要根据自己的情感和现实的情况，慢慢形成自己的风格；该歌颂就歌颂，该鞭挞就鞭挞。他又说，由于从旧社会过来，他自己写的词，往往使用寄托的技巧，现在看来，容易晦涩；在新社会，年轻人未必如此。我问詹老师，写诗也是这个道理吗？他说，是的。至于近体诗，他认为陈寂老师和黄海章老师写得好。还告诉我，近日陈老师北上，写了一首七绝，其中有“行到洛阳近端己，洛阳春水碧于天”两句，既用典而又流畅，这就是好诗。

这一回，詹老师等于手把手教我怎样写诗词，而且好些话，是在课堂上听不到的。其实，在大学，老师对学生的个别辅导往往比课堂讲授更为重要。詹老师把我的“作品”，结合他自己的创作体会，坦诚地告诫我，引导我，真如醍醐灌顶，让我心窍顿开。詹老师还鼓励我，说我才是一年级学生，年纪小，有基础，应不怕失败，再接再厉。临别时，他还把我送到篱笆旁边。

我刚想推开篱笆的小门，詹老师忽然站住，拉住我走到一边，低声说："我教你一个读书的秘诀。"我赶忙听着。原来，他是要告诉我，看书或写作时，不必正襟危坐，而只要用一半的屁股，侧身坐着，这样就永不会长痔疮。他又说："男性如果终日坐着工作，最易患痔疮，这很麻烦。"我唯唯，却不禁"咭"的一声，笑了起来。詹老师却正色说："这是经验！"到现在，我在工作时，一直依照詹老师教我的坐姿，也真的很有效果！

在返回宿舍的路上，我既惭愧，更感动，又觉得有趣。詹老师对学生的严格要求和深情爱护，不就和屈原所说"滋兰""树蕙"的心意一样吗？

詹老师很喜欢和学生们一起讨论学术问题，很乐意听取不同的意见。一次，他和我们讨论温飞卿的《菩萨蛮》，说到了对"水精帘里颇黎枕"等句的理解。他认为，水精帘、颇黎枕、鸳鸯锦，是作者描绘留宿的地方；而下句"江上柳如烟，雁飞残月天"，可以看出写的是他和情人清早分别的情景。最后四句是："藕丝秋色浅，人胜参差剪；双鬓隔香红，玉钗头上风。"这几句，语气很不连贯，较难理解。詹老师首先介绍了一些学者的主张，然后提出他的看法，认为诗人写的是那女子头上两边戴着鲜花美丽可爱的形象。我一听，大胆地提出不同的解读，我说："不对吧！"詹老师问我："为什么？"我认为，这女子头上既戴着"人胜"，又插上玉钗，头的两边还插着香红的花，累赘得很；我看过唐代的一些壁画，女性怕不是这样打扮的。詹老师"嗯"了一声，问我有什么想法。我说"双鬓隔香红"，可能指诗人看见她的脸，隔着香红的花，在花丛中，目送情人的离去。詹老师沉吟了一会，点点头说："有想法！"后来，我看他发表有关温词的鉴赏文章，也参考了我的意见，不禁暗自高兴，知道詹老师从善如流，也明白教学相长的道理。后来，我和研究生一起讨论，也特别喜欢学生们勇于提出和我不同的见解，我甚至有意挑起大家的争论。这一手，正是从詹老师那里学来的。

大学毕业后，我留校任教，被安排从事古代戏曲科研教学工作，和詹老师接触的机会少了。到一九五七年，詹老师忽然被划为“右派分子”。我大惊，因为从未听詹老师说过什么过激的话，怎么也算右派呢？当然，谁也不敢细问。同时，上头安排谁写批判文章，运动当头，都不敢不写，我也奉命写了，暴露了人性的弱点。在极“左”思潮的泛滥下，多数人不明真相，被划为右派的詹老师，一下子变为“不可接触”的人。不过，在一九五九年，系里却发生了一桩感人的事。

那时，被打为右派的教师，是不能任课的。但詹老师开讲的文学史课，却无人可代，只好当例外处理。有些学生，对此还颇有意见。系领导便给大家打招呼，并强调上下课时，不要向詹老师起立致意，不满者才勉强接受系里的安排。

当詹老师走上讲台时，班长自然没有发出“起立”的口令，但有些同学不知就里，按习惯自动站了起来。于是有人坐，有人站，场面十分尴尬。詹老师等大家安静了，才开始讲课。虽然，他戴着“帽子”，但学识精深，见解精辟，备课认真，同学们听得入神，不知不觉到了下课的时间。詹老师收起了讲稿，然后说：“同学们，我正接受改造，以后上下课，请大家不要起立了！”说罢，他正想离开，谁想到，就在这时候，同学们倏然全体起立。詹老师一怔，赶紧欠身回礼，随即含泪离开。这一幕，虽然当时我没看到，但也知道，人性是复杂的，它会被扭曲，但并非良知尽泯。

那一段，气氛肃杀。有时在路上碰见詹老师，他总是低着头走。有时，我轻声向他打个招呼，他略一点头，便急急离去。后来情况有所缓和。每个周六下午，教工们都要回到教学

《宋词散论》（广东人民出版社，一九八〇年版）

楼，打扫卫生，詹老师自然也要参加。有一次，打扫快要结束，我瞅着没人，抓紧时机，轻声向詹老师表示歉意。刚说了几句，詹老师便急忙阻止："别说，别说，我明白！当年批胡适，批俞平伯，我不是也要奉命发表批判文章吗？"他那坦诚而豁达的态度，反让我说不下去，恧然无语。

"文革"开始后，詹老师深居不出。在路上偶然碰见叔夏，交谈几句，知道老师患了癌症。后来又传来他已经去世的消息。

到一九七八年冬，叔夏忽然拿着一大沓文稿找我。他告诉我，"文革"时，詹老师忍痛烧毁了许多文稿。当时，他抢出一部分，用油纸包裹，藏进地洞里。如今取了出来，发现其中的宋代词史稿，只有北宋部分。叔夏说："当年爸爸最器重您，您是否能续写南宋的词史，然后联名出版？"我一听，大惊，立即对他说，我完全没有达到能够续写的水平，若写了，真怕有辱先师的令名。我又告诉他，要续写南宋词史，应该找暨南大学的汤擎民先生。汤先生也是我的老师，他是詹老师的老学生兼好朋友。叔夏觉得我说得很对，便找汤老师去了。这书出版后，叔夏送交我一本，以作纪念。我翻看内容，原来，汤先生也没有续写南宋词史的部分，只是把詹老师的原稿作为单篇论文整理，这就是我们今天看到的《宋词散论》。

詹老师教过中学生，教过大学生和研究生，一生树蕙滋兰，育材无数。他的《詹安泰文集》，包括《宋词研究》《李璟李煜词校注》《离骚笺疏》《无盦词》等著作在内，不知影响了多少从事文史工作的学者。我心中一直明白，中大中文系古代文学教研室的同仁，从来重视文献与理论相结合的学风。这学风的领路人，正是詹安泰教授。

到如今，詹老师离世已五十多年了。每当黄昏，我在校园散步，行近詹老师故居的位置时，往往会想起他对我的谆谆教导，想起他在讲坛上，吟诵“余既滋兰之九畹兮”那慷慨飞扬的情景。

人淡如菊

——记黄海章老师

在康乐园里，黄海章教授的名字，并不特别引人注意。他治学严谨，一生著述并不算多。他的《中国文学批评简史》，在学术界受到推崇，也只写了一百多页。但是师生们都知道，黄海章教授的学问是最好的，许多蜚声全国的学者，碰到难题，多会上门向他求教。人们称誉他是康乐园的“活字典”。

我们的学校，桃李芬芳，靠的就是许许多多像黄海章那样的老师，默默地耕耘灌溉。

我在中大求学的时候，黄海章教授才五十多岁。那时，过了五十岁，便是老教授了。所以，人人都尊称他为“海老”。海老的样子也真显老。我从来没有看见他穿过衬衣，一年四季完全是中式打扮。夏天，穿的是白色或灰色的竹布唐装；冬天，穿的是褐色或黑色的绒质长衫。他没有头发，光光的小圆顶，又从不戴帽子。黄昏清昼，他喜欢在小路上伛偻着腰，踽踽独行。远远望去，就像国画中幽居山林的老僧。

事实上，听说海老在年轻时，确有出家当僧人的打算。他对佛经、佛典的研究，极有心得；他写诗时，以“黄叶”为笔名，诗集也取名为《黄叶楼诗》，这可见他心中的禅意。又听

黄海章先生

说他到各处的佛寺走了一圈，发现佛门里明争暗斗，与凡间并无区别，于是打消了遁迹空门的念头。海老一生淡泊名利，耿直狷介，这可能和他早年的经历有关。

我还清楚记得第一次访问海老时的情景。那时，我当课代表，有些问题要向老师反映。海老住在荣光堂三楼的单身教师宿舍里，我敲门进去，自我介绍。海老让我坐在书桌旁，然后戴上眼镜，眼光从上到下把我打量一遍。我把同学的一些想法向他汇报，他一边听，一边左右晃动着身子。听完了，说了一声："好！"我又顺便说自己喜爱学习古代文学，看过一些什么样的书。他又说："好！"我见他话不多，便动手摸弄他书桌上的小茶壶，他一笑，用小壶给我斟了一杯茶。那茶又香又酽，我一饮而尽。他问我："好喝吗？"我学着他的腔调回答："好！"他大笑，又左右摇晃着身子。我告辞，他送我到房门口，扭身就进去了。那回访问，简洁明快之至。在我的印象中，他是严峻而又和蔼的老师。

海老给我们讲唐诗。他身体瘦小，却声若洪钟，讲到激动

《中国文学批评简史》（广东人民出版社，一九八一年版）

处，唾沫直飞到讲坛上。他讲课的内容十分简洁，一是一，二是二，多余的话一句也没有。对一些名篇，他不作分析，往往是摇晃着身躯，高声朗诵一遍，完了便问：“哪一句最好？”若某甲同学起来回答，不合海老的想法，他就摇头；某乙同学又站起来，说另外一句才好，海老满意了，便点头，然后说，关于对这首诗的评价，同学可以看什么什么书。这样，一首诗的讲评，算结束了。

在大学，教授们各有各的授课方式。有些老师，语言生动，表情丰富。像董每戡教授讲戏曲史，听了他一堂课，就像看了一场戏。有些老师，讲得简明扼要，条理清晰，像丁宝兰老师、楼栖老师，学生们如果把他们讲的内容一字不漏地记录下来，就是一篇完整的论文。海老讲书，则是另外一种风格。他讲得并不动听，但很有启发。他讲诗，着重点在让学生自己体悟，而极少加上教师的意见。即使表示教师的看法，也点到即止。这种方式，颇似我国古代文艺理论家的评点法。有水平的听众，如果留心听讲，是能从中得到教益的。我认为，大学生的学习主要靠自己。教师的讲授，可以不拘一格。管他用的

《黄叶楼诗》（自印本）

是“填鸭式”，还是“启发式”，只要教师认真备课，对所讲述的内容有自己的见解，那就能对学生有帮助，有启发。海老的讲课，即属“不知什么式”那一类，然而绝不影响学生们对他的敬爱。

海老对工作的态度非常严谨，他主张以自己严肃的讲课态度，去影响学生，反对在讲课时说些与讲授内容无关的话语。一九六四年左右，他担任古代文学教研组组长。当他知道另一位教授上课时喜欢开玩笑，不注意衣冠整饰，便大不以为然，在教研组会议上提出批评。另一位则不服气，反唇相讥。海老大怒，使用的语言十分激烈。两位老先生各不相让，场面弄得很僵。我们这些在场的年轻教师，看到两位老人家动了真气，都不知所措。后来，两位老先生真还有点隔阂。当然，海老的工作方法有点问题，但是，他从来直来直去，眼里揉不下半点沙子。耿直狷介的个性，必然使他看不惯他认为是散漫不羁的工作作风。

“文化大革命”时期，在严酷的政治环境中，要坚持自己的信念，不为外力影响，那是不容易的事。海老对外面的风风雨雨，当然是不解的。他足不出户，却对是是非非，非常清楚，而且敢于坚持自己的看法。有一次，有个知名学者受了上头的委托，大写“评法批儒”的大批判文章。此公一时名满天下，炙手可热。他误上贼船，身不由己。知识分子既迂又容易忘乎所以的习性，使他真的挖空心思为“四人帮”的理论效力。为了评说法家的传统，他想到了汉代的重要思想家王充。而对王充思想如何阐述，却未有把握，便“降贵纡尊”，请教海老。海老一听他说要把王充定为法家，猛摇其头，坚持王充是儒家，并且认为儒家不应受到批判。他以自己的良知，坚持真理。那个学者告诉他这是政治需要，请他帮忙，海老就是不肯。该教授不得要领，只好悻然离去。

海老的生活简朴到极点。二十世纪六十年代初，他搬到东南区一幢小楼里居住。我去探望他，穿过竹树浓密的小径，登上门口红色的小扶梯，就进入他的客厅。客厅实在没有什么陈设，四周满是书架，平放着线装书。厅中央放一张木桌，摆着茶杯茶壶。海老的书桌，放在客厅的南窗下，他习惯于在书桌边会客。我每次到他那里，总是被安排坐在书桌的左侧。师母给我端上的茶，就放在书桌上。

海老的书桌也并不大。和别的老师不同的是，他总会在桌上放一个玻璃瓶子，插着几株鲜花。有时，他会买几朵花；更多的时候，花是从他的园子里采的。有黄菊，有三月红，有圣诞花，甚至有不知名的野花。海老喜欢在书桌上用清水养花，从不讲究花的品种是否名贵。方桌上总放着一些纸，有信笺，有稿纸。海老找到什么纸，就在上面用毛笔书写。他不刻意临帖练字，而是率意为之。写什么算什么，写好了，便放在一旁。所以，书桌上总泛着墨香。海老又喜欢喝茶。他一生没有什么嗜好，就是喜欢品茶。他用的茶叶，不特别名贵，但绝非劣品。当客人品出其酽香滋味，海老便很得意，左右摇晃着身体，眯着眼看着你细细地啜舔。

我和海老同在一个教研组里工作，前后有三十年，经历了好几次调整工资、评选模范之类的活动，海老总不声不响。我从来没有见他当选过什么模范，得过什么表扬，在政治上也没有得过什么特殊的待遇。但是，系里的师生，对他没有不尊敬的。说实在的，这样清正廉直、淡泊高尚的老师，谁也不敢对他不尊敬。因为，你对他若有微词，则只说明你自身的庸俗。即使到“文化大革命”期间，红卫兵也没有贴他的大字报。其中原因很多，例如海老并不显眼，他在历次运动中不愿介入，没有什么把柄，他独来独往，没什么言行可被揭发等等。此外，海老狷介的个性，也确使广大青年从心里爱戴。连少数闹事的“悍将”，也无法煽动群众，去做揭发海老的蠢事。“无欲则刚”，海老淡泊而无欲，他既不理也不怕得失毁誉。所以，可以不说，则不说；若非说不可，则有什么说什么，绝不仰人鼻息，绝不随波逐流。反正他不重名利，只重名节。那位让他歌颂法家的知名教授，知道他的个性，知道压他不得，对他也只有无可奈何。

我在跟随海老学习的几十年里，少不了经常到他府上请教有关学术的疑难问题。例如，一些冷僻的典故，一些难解的篇章，海老总是耐心地给我讲解。他的记忆力实在惊人，一些问题，靠工具书解决不了，而海老可以随口说出一堆例证，启发我从中比较，然后单刀直入，弄清难题的要害。有时，海老也翻检书籍，他从书架里取出一本又一本线装书，检出需要对我说明的文字；或者从这本书的文字，跳到另一本书的文字，让我彻底明白了问题的原委。每当海老攀高蹲低地找书，我站在他身后看着，感激之情不由得涌上心头。

海老不苟言笑，走路时，目不斜视，表情严肃。但是，我留校工作后，和他熟稔了，就发现他对年轻人其实很关心，很慈爱。我喜欢开玩笑，有时在他耳边悄悄说两句逗乐的话，他便笑得前俯后仰，乐不可支。

那时，系里每两周就要搞一次清洁卫生，打扫教学大楼，连老教授也得参加。有一回，我和海老被分配共同打扫在二楼的教研室。海老很认真，扫地板，抹桌子，什么都干。搞了一会，我劝他休息，他不理。又过了一阵，我跳上窗台擦玻璃窗，海老倒提醒我，要我小心。我从窗口向下望，发现离窗子下面一米左右，平铺着大石板，连接着大楼外梯级课室的檐头。这石板，室内看不见它，实际上，它和对墙连接，成了一个小平台。我见海老一味埋头苦干，心生一计，便站在窗沿上，装出苦相，对海老说："海老，我活够了，永别了！"海老一怔，我随即嬉皮笑脸，翻身向外跳下，在平台上把身一蹲。海老看不见我的身影，以为我跌到地面，正待声张。谁知我又在窗沿外面站了起来，向他扮个鬼脸。这一来，海老从惊到喜，才知道我在和他开玩笑。等他回过神来，我已翩然进窗。他一边骂我"鬼马"（粤语，调皮搞怪），一边捧腹大笑。笑着笑着，就坐在椅上喘息。我对他说："谁叫你不肯坐着，害得我要跳楼！"从此以后，我若要逗他高兴，就把身一蹲，他必咧嘴大笑。别人不知就里，我俩则心照不宣。事后细想，我这玩笑也开得过大了点，假如真把老人家吓坏了，我怎么担待得起？这次我的恶作剧，海老一直不以为忤，他虽然严肃，但理解年轻人爱玩闹的心理。在笑声中，我感受到他对学生的慈爱。

在一九八三年，我却受到他一次严厉的批评。

那时，我已晋升为教授，又担负系里的行政工作，诸事繁冗，拜访海老的机会少了。春节期间，我在《羊城晚报》上发表一首歌行体长诗《花市行》，读者颇感新鲜，一些师友也给我赞扬和热情的鼓励。我摆脱不了知识分子的劣根性，也沾沾自喜，以为真的摸索到了诗词创作的门槛。

有一天，有位同事通知我："海老找你，叫你把《花市行》带上！"我一听，以为海老一定是要表扬这首作品，于是带着上台领奖的心情，走上了海老家门口的石阶。

海老坐在书桌前，指着桌旁的椅子，着我坐下，表情严肃，也没有招呼师母给我倒茶。

我刚坐下，海老就问："你怎么写出这样的东西？"他指着我手里拿着的《羊城晚报》。

我看到他一脸不高兴，不禁有点紧张，回答说："我正在给学生讲授唐代文学史，想学学初唐的诗歌风格。"

海老把脸一沉，大声地说："我看了你的诗，就知道你在学初唐。"他又问："你为什么左不学，右不学，却学初唐的格调？"我作声不得，晓得他在发脾气了，便尖着屁股坐在椅边，等候老师发落。

"你知道吗？学作诗，切忌从学初唐入手。初唐诗多是靡靡之音，一味花草堆砌，绮丽有余，筋力不足。你看你的《花市行》，软绵绵，光溜溜，算是什么东西？曹雪芹的《红楼梦》，里面的诗，净是这类货色。所谓才子诗，其实最要不得。"海老越说越严厉。我一向自恃得到老师的喜爱，不知高低地和老师开惯玩笑，这回挨了海老的批评，大气也不敢透。等到他训斥完了，才小声说："海老，我记住了。"告辞时，海老没有站起来，只挥了挥手。

又过了一个多月，我在《羊城晚报》发表了一首词，调寄《金缕曲》。当时，报载一些中学教师在大连受到冷遇，此词即因感慨教师在"文化大革命"中的遭际而发。海老见到了，又着人把我叫去。我走进门，还未走到他书桌边，他就说："《金缕曲》不错。写诗词就要有真情！"他又拿过报纸，指着我的词中几句，大声念诵：“柴米油盐茶酱醋，兼顾老婆孩子，凭谁问流年飞逝？”一边念，一边摇晃着身子，跟着说：“好！这就好！”这一次，海老亲自给我斟了一杯香酽的茶。告辞时，他把我送到门口。

海老对我的批评，我一直不敢忘怀。我知道，海老告诉我要注意的，不仅是诗歌创作的技巧、格调问题，更重要的是关心大众的疾苦。我还感受到，海老用自身的行动，告诉我应该怎样当一个教师。海老当教师，是对自己的学生一生负责的。不管学生年龄多大，职位多高，若有差池，老师就有责任给他指出。过去有云：“一日为师，终身为父。”这当然是属于礼教的过头话，或者是出于对尊师重道的强调，其片面性是明显的。但如果从教师的角度去理解，当了一天老师，对自己的学生，就应像当父亲一样，对自己的弟子一生的成长负责，这不也是应该的吗？海老对我的批评很严厉，尽管我这老学生，当时也快五十岁了，就是毫不容情。他恨铁不成钢，是出于对学生深沉的爱。海老批评我的时候，言辞冷峻，而我的内心，既感羞愧，又感温暖，因为海老使我知道了什么是为师之道。

我在母校学习、工作超过了半个世纪。康乐园这块土地，养育了我，使我有机会接近许多好老师。老师们不仅给我解惑，更给我传道。像王季思老师的广阔胸怀，董每戡老师的正直勤奋，詹安泰老师的风华绝代，容庚老师的刚正不阿，卢叔度老师的旷达，黄海章老师的狷介……他们的高风亮节，使我终身受益。我常想，让我得接清芬，是亲爱的母校给我最大的恩德。老师们的道德文章，我当然无法企及其万一，但他们身为榜样，让我们多少懂得怎么样才是真正的教师，多少懂得做人的道理。

一九八九年十月二日，九十二岁的海老遽然仙逝。那晚风雨大作，校园里许多老树的枝杈，都被打断在地。第二天闻讯，我赶到黄府，海老遗体已经移走，我只能在殡仪馆的告别仪式上，看到海老的遗容。他静静地躺倒在花丛里，面容像生前一样仁慈，一样严峻。我想起海老对我的教诲，悲从中来。回到家里，百感交集，就写了一首词，调寄《金缕曲》。因为，我曾用这词牌写过的一首词，得到了海老的嘉许鼓励。

泣别严师矣。仰仪容，鬖鬖白发，清癯如此！昨夜西风摇冷月，满地残朱废紫。猛地里，苍松颓委。九十年华纵寿考，奈诸生尽掩涓涓涕。恩谊重，不成寐。

小楼曾问书和字。最难忘，谆谆嘱我：莫随俗媚。道德文章千古事，须养浩然之气。一寸丹，耘桃育李。若得余香留晚节，把名缰利锁都抛弃。言在耳，终生记。

词写罢，细读一遍，不禁泪垂。抬头看到书桌上插了几枝菊花。浅黄色的花瓣，淡淡地开着。它不争妍，不媚俗，但它是那样的清朗，那样的隽逸。这淡淡的菊花，不正是海老一生的写照吗？灯下，我把词誊正，摘下几片花瓣，夹在记事本上，作为对海老的纪念，也作为对自己永远的鞭策。

好人一路平安

——记黄焕秋校长

我到校医室参加例行体检，遇见了司机小谭，小谭招呼我上车。一路上，我们随便聊天，谈着谈着，谈到了老校长黄焕秋教授。

小谭说：“老校长真是没得说的，绝对是个好人。有一次，他要到惠阳办事，我给他开的车。焕秋是老革命，又是中人校长，当地有关部门对他非常尊敬，安排他住在有两层楼的小别墅中。到了那里，焕秋要让我住在楼上的主卧室，而他和夫人则住在楼下。我认为哪有这样的道理，死活不肯。焕秋说，楼上比较舒服安静，你开车辛苦，要休息好才行。”

回顾当年的情景，小谭对我说：“住在什么地方，其实并不重要。但是老校长对人的体贴、对下属的关心，我是体会到了。”小谭又说：“像焕秋这样的好人，实在少有！”小谭年纪四十上下，正直豪爽。他这番感情朴实的话，代表了广大师生的心声。

大学，是培养人才的基地；办大学，靠的也是人才。办学要靠名师、大师，这一点，人们逐渐懂得了。但是，办大学，如果没有好的领导、好的校长，不是由教育家当政，也不行。

黄焕秋校长

一个大学的兴衰，和它有没有好的领导，关系至为密切。因为，学校的人才的使用，人才的命运，很大程度掌握在校领导的手上。

当然，我们也知道，大学处在激烈社会斗争的漩涡里。在过去，有关人才问题上的许多事情，校领导实在不由自主，例如上头要求推行各种政治运动，大学岂能不搞？校长、书记岂能不执行？一搞运动，便得“伤人”，便得摧残人才。对于校领导们的处境，教工们是理解的。不过，“伤人”多少，“伤”到什么程度，则和校领导是否实事求是、是否推波助澜有关。假如一个学校的人才被整得七零八落，万马齐喑，就根本谈不上活跃学术风气，谈不上创造出有价值的科研成果，这所学校，也一定会沉沦下去。

康乐园是幸运的，它发展的趋向，总的来说，还是向上的。因为，历届校领导，都有好些爱护人才的书记、校长。焕秋老校长就是其中的一位。

我上大学时，遇见的第一位校长是许崇清教授，他是著名的教育家。而当时，主持校里工作的，实际上是冯乃超副校长。冯副校长是著名的文学家，凡学习过中国新文学史的人，都知道他有过卓越的贡献。不过，在康乐园里，人们谈得更多的，是冯副校长爱护人才的事迹。听老教师们说，新中国成立初，全国高校要搞“整风运动”。北方某所大学，工作由另一位著名的文学家主持。该校长大冲大捅，伤害了许多老教师的感情，被视为“左”的典型。而在冯乃超同志的主持下，中大“整风”和风细雨。“运动”过后，老教师们丢掉包袱，心情舒畅。新中国成立初期，中大的师资力量，排在全国高校的前列，这和乃超同志对人才的爱护有关。和乃超同志一起主持学校工作的，还有陈序经副校长，他是著名的历史学家。新中国成立前，陈副校长原任岭南大学校长。曾在我校任教的许多著名学者，像陈寅恪教授、王力教授、容庚教授等等，都是陈校长在岭大任内，想方设法罗致延聘的。这些享誉国内外的大师，在院系调整后，便成为中山大学教学科研的主力。他们严谨求实的学风，一直延续影响到现在。所以说，新中国成立初期的康乐园，有幸由几位爱才若渴的教育家主持工作，为我们学校的发展打下了坚实的基础。

焕秋同志长期主管中大的教务工作。在我的求学阶段，他是副教务长。打倒了“四人帮”，他才担任了中大校长兼党委书记。

小谭司机的车，载着我经过梁銶琚堂。小谭说，兴建梁銶琚堂，是焕秋校长的一大功劳。

梁銶琚堂建成的经过，我是大致知道的，知道梁銶琚先生是香港的大企业家，他爱国爱乡，有心帮助我校发展。焕秋校长和他商谈，希望他给我们捐赠一座大礼堂，他慨然允诺。在二十世纪八十年代初，全国高校，还未有过接受外资或港资赠楼的先例，更没有人敢于在社会主义的大学里，以企业家的名字为大楼命名。焕秋校长敢为天下先，在当时需要有非凡的勇气。听说，我校接受境外各方面的捐赠数额，在全国高校中居于首位。这一点，固然和我校的凝聚力以及处于改革开放前沿有关，也归功于焕秋校长对邓小平理论有深切的认识。他敢于改革、敢于承担的精神，吸引了境外热心教育的企业家的目光，让他们更关注、帮助我校的发展。

不过，小谭司机称赞焕秋校长筹建梁銶琚堂的功德，倒是从另一个角度着眼。他告诉我，梁先生捐赠建楼的款项，高达数百万元人民币。当年，这是一笔很大的数目。在焕秋校长领导下，有关部门精打细算，使用得当，大楼建成后，还剩下三十多万元。老校长把余款交还给梁老先生，又把建楼的各项支出，一项项明细开列，请梁老先生审核。小谭说："这大出梁老意外，他感动得不得了，认为我校办事廉明，工作认真！"他一面驾车，一面伸出拇指，感叹不已。

我不知道小谭是怎样打听到这些细节的，从焕秋老校长一贯为人处世的作风看，我相信这是真实的故事。

在国外，校长的职责，无非是找经费、找人才。焕秋老校长主政时期，学校经费由政府按计划拨给，各类人才不能流动。当校长的，找财、找才，都是白搭。这一来，怎样用好有限的经费，怎样用好人才资源，便是校长最大的职责。

焕秋老校长是怎样理财的，从小谭司机的叙述中，可见一斑。至于他是怎样对待人才的，我倒聆听过焕秋老校长发自肺腑的谈话。

二十世纪九十年代初，焕秋老校长早就离休了。但他一直关心学校的建设。在一个座谈会上，大家谈到学校对待人才的问题。当时，他对现实的一些现象困惑不解。在会上，他非常尖锐地指出："不爱护、保护人才，这在我们学校是有惨痛的教训的！大家想一想，张其的情况是怎样的！"在他说话的时候，我看到老校长含着泪光。

张其老师是我校马列主义教研室的教师，一直以敢于探索真理、敢于直言著称。他精研政治经济学，在二十世纪七十年代末，便提出了社会主义市场经济的问题。他翻阅了大量马列主义和经济学著作，写成了很有见解的学术论文，主张推行市场经济。谁知道，论文一出炉，便遭到“围剿”，学术界出现了许多批判张其老师的文章。众口铄金，张其老师被视为“异端”。他虽然坚持己见，但一直郁郁寡欢，后来罹疾去世。据一些同志说，张其老师提出社会主义市场经济的主张，不迟于卓炯同志。卓炯的理论，后来证实是正确的，他也被评为广东省的特等劳动模范。张其老师则以副教授职称终其一生。而那些批评张其的论文，反成了一些人提升教授职称的依据。事情就是这样荒唐。

焕秋老校长提起张其，参加座谈会的人都是知道的，只是人家习惯于麻木，渐渐把张其淡忘了。而且，当年批判张其的同志，也在座中，谁也想不到老校长竟把这让人难堪的事当场抖出。他的话，就像一声惊雷，让人心灵震撼。记得焕秋校长说：“一些人才，是我们学校好几代才培养出来的，轻易把人才埋没，甚至想把人整垮，不知爱惜，那是犯罪！”他那激动的发言，掷地有声，听者无不动容。

有一次，我在校园里遇见了焕秋老校长，他拉住我，问道：“你知道××的情况吗？”当时，我负责校里评审博士生导师的工作，他指的就是某老师在系里的评审中没有通过的事。他告诉我，某老师在国外主持一项重要的科研工作，取得很大的成绩，外国政府对他感激不已，专门派代表团来校致谢，还恳切要求再一次派他出国援助。“就是这样的人才，我们有些人不知爱护，硬是挑碴子，压下来。”他站在路边，详细地向我讲述他所了解到的情况，讲述他对人才问题上不正之风的忧虑。他郑重地提醒我："要主持公道，要为学校的人才着想。"这一次，我又看到老校长讲到激动处，两眼含着泪水。老校长爱校如家，正是出于重视人才、爱护人才，他才会对一些不良现象感到痛心。

在庆祝焕秋老校长八十寿辰的大会上，小礼堂挂上了一副对联：

盛德巍巍，为国育才，艳李夭桃沾教泽；
忠心耿耿，秉公从事，云山珠水仰高风。

这副对联，概括地表达了师生们对焕秋老校长的评价。他对教育事业忠心耿耿，理应受到人们的尊敬。在会上，上届校长曾汉民教授，宣布了焕秋老校长获得"霍英东成就奖"的消息。师生们以热烈的掌声祝贺他获得殊荣。据我所知，老校长的获奖，和汉民兄实事求是地积极向有关方面反映、推荐有关。当时，曾校长也已换届。我对他说："汉民兄，这件事，可以说是您主政中大的最大德政之一。因为，您反映了、实现了广大师生的愿望。"从这一件事中，也可以看到前后两代的校长，都无私地把心思放在促进教育事业的发展上。我又知道，后来焕秋老校长把奖金的一部分，捐献给"许崇清奖学金"，因为他自己又是许崇清老校长的学生。校长们敬业、谦逊，情系母校的精神，真令人感动。发展教育事业，爱护、扶植人才，这是焕秋老校长以及我校不少领导一生为之努力的目标。中大的辉煌，融汇着他们的心血。

老校长已经八十多岁了，老教工们在校园里遇见了他，都会趋前问候。从人们的眼神中，看得出大家对老校长由衷地尊敬。在漫长的人生旅途中，是非得失，总是难免的。人们对焕秋老校长在任内的工作，也难免有咎有誉，但当他卸下仔肩以后，人们反而更想念他，关怀他，真是“情愈久而弥笃”。此无他，因为群众的眼睛是雪亮的，人们心中也都有一杆秤。谁秉公办事，谁夹带私货，终归自有公论。经过岁月的淘洗，人们愈来愈感到焕秋老校长对母校的真诚，对教育事业的真诚，以及爱护人才的一片真诚。而真诚，正是最可宝贵的。

小谭司机没有替老校长开车已有十多年了。然而十多年前往事的细节，他还历历在目。“焕秋是好人！”这是他为老校长树立的“口碑”。司机大佬言语朴实，“口碑”也朴实。愈朴实，愈见其真，愈能见它已深深地印在人们的心坎里。

好人一路平安！

细雨湿流光

——记一位小学老师

春天已无声地来到面前了。

告诉我春天来到的消息的，是窗外的蒙蒙细雨。昨夜，星光还在寒气中哆嗦，今早，细雨飘来，周遭仿佛成了新的世界。

王维有诗云：“山路元无雨，空翠湿人衣。”住在城市里的人，没法领略山中空翠的意境。不过，初春的雨，沾在眼帘，也仿佛把人的生命染成绿色。校园的草坪，在春雨的笼罩中，骤然出现了一片鹅绿；杜鹃的叶子，像抹了薄薄的油，翠光闪灼，用不着几天，就会如汤显祖所说，“遍青山啼红了杜鹃”了。我仰视天空，让毛毛雨扑在脸上。这雨，如烟，如雾，如粉，如酥，如梦，又如一幅望不到边的软缎，我的脸，被它拂拭，真有说不出的畅快。

春天真怪，这边雨点还在纷纷扬扬，那边却渗出日影了。大路上，孩子们上学，打着青紫色、嫩黄色、粉红色的小花伞，让透明的雨，映照出五颜六色的流光，把春意渲染得更加浓重。孩子们背着书包，叽叽呱呱地打闹，银铃般的笑声，让我猛然醒悟：新学期开始了，又该是老师们用心血灌溉这些小苗小草的时候了。

“细雨湿流光”，在雨的幻光蜃影中，我的思绪，也仿佛随着孩子们的脚步，走进了小学校门。

记得在几十年前，我正上小学。那年春天的一个早晨，天上也下着迷蒙细雨。年轻的郑老师，教我们这群二年级的孩子唱了一首歌。歌词是“长亭外，古道边，芳草碧连天”。这是李叔同填写的歌词，意境优美。下课了，我没有带雨伞，而一些同学课后留在学校里休息，我便借了一位女孩子的小花伞，打着回家。走着走着，雨越下越大，我只好走进马路旁的骑楼下，放下雨伞躲雨。躲着等着，忽然想起了刚刚学会的那首歌，一时技痒，便掏出口琴，起劲地吹奏起来。过一会，雨停了，我还陶醉在自己创造的音乐气氛中，边吹边走，小花伞却

二十世纪三十年代，广州长堤市容

给遗忘了。

那年代，买一把小花伞可不容易，得要花费好几顿饭的钱。掉伞要赔，怎么办？我不敢回家，哭着返校。小女孩知道我弄丢了她的伞，也哭了。同学们都替我们焦急，大家在课室里七嘴八舌。这时候，郑老师走了过来。原来，她早就在旁边观察到这里发生的一切。她一边安慰着我，一边向同学们问道："小黄没钱买伞，大伙儿说怎么办？"同学们议论纷纷，有人主张把吃早餐的钱凑给我，郑老师摇摇头；有人主张捡破烂；机灵的小张却说，我们在手工课上，学习过制作风筝，不如大家制风筝卖钱。提到风筝，同学们都乐了，一齐鼓起掌来。新中国成立前，羊城的大人小孩都喜欢放风筝，也叫"放纸鹞"，每到晴天的黄昏，天上的风筝总会密密麻麻地晃动。制作风筝，真能卖得几个钱。事情就这样定了下来。我抬头一望，只见郑老师抱着双手，嘴角露出了满意的微笑。

星期天，郑老师领着我们找薄纸，削竹篾，煮糨糊。大家在课室里，一边哼着歌，一边做起风筝来。剪的剪，贴的贴，分工合作，热气腾腾。爱好美术的小朋友，还在风筝上画了花草、蜻蜓、蝴蝶，或者画上飞机，色彩缤纷，十分漂亮。岭南人管方形的风筝叫"高庄"，弧形的为"大马拉"。我们工作了一天，制成许多"高庄"和"大马拉"。郑老师便领着我们拿到风筝店，让他们收购，一下子就把买花伞需要的钱挣到了，而且还有剩余，可以留着作为集体活动的经费。经过一天的劳动，我们班的小朋友更加团结，对郑老师也更加尊敬了。从那天开始，在我们的幼小心灵里，开始萌发助人为乐、团结友爱等美德的蓓蕾。

很感激郑老师，我不仅得到了赔偿花伞所需要的钱，还得到了同学们珍贵的情谊，变得懂事了，不那么淘气了。几十年过去，郑老师的形象，一直印在我的脑海中，她微黧的脸庞，娟秀的眉目，常在我眼前晃现。她的言行举止，像春天的细雨，“随风潜入夜”，滋润了少年们的心田。

如今，春雨打在我的脸上，我像从梦境中回到了现实。在小学的校门边，我看见小朋友们向老师问好，不禁想起了几十年前我们围着郑老师唱歌的情景，眉头心上，竟出现奇妙的叠印。郑老师还住在广州吗？如果在，她会是年近九旬的老太太了，她可知道老学生在春雨中对她深情的怀想？

多少年，多少代，多少像郑老师那样平凡而又受人尊敬的老师，一直默默地耕耘，开启少年的智慧，引导少年人上进。他们的心血，像无声的细雨，融化在泥土中，却“红了樱桃，绿了芭蕉”。他们一代一代地离开了杏坛，可是他们的智慧和美德，却一代一代地得到延续。

这些年，我们提倡用启发式的方法教学。我想，无论是思想教育和业务教育，都应该是启发式的。人们曾以为，这是某国教育家一大发明，其实，它早就是我国教育的优良传统。郑老师对我们无言的引导，不正是启发式的教育吗？可惜，有些人忘记了教育的真谛，用教大人的方法去教孩子，又用教孩子的方法去教大人。人们习惯夏雨的痛快淋漓，秋雨的滴沥尖利，却对一团氤氲般的春雨视而不见。这种情况，或会很快得到改变吧？

我站在春雨中，衣襟渐湿，觉得有点寒意。不过，我的心头，却是暖洋洋的。望着那群散发着活力的小学生，在雨的光影里，我又像看到了许许多多教育他们的老师，也看到了许许多多教育过我们这一代的老师；我看到了过去，也看到了未来。

谆谆善诱　闻鸡起舞

——记一位中学老师

在教师节前夜，我从书架里检出了《闻鸡集》。这是多年前，南海中学的几位校友自行集资，为孔昭皋老师印行的一本诗集。我把它放在书桌上，仿佛看到孔老师给我们上课的面影。

现在的学者，大多写文章记述大学里的名师。这是应该的，学者取得的成果，确实离不开名师的指导与熏陶。但是，中学时期，是青年人成长至关重要的阶段。在人生一辈子中，思想的启蒙，兴趣的培养，性格的形成，逆反心理的纠正，情商智商的提升，全出现在中学学习阶段。因此，中学教师，往往是人的一生中最重要的启蒙老师。他们默默地耕耘，为国育才，作出了许多贡献，理应受到全社会的尊敬。我的老师孔昭皋先生，正是许许多多中学教师中的一位。从他的身上，我看到无数中学老师辛勤工作，甘守清贫，对学生谆谆善诱，引导学生追求上进的高尚品德。

全面抗日战争胜利后，我求学于广州市的南海中学。孔昭皋先生是我们初中的班主任兼语文教师。开学前，我们觉得他表情严肃，让人害怕；有人发觉他脖子有点僵直，顽皮的小朋友便暗地里取笑他为“硬颈佬”。但是，当他第一次走上

晚年的孔昭皋先生和夫人

讲坛，给我们讲解姚鼐的《登泰山记》时，声如洪钟，清晰透彻，语言幽默风趣。一下子，我们这伙混世魔王便被镇住了。从此，凡是孔老师上课，大家都兴致勃勃，认真听讲。

孔老师不仅备课认真，课讲得很好，而且想方设法，按照青少年的特点进行教学。他常常让学生默写生字，办法是把全班分为若干组，每组派出一个代表，一起比赛。孔老师站在一旁，念出一个常用而又容易被忽略的字和词。例如他念出“葱蒜”，那“蒜”字，没有吃蒜习惯的小朋友，多不会写。这时，参赛者对着黑板发愣；而同组者，不懂写的人交头接耳，懂得写的人，则为出场比赛的伙伴，急得搔耳抓腮。如此一人接着一人，大家轮流上阵。写对了，同组就得一分；有谁写错了，或笔顺不当，同组便要失分。于是，大伙儿小心翼翼，摩拳擦掌。通过比赛，我们不仅记住了许多生字生词，学好了语文，而且养成了团结一致集体向上的风气。

我在上语文课时，也算留心听讲，可是生性淘气，常常会在课间搞些小动作；有时作业也写得马虎。这一切，孔老师都看在眼里。

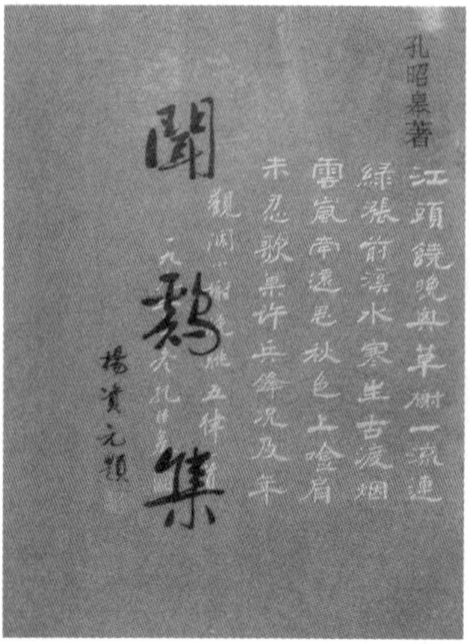

《闻鸡集》（自印本）

孔老师很重视作文课，我们每周都得缴交一篇作文。每两周，他作一次公开讲评，做法是选取几篇写得较好的习作，给予朗诵和分析。有一次，被选上的作文，竟有我写的一篇。

这节课，开始时，我没有特别在意。听着听着，孔老师忽然说：“下面，我给大家朗读一篇好习作。题目是：《游泳》。”我一听，心头咯噔一跳，因为在前几天，我曾到荔枝湾游泳，作文正以此为题，莫非要说的是我写的那篇？倏时，孔老师念出了文章的开头几句，哟！正是我写的文字。我又惊又喜。再听下去，孔老师说：“这文章有几句，‘咚的一声，一个下水了’，写得特别有意思。”随着，他让我站起来，问我：“你知道这几句的好处吗？”我回答不出，一脸茫然。孔老师笑了：“你先写声音，再写动作，这叫‘先声夺人’，能使读者耳目一新，骤然一惊。如果按照实际情况，是人跳了下去，才有声音。但这样写，便是一般化了！”我恍然大悟，原来我在无意中竟写出了比较生动的句子。这时，同学们都以艳羡的眼光望着我，我则满面通红，而心中实在颇为得意。后来，我和几位同学的习作，被张贴出来表扬。我细看其他同学的文章，其实有些比我写得好。孔老师却给予我特别嘉许，分明是对我的鞭策与鼓励。从此，我对文学产生了强烈兴趣。这一节课，在我的一生中，有着关键性的意义。

几十年过去了，那天孔老师上课的情景，历历在目。到二十世纪八十年代初，有一次，我给大学生们讲授唐代文学史时，当讲到王维《观猎》一诗“风劲角弓鸣，将军猎渭城”这两句，蓦然想起，王维先写角弓的声响，然后才说到出猎，这不就是孔老师提到的“先声夺人”的写作技巧吗？这节课，我讲得特别兴奋，大学生们当然不知道，我是在其中掺和了对孔老师的感念之情的。

结合语文教学，作为班主任，每逢节假日，孔老师常常制作灯谜，安排一些小礼物，让同学们竞猜，猜中者有奖。像谜面“平原跃马任扬鞭”，谜底是同学“陆宏策”的姓名；谜面“明月映纱窗”（卷帘格），谜底是本校教职工的姓名——“罗照”。这些活动，非常有趣。有一次，孔老师挂出的谜面是：“远树两行山倒影，孤舟一片水平流”，猜一字。这谜较艰深，大家一时摸不着头脑，我也在胡思乱想。忽然灵机一动，想起美术老师不是说过，国画里远处的树木，可以用“丰”来表现吗？再一想，“山倒影”，不就是“山”字横转过来吗？而“心”字，上面三点横列，像水的平流；下面弯弯的曲线，也像是一叶孤舟。这谜底，不就是“慧”字吗？于是，试着向孔老师报告。他十分高兴，觉得我颇有想象力，“孺子可教”也。从此，他更注意在语文方面对我的培养，我也对人文学科产生更大的兴趣。有空的时候，他教我如何掌握诗词的格律，如何从粤语发音区分“先藓线屑”“东董冻笃”等平仄四声。以后，我写诗填词，寻宫数调，运用的正是孔老师教给的知识。中学毕业时，报考大学的第一志愿是中文系，这与孔老师对我的启蒙，有着直接的关系。

我在中学时对文科感兴趣，对理科的学习，便有所放松了。有一个学期，期中的数学测验，竟不及格。回到家里，便遭爷爷痛斥，懊丧得很。过了两天，孔老师让我到他的宿舍去，关上了门，一脸严肃，命我坐下。我心想，糟糕！我数学测验成绩，班主任一定知道了，就等着训斥吧！

正惶惶然间，孔老师叫我："伸出手掌来！"我吓了一跳，只好从命，看来免不了要受到惩戒，那就等着挨痛吧！只见他高举着手，咬着牙，做出使劲要打的样子。谁知他手一挥，却轻轻落在我掌心上，抚摸着，揉搓着，一下子变成握着我的手了。我愕然，他却笑着说："这是我给你的惩罚！要知道，学习不能偏废。你有潜力，可以喜欢文学艺术，但数学是锻炼逻辑思维能力的学科，理科学不好，将来学文科，也不会学得好的。因为，形象思维与逻辑思维，是相互联系的。"

孔老师对我这一"打"和一席话，我明白了！"痛"定思痛，再也不敢忽视理科了。所以，后来我在中山大学工作，和理科同事的交往，反比文科的要多。像和生物系江静波教授成了忘年之交；数学系吴兹潜教授和我谈数学公式的"美"；特别是物理系李华钟教授，给我解说粒子理论和"场"。很多问题，我虽似懂非懂，但毕竟在中学时对理科学习还有些基础，这对我研究诗词"意境"的论题，很有启发。想不到，孔老师的轻轻一掌，给我"打"开了窍，推动了我后来在研究方面的发展。

最近，有些中小学老师正在讨论怎样才能既不惩罚，又不骄纵地培养孩子的问题。我想，作为教师，为了对社会和家长负责，对犯了错误的学生，给予适当的惩戒，是有必要的。但惩戒必须出于爱心，必须顾及孩子的自尊心，必须讲究方式方法。严中有爱，以爱传严，这才能让犯了错误的孩子铭记于

南海中学在广州芦荻巷（今西华路）时期的大门

心，有所认识，有所改进。

我在毕业后，南海中学和别的学校合并，后来改为广州市第十一中学。原来的教师，分配到各校。我们好不容易才打听到，孔老师到了华侨中学，任教政治课，改名为孔皋。“文革”期间，“停课闹革命”，我们比较空闲，便千方百计打听到孔老师的住址，又听说他身体不适，我们几位中学校友，立即前往探访。

那些年，孔老师的居住条件很不好。我们在起义路的转角处，找到一个窄窄的门口，穿过一条黑暗得伸手不见五指的走廊，进入一个潮湿狭小的房间。他一家数口，就挤在这里。很难想象，这就是为社会培育了大量人才的优秀教师的栖身之所。打倒“四人帮”后迎来改革开放，孔老师才有了新居。我们知道了，又前往请安，发觉居住条件虽有所改善，但和他一生付出的辛劳，仍然很不相称。不过，孔老师已经很满足了，喜悦之情，溢于言表。在他《闻鸡集》的一首诗里，有句云：“入座薰风能解愠，临窗旭日可濡翰。”这正是他喜迁新居后心情的写照。孔子说：“一箪食，一瓢饮，在陋巷，人不堪其忧，回也不改其乐。”中国的知识分子，是有甘于淡泊追求事业的传统的。孔老师尽管身居陋室，但始终没有改变热爱学生、热爱祖国的初心。在他的身上，我看到一代又一代，许许多多普通教育工作者的高尚情操。

就在这一次拜谒孔老师时，他拿出了《闻鸡集》的校样，用在中学时大家对我的惯称说：“骥仔，这是校友们凑钱为我印行的诗集，你就给我写篇序文吧！”长者命，少者不敢辞。我知道，“闻鸡起舞”，孔老师以此命名，寄寓着他在改革开放后努力奋起，为社会主义教育事业再作贡献的情感。

孔老师的诗作，写得很好。像律诗“山分月色连天白，树带涛声入梦凉”之句，潇洒流畅，韵味深长；而七古五古，又写得奇崛跳跶，大似韩诗意趣。新中国成立后，孔老师的诗，多与教育事业有关。学生毕业了，他以诗鼓励；荣膺先进时，他以诗自励。举凡校友活动，教工旅游，他一一写于笔端，诗里洋溢着热爱教育事业的情感。读了他的诗，我深感老师学养的深厚，所以在教学上能举重若轻，得心应手。我想，现在许多从事语文教学的青年教师，如果具有孔老师那样的文学语言修养，那么，将能给学生更多的启发。

我为老师的诗集写了序言，自觉人微言轻，不足以报答老师的培养。于是，我把孔老师的情况，找机会向当时广州市市长杨资元同志报告，请他为孔老师的诗集题写书名。杨市长欣然命笔，并且郑重签署了自己的名字。

请市长为《闻鸡集》题写封面的事，孔老师并不知道。当我把资元市长的墨宝送交给他时，他十分意外，十分兴奋，脸上泛起幸福的微笑，再三嘱我代他向市长道谢。

到如今，孔昭皋老师去世多年了。每当教师节到来的时候，我便想起了他对我的启蒙之恩。从他的行止中，我更看到了许许多多中学老师的身影。他们一辈子为青少年的成长，耗尽心力。正是他们用辛勤和富有成效的劳动，把学生托上更高的门槛。他们年年岁岁，日日夜夜，备课上课，教书育人，工作似乎很平凡，却为国家挑着很重的担子。他们爱护学生，引导学生成长的高尚品格，是我们学习的榜样。

学生的成绩，老师的荣光。希望孔老师在天之灵，能够听得到我这老学生的心声。

文理兼精　旷世奇才

——记黄际遇教授

一九四〇年的十一月十一日，中山大学校庆。那天，人们齐集到坪石的校本部，看到大门口贴着一副醒目的对联：

十有一月，旬有一日；
礼仪三百，威仪三千。

师生们一见对联，无不交口称誉。在这里，要说明的是，在新中国成立前，中山大学以孙中山先生生辰十一月十一日为校庆日。上联所谓“十有一月，旬有一日”，“有”，通“又”，十又一，即十一月，而十日为一旬，旬又一，即十一日。至于下联，典出《中庸》，它阐示孔子要求学生对待人生和事物，既要礼节精微，又要心胸阔大，达到道德和行为的最高境界。

新中国成立后，中大校长许崇清请示国家副主席宋庆龄，得悉中山先生出生于寅时，已是十二日的凌晨了，便确定十一月十二日为中山大学的校庆日。

这一副对联，写得简练典雅，既贴切地点明校庆的日子，

黄际遇教授

又概括了大学办学的宗旨。让人惊叹的是，此联竟出自数学天文系主任黄际遇教授的手笔。可惜，在一九四五年抗战胜利时，临时搬迁到粤北坪石继续办学的中大师生，坐船经由水路返回广州，一路上，大家兴高采烈，意气风发，谁知船过清远，黄教授到船舷解手，一不小心，坠入江中，不幸溺水身亡。

时世变幻，白云苍狗，中大经历过多次激烈的运动和分分合合的变化，黄际遇教授的事迹，也渐渐被人遗忘。其实，在新中国成立前，黄际遇教授是学术界名闻遐迩的大学者。如果说，在广州解放后，中山大学的传奇人物，是陈寅恪教授；那么，在新中国成立前，中大的传奇人物，就是黄际遇教授。而这两位大师早就结识，陈先生还送给黄先生一本诗集，作为以后相会的见证。但是，他们两位却再没有机会在康乐园聚首。

黄教授身后，留下大量日记，多达数十卷。黄际遇教授的

《黄际遇日记类编》（中山大学出版社，二〇一九年版）

孙女黄小安女士，整理为《黄际遇日记类编》（以下简称《日记》）一书，由中山大学出版社出版。阅读他的日记，学习前辈大学者的学术思想，体察在一定的历史阶段知识分子的生活方式和心态，特别是了解黄际遇教授在中大工作长达八年的情况，这对提高对我国近现代学术思想和教育理念的认识，很有意义。

数学元老 骈文泰斗

黄际遇是广东省澄海县人，出身望族，诗礼传家，十四岁即参加科举考试，成为同试中年龄最小的秀才。

当时，风气渐开，清政府也开始派遣一些青年才俊，学习科学知识。黄际遇在十八岁的时候，被广东官派到日本留学，专攻现代数学，成为日本著名数学家林鹤一博士的高足。可以说，他是我国最早专攻西方数学的留学生之一。回国后，他立刻从事数学、物理学科的教学科研和组织工作。到一九二〇年，他受当时教育部的委派，到美国考察和进修。两年后，又获得芝加哥大学数学硕士学位。

黄际遇教授的一生，主要从事理科特别是数学、天文学科的教学科研，以及从事在全国范围内组织、推动科学发展的工作。他担任过山东大学（原称青岛大学）、河南大学、武汉大学等多所著名高校的理学院院长，发表过高质量的数学教材和译著、论著。译著有《高等微积分》《近代数学》《几何学》《代数学》；论著有《论一》《Gudermann函数之研究》《定积分一定理及一种不定积分之研究》多种。教学和科研之外，他还担任国立武昌高等师范学校数理学会会长，奔走各地，呼吁成立和亲自操持各种数学研讨会，对促进我国现代数学学科的发展方面，起了重大的作用。因此，他被公认为卓越的数学家和开创我国现代高等数学教育事业的元老。

黄教授在山东大学担任理学院院长时，闻一多先生任文学院院长。那时，文学院有杨振声、梁实秋、游国恩、沈从文等名流。而当闻一多辞去文学院院长一职时，人们竟推举了黄际遇教授兼任，他也不负众望，双肩并挑，胜任愉快。更令人意外的是，后来他在中山大学任教时，除了在数学天文系讲授主要课程，还常到中文系开设"骈文研究""说文解字"等艰深的课程，并且受到广大学生的赞誉。学生们说，黄教授讲课时，板书多用篆体，而且写得飞快，他认为文科学生，应能掌握比较艰深的字体。当讲到入神时，他往往晃动身躯，微闭双目，声音抑扬顿挫，让同学享受到骈文的节奏和声调之美。因此，每当黄先生上课，屋里总是挤满听众，座无虚席。

在中大，我也知道不少理科、医科教授，对文学和艺术很有心得。看来，生活和工作在岭南的学者，多具能够包容和交融不同学术领域的素质。但是，像黄际遇教授这样的数学大师，竟能在中文系讲授完整而又艰深的课程，我没有见过。老实说，在我国的学术史上，像他那样思路开阔能够贯通文理的学者，即使有，也属罕见。

黄教授有每天写日记的习惯。在《日记》中，收录了他在山东大学和中山大学工作时期的日记。日记全用文言写成，有时简约畅练，有时骈散兼备，其中不少是流丽典雅的骈文。看得出六朝辞赋、西汉文章，他均烂熟于胸，可以顺手拈来，随心驱使。在早年，他参加过孙中山的同盟会，以科学救国为己任。在抗日战争时期，他看到山河破碎，悲愤不已，家国情怀，蕴积于胸。在日记里，他记录了许多珍贵的史料，也让我们看到民国初年和抗战时期，学坛中许多知识分子的思想状态和生活方式。所以，《日记》虽然是文绉绉的，却又是活生生的。这是一部如诗如史的典籍。

非关病酒　不是悲秋

早在一九二二年，黄教授已在中山大学的前身，即广东高等师范学校任教，后来北上，辗转在华北、华中各地名校任职。到一九三六年，他又回到中山大学工作，直至一九四五年去世。

在这之前，黄际遇在山东大学工作长达五六年。到一九三六年，军阀韩复榘故意大量削减山大的办学经费。中原板荡，国事蜩螗，他便决然南归，到中山大学任职。在离开青岛时，他心情郁悒。在南下的日记中，他写道："今大学讲师，无能背诵《大学》章句者矣。"而那些"管政之夫，嚣世之士"，即那些管理政务的官吏，和嚣张狂妄、哗众邀宠的政客，倒能对孔孟的章句倒背如流，不过，这些人只是夸夸其谈，讲的一套，做的又是另一套，"于己则检防俱裂，帷薄不修"，他们对自己毫不约束，破坏法规，生活腐败，财路不明，结果弄得政局败坏，民不聊生。

到了中山大学，他的心情颇为兴奋。那时，中大已从文明路旧址，迁到石牌新区。同事们带他“同往大学石牌新舍，出东郊二十里”，他赞叹中大“杰阁巍然，不特南州冠冕也！”人们又带他去参观理学院，那是他要在此工作的地方，他更加满意，说“导视授经精舍（即教室），历时始返。已足涉天文数学室、工院二室，尚未睹宫墙什一”，意思是说，他还未看到中大校园的全貌，看到的只是很小的部分。因此，他高兴地宣称：“大哉！圣人之门！”当时，他居住的宿舍还算舒适，“当窗独坐，远望弥佳，双峦峙前，横宇间之，全图入境，不见行人，阡陌阑干，竹松交错”。能在这幽雅的环境从事教学和研究，他是相当满意的。加上中山大学对教师“相待殊厚”，他觉得从此可以在中大安心治学，“不作市肆之想”。

这位名教授能回到家乡工作，中大师生自然十分欢迎。校长院长，新朋旧友，纷纷邀请欢叙。当时的校长黄巽特地邀请他到大三元酒家用餐。这家餐饮名店，“点心可口，粉面宜人，小饮盈尊，旷怀千里”。校长尊重人才，移樽就教，他很是感激，“相于雅意，春水俱深”。中国知识分子素有“士为知己者死”的传统，后来，黄教授慨然长期留在中大工作，不辞劳苦地奔波于理学院和文学院之间，这和主事者对他的诚恳和礼遇有关。看来，真正的教育家，是很注意尊重教师的，和那些或动辄颐指气使，呵斥下属，或玩弄权术，凡事虚与委蛇的领导大不相同。

这段时期，黄际遇经常和理、工两院的同仁把酒言欢。本来，在山东大学工作时，他便经常和梁实秋等一起豪饮，人称他与杨振声、闻一多等人为“酒中八仙”。据梁实秋说：“任初（黄际遇的别字）每日必饮，宴会时拇战兴致最豪，嗓音尖锐而常出怪声，狂态可掬。”在广州，有一次到城隍庙的酒肆中，和同事相叙，“主人把臂，众宾倾心”，他竟“为之连饮二十余杯”。他惊人的酒量，一时传为美谈。

《黄际遇文集》（中山大学出版社，二〇一九年版）

在中大，黄际遇教授虽然有许多应酬，但教学工作非常忙碌。在理学院，他要连续开设“群论”“实用数学”“代数数论”诸课，为了提高教学质量，在课后，他还反复思考，往往独自在宿舍演算，直到深夜。同时，他和在山东大学一样，还到中文系兼讲“骈文研究”等课程，即便在“星期末日，授得特多，工、理已完，复开文馆，古今上下，驰骋万言”。有意思的是，身为数学天文系主任的他，却很喜欢到中文系上课，他曾说：“系主任可以不当，骈文课不可以不讲。”当时，中大中文系名师如林，像词学名家陈洵、文史名家古直等，都在该系任职。而黄际遇这位数学大家，给中文系学生上课时，教学效果极佳，以至当时传说，中文系主任龙榆生十分感慨，说是“数学系夺去其文学系名教授一人”。

黄教授对教学工作极端负责，往往站着一讲就是三小时，有时上午讲了一门课，下午又接着讲另一门课。当他主持骈文的考试时，在学生“纳卷之际，一一评阅，并令侍侧，随笔改正，莫不心悦”。显然，让交了试卷的学生，逐个站到他旁边，看他如何即席评改，这种和学生一起思考，并且让他们看到老师的创作思路，知道如何遣辞觅句，如何调协节奏，如何更好地表达思想感情的做法，对学生的学习来说，极具启发性。当然，这种手把手式的教学方法，如果教师没有负责的工作态度，自身没有高超的创作水平，实在是不可能做到的。其实，繁重的教学工作，也让他筋疲力尽。在《日记》里，他也曾感叹："毕二课，已浃背矣，真血汗钱也！"又说："自朝达晡（午后三时至五时），役役课徒，甚矣惫。"在今天，一些大学教授不给本科生上课，只热衷申报项目，撰写论文，蝇营狗苟，谋取职称或什么"学者"的头衔，这和当年黄际遇等教授相比，其精神境界，真有天渊之别。

在清末，黄教授景仰孙中山，希望建设民主社会。可是在民国成立后，看到的却是军阀混战，官吏争权夺利混沌不堪的局面。因而不少立志于专心治学的学者，包括黄教授在内，无法辨别方向，往往采取独善其身的态度。当年山东大学，学生分为两派，闻一多先生就因支持其中一派而辞职。黄际遇接任文学院院长后，觉得左右为难，过不了几个月，他也俟机离开了是非之地。到了中大，听说山东大学又闹学潮，"胶庠学潮澎湃"（胶，山东；庠，大学），便"以余不亲其役为幸"。当夜深人静，他反复思考，觉得中大"纵非空明世界，自非角逐之场，片席为妥，诸缘便了"。其实，当时的中大，真不是"空明世界"，各种思潮也彼起此伏，但他决心不卷入，不议论，拒绝一切社团的邀请。他当着一些比较亲近的学生的面，烧毁各种社团的邀请信件，劝勉他们一心向学，心无旁骛。而他自己，有空则读诗书，上馆子，下象棋，把中大当作避世的桃源。

不过，黄际遇真的是不问政治吗？非也。例如一九三六年四月二十八日，他听说南京有人写了一副对联"孙氏骷髅陈氏客，蒋家兵马宋家军"，便在日记中记下了这副含蓄讽刺国民党和“四大家族”的对联，还记述当局 “为之三日大索，一夕数惊”的怪事。那一夜，他辗转反侧，叹息“索居多感矣乎！”显然，他对那种色厉内荏、动辄兴师动众扼杀舆论的做法，十分不满。

黄教授一直关心国计民生，当他回到广东，不久便发现这里表面繁荣，其实弊病丛生。他写到在他老家潮汕，治安不好，物价飞涨：“秋农来述：汕头生事，市面不靖，此旬币跌物贵。”而在广州，“石牌素为盗薮，亦非乐土”。他叹息：“谓天盖高，逢此硕鼠，谓之何哉！”所谓“硕鼠”，指的是盘剥老百姓的贪官污吏。天下乌鸦一样黑，不要以为天高皇帝远的岭南，便可以安居乐业了。到一九三六年秋天，连月无雨，“旱魃为虐，老农吁息”，在客家地区，“尤甚不稳”。黄教授慨叹：“谚云：一农败百商，非邑车龙马水衮衮诸公所及知也！”确实，在大城市中锦衣肉食之辈，哪里知道民间疾苦？那时，他又收到老舍先生的来信，信中说到在其母八十寿辰时，“国破家贫，所以没有治筵请客”。黄教授立刻写了一副对联，宽慰老舍，而自己情绪则十分低落，他写道，“作联本以遣兴”，但国难当头，朋辈困窘，所以“梦中扰扰”，“治心工夫无一可言，只益惆怅耳！”他也很明白，当时内忧外患，国民政府束手无策，而且“豺狼当道，于今尤烈”，老百姓自然生活在水深火热之中。

家国情怀 正直狷介

一九三六年底，日军已进占华北。曾在青岛工作多年的黄教授，特别关注那里的消息。他在日记中记载了有关情况：“三日来报，倭犯青岛，陆战队登陆逾千人，检讯（检查侮辱）行人，有被捕者。五日突驰李村水源，冀握全市饮水嗌喉。夜市早闭，沧口居民，迁者甚多，呜呼！”他又指出：“鲁（山东）以相忍为国久矣，实逼处此为视囊中。” 他惦挂青岛同胞的苦难，认识到当局一味采取忍让退缩的政策，致使山东成为日本侵略者囊中之物。忧愤之情，溢于言表。到一九三七年的七七事变，抗日战争全面爆发。黄教授很激动，在日记中处处流露出忧国伤时的情感。

在那年的八月间，战火虽然还未到广州，但黄教授一直关注战局的发展。那时，日寇步步进逼，中国军队不断失利，而报道却说“上海电：浏河一战尚在激战，连日血战均有死亡”。黄教授对当时舆论报喜不报忧的做法，十分不满，认为“是或为不利之讯，而讳言之”。因为他深知国民政府管制舆情，“今日凡百事业，概归统制音台公电”，他担心：“诚恐有欲以一手掩尽天下耳目者。”他又记：“日报来‘克复保定’，字大如斗，然人多不知保定已失也。”可见，当时像黄际遇这类知识分子，对时局并非没有自己的判断，但一介书生，无路请缨，只能是忧心忡忡，坐困愁城。

据黄教授的日记记载，广州第一次被日寇空袭的时间，是一九三七年八月三十一日。那天早上，市民忽然看到有两架飞机，一时间，市区大乱，“竞相闭肆”。当晚报载，敌机“空袭白云山，投弹数枚，死厨役一，伤二人，又在士敏土厂上盘旋，未得逞”。从此，广州差不多每天都被空袭，九月二十六日，“大学亦被弹数处，海珠桥火毁，只堪通人，惠爱东街、永汉北路，火亘日中，十八甫亦不免，东山特惨，阖城死伤者及千。真弥天之祸也！”其后敌机愈来愈凶猛，有一次竟“落弹百五十余，圮屋六百余间，毙六百余人，伤九百余口”，“东山、荔枝湾、河南、北城、市政中区，罹难殆遍”。黄教授非常悲愤，也很坚定，他认为日寇空军“据高肆焰，何求不得？”但是，“吾何畏彼哉！”

当时中大经费短绌，黄教授只能“领薪水七折”，而他教学热情依然高涨。由于日寇军机肆意轰炸，中大各学院只好分散上课，除工学院依旧在五山外，文学院回旧校址（文明路），法学院到附属中学，理学院到小学。黄教授要为理、工、文三学院授课，便在警报声中，来回往返于市区、郊区之间。他也抓紧时间读书，敌机来时，他便“袖《通鉴》一册，遁于丛薄之际，攀柏入穴”，躲在防空洞里翻阅书史。即使国难当头，他也不屈不挠，和广大师生一起，共度时艰。

黄教授很敬佩敢于抗日的英雄。他听到在上海保卫战中，黄光锐空军少将率领战机，“击落敌机三十四，光锐击其三焉”。他知道黄光锐是广东台山人，“论功为最，外御其侮，国人爱之”，并为同乡有此勇士感到自豪。在日记中，他根据传闻，详细记录了我国著名教育家、南开大学校长张伯苓之子张锡祜，智勇双全为国牺牲的情况。张锡祜在国外学习航空，归国后，即投入战斗。当时，日本“四大巨舰”之一的陆奥舰，侵入上海。张锡祜的意大利籍教师某某，为日本效力，助纣为虐。这家伙俘虏了被他教过的学生，待以厚礼，学生也假意投降，得到了日寇的信任，也探悉了日方的机密信号，便暗地里通知我军。张锡祜即驾机伪扮日机，连人带机，向陆奥舰撞去，“卒沉巨鳌”，壮烈殉国。张伯苓先生当众说：“我一生事业与送老之爱子，皆尽献国家矣！”黄教授得悉，既悲痛，又景仰，连呼“忠而忘家，张公子有焉！”“呜呼！烈哉！”

在近现代，中国不少知识分子不乏家国情怀，可是，中国向何处去？许多人未认识得清。他们不满国民党政府腐败无能，蒋介石独裁专制，却又没有下决心投身到革命的洪流中，于是只求兢兢业业做学问，苟全性命于乱世。这时候，所谓魏晋风度那种狷介的处世哲学，往往会渗入这类知识分子的骨髓之中。在国家危难之际，黄教授表面上风度翩翩，镇定自如，依然饮酒品茗，有时终夜下象棋，订棋谱，甚至在日机空袭时也邀人对弈。实际上，他是内心郁闷，借棋解忧。在日记中，他写道："有棋可弈，忘却一切，人云饱受虚惊，我却漫无所觉，岂不善哉！"所以，疏狂狷介的外表，只是忧国忧民的另一种方式，是当时有正义感而又无力反抗现实的知识分子典型的表现。

"时穷节乃见"。在广州沦陷的前夜，黄教授不甘充当顺民，便赴香港避难。当一九四〇年中大从云南澄江迁回粤北坪石，他即绕过敌占区返校任教，重任数学天文系主任，又一次给中文系学生上骈文课。当时，他的学生张云，任中大校长。为共济时艰，黄教授毫不计较，竟还兼任校长秘书一职，协助自己的学生处理校务与公私信函，直至不幸逝世。

余生也晚，没有机会见到这位有骨气而没有傲气的先辈。但是，"物以类聚，人以群分"，看一个人喜欢和哪些人结交，也大致可以知道他的人品。黄教授在日记中，常提到黄海章老师，说他学问很好，沉默寡言，唯独他俩在一起散步时，则"说论生风"。际遇先生还以鲜有的口吻赞美海章先生："君子哉！尚德哉！若人有之，是以侣之，不言之芳，他山之石。"认为有幸和黄海章这位品德高尚的君子结交，对自己有莫大的帮助。

黄海章教授正是我的老师，我从求学以至留校任教，一直得到海章师的谆谆教诲。老一辈的中大人，也都知道他学富五车，严肃认真，狷介不阿，品德高尚；其品格，确实如黄际遇教授所言。而从他和海章师相知之深、情谊之厚，我们似乎可以见到黄际遇教授的侧影。

黄际遇书法

固本培元　融会贯通

读了黄际遇教授的《日记》，也引发我对一些问题的思考。

在许多人看来，数学与文学，是完全不同的学术领域，前者重推理，重逻辑思维，后者重想象，重形象思维，二者似乎毫不相干。其实，在人的大脑中，这两种思维能力同时存在，甚至本来就互相依存，问题在于，人们有没有把二者交融贯通的禀赋。

我在中大，曾多次听到数学教授们对某些数学论文的评价，说它“很美！”我愕然，不知道那枯燥的数字和公式，和“美”有什么关系。后来向数学系的老师请教，才知道如果在数学论证的过程中，能发人之所未发，或鞭辟入里，一剑封喉，或奇思妙想，曲径通幽，这就是“美”。而要达到美的境界，科学家需要有丰富的想象力。这一来，推理与想象并非没有关联，逻辑思维与形象思维虽属不同的范畴，但二者可以沟通。因此，数学家之所谓“美”，和文学家之所谓“美”，实质上是可以相互融汇的。显然，研究理工的学者，如果没有形象思维的能力，缺乏人文情怀，他的成就，只能有限。同样，从事文学工作的人，如果只有想象力，却缺乏逻辑思维概括推理的能力，那么，尽管他浮想联翩，说得天花乱坠，终嫌浅薄，乃至于被人讥之为“心灵鸡汤”。

黄际遇教授早就提出，大学教育，要培养学生的创新精神，“即有整理思考力与创造真理之精神”。融汇想象力与推理力，正是在学术上创新的必要条件。当然，要求学者们把逻辑思维能力和形象思维能力二者贯通，能够像黄教授那样文理兼精，中西并具，能任教于不同领域的学科，能让两种思维能力水乳交融，在学术上达到发展创新的水平，谈何容易！何况，黄际遇曾任多所名校的学院院长，这说明他具有出色的行政能力；能融合各体书艺，自成一格，这说明他具有非凡的审美能力；他对象棋艺术深有研究，能与当时广东棋坛的“四大天王”对弈，互有胜负，曾写就多达五十册的棋谱《畴盦坐隐》，能以下盲棋的方式，战胜对手，又说明他具有惊人的记忆能力。上面说过，下棋是他用以遣闷的游戏，虽属小道，但黄教授又深知其中价值，“夜思此道，贵以科学分析致思之法，走子以宋儒跬步不苟之法”。很清楚，他认为下棋最重要的，是能培养人的科学分析能力，有助于养成瞻前顾后、缜密认真的治学态度。这一切，在他的身上包容整合，融会贯通，成就为黄际遇“这一个”的独特风格。

高山仰止，景行行止，虽不能至，而心向往之。尽管黄际遇教授的学术造诣，绝非一般学者所能企及，但他的治学思想和道路，却给我们指出了如何有效提升学术水平的方向。

我们从有关资料上得悉，在少年时期，黄际遇教授即饱读诗书，过目不忘，特别精研《后汉书》，在中国古代文学、哲学、史学方面打下了扎实和广博的基础。在留日期间，他和章太炎、黄侃、罗常培等学者订交，受他们影响，对音韵学、训诂学、文字学都有深入研究，撰有《班书学说》《潮州八声误读表说》等论著。显然，固本培元，六艺俱精，中华文化的优良传统，已为他在学术上的发展，打下牢固的根基。

清末民初，国门开放，许多青年才俊已经认识到科学救国的重要性，在现代学科愈分愈细的情况下，知道在学习上更须注重专业性。这一来，社会的学习风气，从科举时代提倡培养全材，要求“君子不器”，转变向“学有专攻”的方向发展。黄际遇教授多次赴日、赴美留学考察，均瞄准现代数学，这正是当时知识分子学习转型的表现。然而，中国的传统文化早就深入渗透他的每一个脑细胞，这就使他既在现代数学、天文学方面取得辉煌业绩，又在古代文学和语言学方面取得非凡成就。反过来，中华传统文化博雅的思维，总揽全局的思想方法，又促进了他在数学和天文学方面教学研究的发展。因此，在学术上，数学的美和文学的美，他各有体悟，又相互推动，相得益彰。可惜，他意外遇溺，逝世过早，他所开创的治学方向，人们还来不及研究和继承。

在今天，在需要更进一步研究教育问题的时候，黄际遇教授治学中西兼备、文理沟通的成功经验，帮助我们从中得到启迪，为创造性地增强中华文化的自信力而奋进。

月是故乡明

——记江静波教授

中元节的晚上，月亮又大又圆。仰望天际，蓦然记起，江静波教授在赴美探亲前，和我谈起“露从今夜白，月是故乡明”这两句唐诗。谁知，中元节过后两天，就听到他在美去世的消息。

在广东，许多人读过江先生所写的小说《师姐》。这部作品获得广东鲁迅文艺奖，还拍成电影，产生过较大的影响。后来，他又出版过电影文学剧本《晚霞》。人们多以为他是专业作家，其实，他是科学家，是中山大学生物系教授、博导，是我国微生物学领域著名的学者，并被法国学术机构聘为外籍院士。我曾问他《师姐》是怎样写成的。他回答说在病床上写成。原来，江先生从小爱好文学，又当过记者，还想入读中文系。抗战军兴，深感科学救国的必要，才决心攻读理科。他说，“文化大革命”后，生了一场大病，入院留医，不能在实验室搞科研，只能在枕上让想象力飞驰，这就有了写作《师姐》的机会。江师母在旁嘟哝，说：“这人真不要命，一面打吊针，一面在稿纸上乱写。”能在病床上写成廿万字的长篇小说吗？对此，我将信将疑。不过，后来江先生又一次生病住院，我去探望他，看到他戴着心脏起搏器，正在写《晚霞》初稿，这才服了。当时，江先生病情不稳，视力模糊，稿纸上的字歪歪斜斜。我既劝说他保重身体，更敬佩他顽强的斗志和过人的才华！

二十世纪五十年代，我在中大求学，便知道江静波的名字了。但他是理科的前辈师长，我们之间没有交往。而后来，从一次误解中开始，我们成了忘年之交。

二十世纪八十年代中，我主持中文系的工作，和大家一起创办了“中文刊授”，学员多达二十万人。正忙得焦头烂额，有人告诉我：“江先生在到处骂你呢！”我一怔，江先生是人大代表，挨他的骂，非同小可！但不知是否属实，也不知他骂些什么，无从解释，颇感惶惑。

一九八六年寒假前夕，校领导让系主任们向全校教工汇报工作。我在大会上比较详细地介绍了中文系的办学方针，解释“刊授”教育与本科教育相互促进的关系，介绍了运作情况以及社会效应等问题，反响还好。那年，第一届的刊授学员有两千人毕业，本科生教育也有起色，全系老师才舒了一口长气。

春节的早上，全校教师团拜，小礼堂喜气洋洋。只见江先生径直向我走来，我吓了一跳。谁知他开口便说：“天骥同志，我错了！要到府上负荆请罪呢！”我手足无措，连声说：“不敢。”赶紧躬身向他拜年，并约定改天登门拜访他。

春节过后的一个早上，我和江先生促膝谈心。我们交换对教育的意见，我向他请教治学方法，也详尽地向他介绍中文系有关教学科研的具体做法。说着说着，他忽然站了起来，从书房里拿出一叠文件，十多张，对我说：“这些，是我在各种场合指责你的文稿。你看，我不了解情况，便乱骂一通，多么不妥！”我说：“我们确有许多不足之处，您严格要求，是应该的。”原来，江先生听了我在大会上的汇报以后，又做了调查，

一九九二年，在江静波教授家中，作者向生物系研究生讲解《春江花月夜》。图中自左而右分别是王季思先生、作者、江静波教授

便消除了对我们的误解。看到他真诚的态度，我完全明白，他的“骂”，实在是出于对教育事业的关心，出于对学校的爱，他生怕我乱搞一气，损害了学校的清誉。而一旦了解真相，他又是那样的胸怀坦荡，竟向后辈坦诚自责。我十分感动，我知道，江先生有时会有点偏执，但他的心，像水晶一样透明，在他身上，我看到了师长们爱国爱校爱事业的高尚品格。

从此，我和江先生来往多了，每年的五月七日，他必邀我同享师生们送给他的生日蛋糕。他又爱写诗，常常交给我欣赏。

有一天，他要我给他指导的博士生、硕士生讲讲唐诗。长者命，少者不敢辞。我说：“您叫江静波，我就讲《春江花月夜》吧！”这俏皮话引得他拊掌大笑。晚上，十多位理科研究生围坐在江先生的客厅里，我请来王季思老师压阵，便在长辈面前班门弄斧。江先生还特意播放名曲《春江花月夜》，客厅里流溢着悠扬的曲韵。我的讲析并不理想，幸而王季思老师在场，随时给予补充和纠正；同学们的提问、研讨，使气氛活跃融洽。两个小时一下子过去，江师母又捧出红豆沙糖水分给大家品尝。那一夜，江先生组织的教学方式，让师生们沉醉在温馨的人文氛围中，沉醉在爱心与学术交融的诗情画意里。离开江家，心旷神怡，月色如银。我想，这就是生活在高等学府中得到的最美的享受。

沟通文理，是江先生一贯的教育理想。他经常说，文科学生，长于形象思维；理科学生，长于逻辑思维。无论学文科还是学理科，都需要有想象力。这是一致的。而形象思维，对促进想象力的萌发，尤有帮助。科技的创造发明，需要想象。在他看来，提高理科学生形象思维的能力，是关系到提高科研队伍素质和水平的问题。这理念，江先生自己一直身体力行。他在生物学领域里能够取得杰出的成就，和他一辈子爱好文学有着密切的关系。在中大，人才辈出，像江先生这样文理兼通的学者，正是我们学习的榜样。

“文化大革命”期间，江先生饱受折磨。《师姐》《晚霞》中男主人公的苦难，其实有他的身影在。他的一个女儿，还在“文化大革命”一次沉船事故中亡去。国破家难，使他心力交瘁，但他一直努力工作，爱国爱校爱事业之情，始终如一。记得在一九八八年，一位中医学院教授应邀来校做报告，讲述其科研成果获得奖励的感受。他一再说明，该成果得到了江教授无私的帮助。江先生说：“这不算什么。学术乃天下之公器，科技系国家之命脉。只要于国有利，不必计较你我。”正是出于科学家的爱国良知，长期以来，他对后辈学者热诚地关爱，认真地指点，无私地奉献。

江先生晚年身体很差，需要亲属照料，不得不居留美国，但他一直惦念故乡，惦挂母校。他来信说，在美感到孤寂，只有女儿在参与交响乐团演出时，才带他到剧院感受一番，得到一点安慰。他还说，等身体好一些，就要回校居住。说实在的，远托异国，昔人所悲，望风怀想，能不依依！我也多么希望有一天能再和他一起，在康乐园里，谈学术，论人生，拂清风，对明月。然而，现在一切都不可能了。

月是故乡明，魂兮归来！

文理兼通意气豪

——记李华钟教授

在教师节即将到来的时候，人们往往想起在学圃里辛勤地栽桃育李的园丁。我在中山大学学习、工作和生活，长达六十多年，自然会想到许多师友，想起他们为祖国教育事业作出的贡献。

我曾介绍过中大数学天文系黄际遇教授，是精通文史的著名科学家，他能在中文系开讲骈文史，一些朋友颇为惊愕。其实，在康乐园里，文理兼擅的教师并不少见。像岑仲勉教授，学的是会计学，后来成为研究中国史的专家。像生物学家江静波教授，竟发表过长篇小说《师姐》，还拍成了电影，获得广东鲁迅文艺奖。而只比我大几岁、属师兄辈的李华钟教授，也是文理兼通的著名物理学家，是国际研究粒子理论的先驱。

我在一九五二年进入康乐园求学的时候，华钟兄已经在一年前，毕业于岭南大学。一九五二年院校合并，中大岭大，成为一家，他也继续在康乐园里，担任新中大助教。我毕业后，在中文系当助教时，他已经是物理系讲师。两系本来不很搭界，但是，同在一个草坪上摸爬滚打，各系的信息，还是有所知闻的。我早就听说，物理系有两位青年物理学家，都非常出色。一位是郭硕鸿先生，一位就是华钟兄。

李华钟教授是我国著名的物理学家。早在二十世纪七十年代，他就是规范场理论研究的学术带头人，学术水平在当时国际上已处于领先地位。在二十世纪八十年代中，他又有进一步的发展，对几何位相、量子体系，提出了具有普遍性、体系性、统一性的理论阐述，达到国际前沿水平，其中有部分还处于国际领先地位。他多次获得省部级和国家级自然科学奖。杨振宁教授也十分器重他的研究成果。

我第一次认识华钟兄，是在乒乓球练习场上。那天饭后，我准备到乒乓球室练习球艺。球室里灯火通明，只有一张球桌的练习室，当时已被人占用了。但既来之，则安之，看看人家是怎样打球也好。

当我走进乒乓球室时，只见一男一女两位教师，正在打球。女教师背靠门口，我认不出她，只记得她脑后拖着两条长可及膝的辫子。抽球时，长辫子舞来舞去，很是有趣。男老师倒是面对着我，他横握球拍削球，作为防守的一方，左蹦右跳，把对方攻来的球，一一削回。他俩一来一往，煞是好看。这时，进来看他们打球的人，越来越多。那男老师则旁若无人，没有停下来让别人练习的意思。我们也不好打扰他俩的雅兴，只好逐渐散去。随后听人们说，那专打防守型的男运动员，正是李华钟。

有趣的是，华钟兄打球，是防守型的；但对人对事，特别是在做学问方面，则往往是采取进攻型的态度。

青眼高歌俱未老

我和华钟兄开始有所接触，是在“文革”之后。

李华钟教授（右）在讨论学术问题

打倒“四人帮”后，岭南大学的校友，差不多每年都要召开校友会，远在国外的校友，也纷纷回到康乐园叙旧。我的三表姨和表姨夫，都是毕业于岭大农学院的校友。表姨姓邬，在我小时候，外婆常带我到邬家玩耍。一九四九年前，三表姨已到美国留学。“文革”后，她也回国参加岭大校友会。当她知道我在康乐园工作时，便告诉岭大校友会的秘书长桂治镛老师，希望能见到我。桂老师立刻通知我往见。这一天，除了和三表姨夫妇欢聚外，也认识了卢永根等好几位岭大校友，华钟兄也是在这一次大会上认识的。当时，他已任中大物理系主任。

岭南大学校友会有一个良好的传统，中午聚餐，从来只有炒牛河、滑鸡粥，据说这是岭大学生聚会的惯例，所以校友聚餐时，也以此共享，好让大家回忆在康乐园里求学的情景。记得当时华钟兄捧着碗，和哲学系胡景钊老师，走到我身边。胡老师也毕业于岭大，我求学时，他曾任辩证唯物主义课的助教，和我相熟。胡老师指着我对华钟兄说："这就是黄天（中大从历任校长到学生对我的称呼）。"华钟兄便说："黄天，你是中文系的，我也很喜欢文学，找个时间聊聊。"我当然答应。过两三天，他果然派人找我，约我晚上到他的办公室谈谈。

到了华钟兄的办公室，他已经煮好咖啡等我了。我们随便聊了一会，他便问我："您是广州人，知道广州近代有一位叫黄节的名人吗？您姓黄，他也姓黄，您和他有什么关系吗？"我说："没有关系，他是顺德人，我祖籍新会，同姓而已。"华钟又问："对黄节，您有什么看法？"老实说，我当时有点不耐烦，心想，这家伙，刚刚认识，便想考我吗？由于我讲授过近代中国文学史，也略讲授过黄节的诗作，知道他是爱国诗人，被称为近代岭南四大家之一，反对过袁世凯，还当过北京大学教授，他的《蒹葭楼诗集》有许多好诗，等等。于是，简略地回答了他的"考题"。

说到《蒹葭楼诗集》，他忽然说："我想整理这本诗集，您能不能帮帮我？"我一怔，也如实告诉他，这诗集，已有多种整理本了，要超过人家，不容易！当然，我也回敬他一句："您老兄学的是物理，胆敢飞象过河吗？"他笑了，这才告诉我，黄节是他的外祖父，他受家庭影响，小时候，也善读古诗古文，对文学也有兴趣，但确不知道有人已整理过《蒹葭楼诗集》。我这才明白，这是他专门请我聊天的原因！

当时，我谈得兴起，也向他炫耀，对他说："其实，我早在中学时，已经知道您外公的尊姓大名了！"华钟兄有点诧异，我便告诉他，在中学上语文课时，老师给我们讲授有关对联的知识，讲到什么叫"无情对"时，举例说，《重庆日报》曾发起过征联活动，上联是"五风十雨梅黄节"，后来有人对上了"二水三分李白诗"。老师说，黄节，是我们广州近代的著名诗人，"李白"对"梅黄"，"诗"对"节"，又暗合两人姓名，十分巧妙有趣，所以我记住了。华钟兄听了，哈哈大笑，对我举起拇指，也连忙把这副对联抄录在笔记本上。

这次交谈开始了我们的友谊，也体现出华钟兄作为科学家的性格：对人对事，实事求是。他首先“考察”我对黄节的了解程度，才提出自己的想法，而不是知道我稍有虚名，便先入为主，对我认可。这实事求是的精神，不正是科学家的态度吗？

文理兼通　怀瑾握瑜

华钟兄和我聊天时，往往会谈起看电影的感想，以及对《水浒传》《红楼梦》等名著的看法，更多的时候，是讨论对诗词的认识。他的主张是，学理工科的人，从小背诵一些唐诗宋词，很有必要，因为论证科学问题，需要有想象力。而熟识文学作品，这与培养和增长想象力有关。不过，他又不主张死抱传统，而主张利用传统的诗词形式，把新思想新名词，甚至科学术语也可设法入诗。我赞同他的想法，对他说，老兄也不妨试试！因为我知道，华钟兄是懂得旧体诗的，他曾给我看过他写的一些律诗，在格律上，中规中矩。例如说自己“少年狂傲轻时俗，入老顽嚣哂未休”，便很能真实和生动地概括表现出他的个性。

没想到二十世纪八十年代初，在一次物理学科的学术会议上，他和杨振宁等专家，竟发动大家写诗。许多科学家也兴致盎然，纷纷响应交卷。最后，决定由华钟兄担任主编，编成了《粒子诗抄》。初稿编成后，华钟兄找我，请我作些必要的修订，我遵命，也为一些科学家的诗，略略调整了个别的字眼。在集子中，我发现华钟兄写的《粒子争鸣二首》，至为生动有趣。这本《粒子诗抄》，据知在物理学界，颇受清赏。

华钟兄和我聊天，许多时候都会谈及诗词欣赏的问题。有一次，他问我，什么是诗词创作最高的水平？我回答，有意境。同时，也简略向他介绍意境的概念，告诉他，诗人在创作时，在情景交融的基础上，能够引导读者产生丰富的联想，但这种联想，在读者心理、生理上为什么能够产生，我还弄不清楚。华钟兄沉吟半晌，忽然说：“黄天，这种情况，会不会类似物理学的‘场’？”然后，他告诉我，场，实际上是一种存在，如磁场、引力场、粒子场等等，场属物质的形态，它摸不着，看不见，但确实存在于物质世界之中。在一定的范围下，它能产生某种力的作用。这种力，具有弥漫性，又能规范着、引导着有关物质的运动。他又说，如果从“场”的理论引申，诗人在创作时脑电波产生情景交融的“场”，它会不会不着痕迹地，却又有一种弥漫着的引力，规范着读者的脑电波，从而产生相应的甚至是扩展性的运动呢？经华钟兄一说，我恍然大悟。像唐诗《商山早行》，其中“鸡声茅店月，人迹板桥霜”两句，句中只写景色，没有主观性的动词联系，但渗透着诗人在商山早行的心情。于是，这由名词组成的合力，便引导着并规范着读者，往凄清的方向，在脑海中产生种种联想。

在华钟兄的启发下，我在写作《诗词创作发凡》一书时，便增加了“意境创造的方式”一章，从诗词创作意境的“显性方式”“隐性方式”“论‘埋没意绪’”和“模糊性与导向性的统一”等方面，加以论述。这书出版后，也引起了一些读者的注意。当然，我很感谢华钟兄对我的启发，也深深知道，正是他在诗词和文学方面有深厚的功底，能够文理沟通，才会向我提出问题，并且帮助我解决难题。

深厚的人民情怀

在中大，许多人都知道，华钟兄的性格是倔强的，甚至有些固执。但如果对他有深入的了解，便知道他是既重原则又重情义的老师。他担任副校长时，对工作深思熟虑，经过调查研究，令出必行，不容拖拉；同时体恤并尊重教师和行政人员遇到的困难，会妥善地提出解决的方法。深厚的人文情怀，让他从来不会只摆出当“官”的姿态。

一九八一年左右，校园里发生一件趣事，很能说明华钟兄做人处事的态度。这趣事，是有一天他邀请我和胡景钊教授，到他家里品尝冰淇淋时，告诉我们的。

由于长期过度的勤奋，华钟兄的身体很不好，每次外出，人人都会看见，他一定斜挎着一个大布袋，里面放满药品、备用衣服和书籍。当天下午，他独自外出，走近南校门，忽然有一青年人，走到跟前，猛然想抢他的大布袋。他大吃一惊，本能地用力拨开对方的手，又迅速后跳两步。看来，他年轻时练习乒乓球灵活的步法，起了作用。他一边退，一边想打开布袋的拉链，可是情急之际，拉链却被卡住，越竭力地往里掏，越掏不出东西。那小贼倒慌了，以为华钟兄要掏出刀子，和他打架，正想转身逃走，却被几名路过的学生一把逮住。华钟兄问这小贼，为什么要拦路抢劫？回答说，没钱吃饭。于是，华钟兄拉开布袋，告诉他，袋子里装的全都是药和书，没有装钱。这时，同学们本想把这家伙抓到保卫处，华钟兄说，算了，他有他的难处。随即教训他几句，又从衣袋里掏出五块钱，让他买顿饭吃了事。

我听后，哈哈大笑，原来他晚上请我们吃冰淇淋，是为了庆祝脱险和压惊。但细心一想，小偷抢东西固然不好，华钟兄经过了解，并不过责，反送点钱周济，这虽是小事，但如不是宅心仁厚，没有深厚的人文情怀，是不可能做到的。

华钟兄一贯关怀爱护年轻人。对待积极向上、辛勤自学的学子，他敢于破格录取。近几年，学界流传着裘锡圭教授敢于把一位三轮车工人，破格录取为博士生的佳话。其实，早在二十世纪八十年代初，华钟便和裘教授一样，做出了破格录才的令人敬佩的举动。

一九八一年，中大收到湖北胡泊、胡连兄弟的来信，说他们在工厂里当工人，同时自学物理学九年，又自学英语，自信可以达到研究生水平，但他俩只有初中学历，不能报考。华钟兄知道了，极为重视。他请人查阅他们的作业本和学习心得，又由学校派人前往武汉，专门对胡氏兄弟进行测验考试，认可他们确是达到了报考硕士研究生的水平。然后，又让他们来到广州，华钟兄亲自对他们进行严格的面试，确认他们的才华，最后破格录取他们攻读硕士学位。两胡毕业后，胡泊取得博士学位后在美国任职，胡连则留校工作，后来转到华南师大任教授。华钟兄这种“不拘一格降人才”的教育观念，以及尽心育人的行为，当时就传为美谈。我深切地体会到，如果没有人文精神、科学头脑，没有强烈为国家民族培育人才的责任感，华钟兄就不可能断然做出破格录取两胡兄弟的举动。事实证明，他眼光是准确的，培养是成功的。

综合性大学是汇合各学科的学府，特别是作为基础学科的文科、理科，在一个校区上课，更有助于师生相互沟通，提高素质，有助于融人文情怀与科学精神于一炉，促进形象思维与逻辑思维统一的建构。华钟兄取得的卓越成就，和他能文理兼通有着极大的关系。

人生有情泪沾臆

——记吴宏聪教授

在吴宏聪教授的追悼会上，我凝视着他安详的遗容，想到以后再不能看到他玉树临风的神采，想到他对中山大学中文系的贡献，想到他几十年来对我的支持和栽培，想到我们曾经同欢乐，共患难，结下了深厚的情谊，不禁悲不可抑，无法自持。

在高等院校，既需要专心从事教学和研究的学者，也需要精通教育业务并且具有管理能力、善于团结师生的行政人才。吴宏聪教授毕业于西南联大，是著名文学家闻一多的高足。他讲课效果极佳，深受学生欢迎；对中国现代文学有深入的研究，也发表过不少有分量的学术著作。由于工作的需要，他不得不把主要精力放在教育管理方面。他牺牲了自己许多从事教学科研的精力，却为全系师生的发展，为树立中文系的学风，打下了基础。

在吴老师逝世后的那几天，我一直忙着帮助处理后事。等到目送遗体上了灵车，心神稍安，过去几十年和他相处的往事，便一幕幕奔来眼底。

我是在一九五六年毕业后留校工作的。一九五七年，吴老师调来中文系担任副主任，实际上，系里的教学科研工作，由他全面主管。此后，除了在“文化大革命”时期，有几年他被打成“走资派”靠边站以外，直到一九八三年，他从来以全副身心，负责领导全系的工作。特别是他对年轻老师，一直注意悉心培养。当年，我在教学和科研工作上稍稍做出些成绩，他便鼓励表扬，让我增强信心。可以说，他和所有的青年教师、学生，亲密无间，感情融洽。在下乡劳动时，他和年轻人一起挑泥犁地，摸爬滚打。有一段时期，系里不知为什么流行起“老”的称呼，连年轻老师也被称为“老”，像我刚当上讲师，便被称为“黄天老”。吴老师当然比一般年轻教师年长，大家便戏称之为“吴老老”。这昵称，一直持续了几十年。

我最难忘的，是在“文化大革命”期间，他和他太太黄慕兰同志，在天堂山半山腰抢救我的事。

在一九六九年冬天，我们全系教工，要到粤北坪石附近的天堂山，参加“五七干校”，接受“贫下中农再教育”。天堂山在粤湘交界的金鸡岭附近，平均海拔七百米。有一天，我们连队接到通知，要到坪石购买粮食，然后挑米上山。那时，我们每人要挑起几十斤大米，从山路往上行走，劳动量实在不轻。不过，当时我还年轻，而且经历过一段时期的挑担锻炼，负米上山，自我感觉还算良好。那天，天气不冷不热，我挑的两箩筐大米，也不算重，恃着年轻力壮，便迈开大步，一口气直上山腰。到了稍平的小坡上，才放下肩担歇息。

谁知不歇则已，一放下担子，顿觉天旋地转，两眼发黑，颓然倒地。和我一起挑米的同志大吃一惊，立刻招呼抢救。那时，吴老师夫妇恰好跟在我的后面。事起仓促，他俩赶紧和同志们一起，把随身携带的药物，塞进我的嘴里。我则迷迷糊糊，什么也不知道，只觉眼前慢慢泛起一片黄色的雾，又觉得双腿渐冷，冷气往腹部上升，到了胸口，便失去一切知觉。后来不知是谁在我的人中穴位捏了一把，又不知是谁在我嘴里灌入驱风油，我才渐渐苏醒。我张开眼睛，只见黄慕兰同志蹲在地上，替我抹着额上的冷汗。我挣扎起来，半开玩笑地说："今天我差一点真的上了天堂了。"黄慕兰同志便批评我："你这家伙死性不改，还有心思开玩笑！"她的话音刚落，我忽然又昏了过去，之后同志们怎样心情紧张，怎样多方抢救，我全都不知道。又过了好一阵，我总算醒了过来。休息了好一会，大伙儿才扶起我，继续上山。

那时，吴老师夫妇搀扶着我，慢慢地往山上走。他俩一边批评我好胜逞能，不自量力，不知道不能一口气直奔山腰，一边和我开些玩笑，让我分散注意力。黄慕兰同志见我神色渐趋平复，才告诉我，我第二次昏厥，是同志们最为担心的时候。附小的何老师身躯肥大，还俯卧地上，让大家抬我躺在他的背上，隔开冰凉的地气。那时候，同志们团结一致，患难相扶，使我既感激，又感动。而吴老师夫妇对我细心呵护的情景，我也一直念念不忘。

到了一九七四年，学校"复课闹革命"，吴老师也已"解放"，被任命为中文系教改领导小组负责人之一。有一天，我忽然听说他晚上骑自行车，不小心摔了下来，身体受伤，便抽空前往探望。原来，那一段时间，黄慕兰同志因病住院，吴老师骑自行车给她送汤水，回家晚了，没有看清路上的石阶，车子直冲过去，他便跌倒在地，胸部痛楚难忍。到校医室诊治，才知道折断了两根肋骨，而校医水平有限，只能做一般处理。那时，我妹妹在荔湾区医院工作，那里有擅长医治跌打的名医。我征得吴老师同意，在和荔湾区医院取得联系后，立即陪吴老师前往治疗。

吴老师伤势严重，作为系的负责人，是可以通知学校派车送往医院疗伤的。当时，我建议和有关方面商量，但吴老师坚决不同意，说疗伤是私事，不能动用公车。于是，我只好陪着他坐上公共汽车，前往医院。那年代，新港路还未铺上水泥，马路上坑坑洼洼，汽车上下颠簸，增加了吴老师的痛楚，但他一直强忍。在那一段疗伤的日子里，我们一直是坐公共汽车来来去去的。吴老师坚持公私分明，不以私事耗费公帑的行为，使我深受教育。身教重于言教，那几个星期，与其说是我陪吴老师治伤，不如说是他给我上了一堂深刻的品德教育课。

一转眼，到了一九八九年的夏天，我忽然听到黄慕兰同志逝世的消息，十分震惊。我们接触虽不多，但总感觉到她对我常常关切，视我如弟。当时，我不方便到吴府慰问，只好打听追悼会的举行时间，径自到殡仪馆里参加追悼仪式。

那一天，我刚到殡仪馆的休息室，吴老师一眼瞥见，便走了过来，紧握着我的手，一面哭，一面说："这个时候，怎么你也来了呀？"后来听金钦俊同志说，当天被通知要学习文件，全系党员教工都不能参加追悼会。到现在，我已不记得自己是怎样回答的了，只记得他的泪水，滴在我的手背上。当时，吴老师有丧妻之痛，我则处境困难。古人有言，涸泽之鱼，相濡以沫。吴老师滴到我手上的泪珠，不也正是我们相濡以沫的象征吗？廿多年过去，当我在殡仪馆追悼吴老师时，骤然想起了他曾在这里和我握手泪垂的情状，这一回，轮到我眼泪夺眶而出。人之相知，贵相知心。在黄慕兰同志追悼会上，吴老师对我说的几句话，也让我记了一辈子。

到一九九八年，吴老师八十岁了。中文系领导和历届的毕业校友，出于对吴老的衷心爱戴，为了感谢他对中文系发展的贡献，决定组织起来，举办吴宏聪教授八十大寿庆祝活动。校友们知道了，纷纷积极响应。到了十一月二十五日吴老师寿诞当天，四百多名来自各地的历届毕业同学代表，齐集在小礼堂，大家兴高采烈地祝愿他健康长寿，深情回忆他在课内外对学生的教诲。大会十分隆重，喜气洋溢，许多校友还带来了祝

一九九八年，在吴宏聪先生八十寿庆时，与几位老领导合影。右起：黄焕秋、曾桂友、吴宏聪、作者

寿礼物，诸如寿屏、花瓶、贺联之类，整整堆满了一个屋子。在许多礼品当中，他尤其喜欢那套为他量身定制的蓝色西装。校友们想得也真周到，连同这套西装，还有新衬衣、新袜、新鞋、新领带一整套装备。那天，为了让校友们高兴，他正是穿上了这套崭新的行头，出席庆祝大会的。

祝寿会尽欢而散，校友们知道老人家会精神劳累，相约近期不要去打扰他，让他好好休息几天。谁知第二天早上，吴老师却匆匆来到我家。甫坐下，他便说："这回麻烦了！汕头的几位校友，送来了一个红包，当时不以为意，以为是贺卡之类。昨晚回家打开一看，原来贺卡里夹带着人民币五千元。这怎么行呢？我怎能收红包呢？"我说，这是校友的心意，收下应是可以的。他说坚决不能收，可是若退回去，拂了校友尊师之意，也不妥。我见他左右为难，只好和他认真研究。忽然想起，当时在学的学生，有不少人经济困难。既然他执意不收，如果把这寿金用以帮助有需要的学生，也未尝不是两全其美的办法。吴老师一听，高兴极了。过了两天，他就把这笔校友的贺金，转送给有关方面。

吴老师爱美，总是衣冠楚楚，可是他的心灵更美。确实，校友们爱戴他，一起凑贺金以表心意，感情是纯洁的，是完全可以理解的。但是，吴老师既感谢校友，又对金钱有自己的态度。在今天一些人看来，或会觉得吴老师似有点迂，但作为一个受过传统教育的人，他的"迂"，往往和清廉、狷介连在一起。从这件小事里，我看到吴老师的人生操守，感佩之情油然而生。

又过了几天，我又见到了吴老师，便和他开玩笑说："您最喜欢那套崭新的西服吧！"他哈哈大笑，说："知我者，黄天也！"跟着说，"其实我更喜欢你为我写的挂在小礼堂上的对联，因为它表达出中文系师生的情谊。"然后，他欣然背诵了这副对联："数十载耕耘，喜看秀木成林，诚为人间乐事；三千士踊跃，同沐春风化雨，深感世上真情。"我看到他陶醉于师友之情的样子，一时兴起，就说："秀才人情纸一张，以后按这意思，再给您写一对如何？"他说："好呀！"

谁知道，这话竟成谶语。在他八十五岁的寿筵上，我没有写寿联。等到吴老师去世，突然想起了对他的承诺，便写了一对挽联。这挽联，就根据吴教授生前喜欢的贺联，调整改写："数十载耕耘，看秀木成林，更义厚情深，老园丁此生无憾；三千士爱戴，记春风化雨，忽梁摧柱折，众弟子今日同悲。"在草拟这挽联的时候，百感交集，我想，吴老师在天之灵，是会知道我为什么如此下笔的。

杜甫有句云："人生有情泪沾臆，江水江花岂终极。"我平生不易流泪，但在吴老师的追悼会上却不能自已。如今，吴老师已经离开我们了，每想起他的音容笑貌，总忽忽如有所失。他和我，本属不同的辈分，但成了忘年之交。细想起来，也是人生中难得的缘分！

莫君清泪到黄泉

——记李炜教授

那天上午，接到了李炜教授病危的消息，我想，要不要赶到医院去看望他？正犹豫间，恰巧外面打来一个需要沟通而费时很长的电话。放下电话，就收到李炜已经去世的微信，不禁黯然神伤，真后悔不能见他最后一面。

在上月中，我曾到医院探望过他，知道他病得很重，但又见到他气色还好，对治疗很有信心，也稍觉宽慰。怎么知道，一个活生生的生命，一个才华横溢、工作勤奋、满怀理想的中年教授，说走就走了！我放下手机，踱到阳台，想到骤然失去了一位有作为的同事和学生，只有栏杆拍遍，清泪直垂。

一九八五年，李炜从兰州到中山大学中文系语言教研室，从事中国语言的教学工作。当年，我正担任中文系主任，工作繁忙，对这活蹦乱跳的年轻人没有留意。后来渐渐稔熟，听学生们反映，他讲课生动活泼，教学效果极佳，很受同学欢迎。我想，语言课一般容易讲得枯燥，对学生的说法，也只半信半疑。有一次，我们和校友一起聚会，李炜一杯酒落肚，学着我讲课的腔调，模仿我的神情和带着粤腔的普通话，竟然惟妙惟肖，引得校友们哄堂大笑。他又趁着酒兴，唱了《沙家浜》的唱段，俨然是个胡传魁的模样。我忽然明白，李炜曾经当过兰州青年京剧团的演员，他把语言学原理和知识舞台化，难怪能够把语言课讲得如此动听。从此，我知道，他是我校讲课的一张王牌。

李炜豪爽真率，胸怀坦荡，与同事和学生相处，有时甚至没大没小；但对待学习和工作，则十分严谨勤奋。有几次，我有事找他，却老找不着。我有点生气，问他是否又喝酒去了。他爽快回答："是，但吃了饭回校后，躲起来写论文去了。"我知道，他常常和校友联系，为的是广泛团结校友，推进学校和中文学科的发展。同时，他又放弃休息，抓紧时间，认真备课，钻研学问。果然，在工作最忙的几年里，他连续在全国语言学的权威刊物上，发表了多篇高质量的学术论文，受到语言学界的关注和称誉。李炜的学术思路十分活跃，他严谨治学，却又不是只躲进书斋，而是把语言学原理和社会实际结合起来。近两年，他致力于"一带一路"的汉语教育，向党中央提出方案和建议，受到领导同志的高度重视，并且指示批复。从此，他便联合各方，积极开展工作。过了一段时间，他又组织中山大学神经语言学教学实验室，并和中大多所附属医院一道工作。他曾兴奋地告诉我，对开展这跨学科的具有创新意义的项目，充满信心。可惜，今日伊人仙去，不知会给这些重要的项目，带来多大的损失！而从这些重大选题的意义和设计中，我们也清楚地看到李炜同志的家国情怀。

在二〇〇四年，中大迎来八十周年校庆，学校准备举行盛大的庆祝活动。那时，李炜并没有担任学校任何职务，但校方知道他有组织大型晚会的经验，便邀请他主持工作。李炜明知时间紧迫，任务繁难，但仍欣然接受学校的委托。从组织节目，排练歌舞演出，到在小礼堂前边的草坪搭建让人耳目一新的七彩舞台，从邀请专业导演莅临指导，到联系中央电视台派

讲台上的李炜教授

遣人员来现场向全国直播，每一件事，李炜都亲力亲为。由于他和国内文艺界有广泛的联系，时常帮助别人，这回，他振臂一呼，许多专业人士便无保留地前来帮助中山大学。那段时间，他日以继夜，紧张工作，累得眼布红丝，身躯瘦了一圈。他还常常自掏腰包，招待来帮忙的各方朋友。

有一天，他忽然找我，说是有一个节目，需要一位带有广州口音的教师，仅仅说一句台词。这节目的规定情景是：有一位校友，在海外挂念自己的老师，便打来电话问候；老师拿起电话，问道："您是哪位？"这一段表演，校友扮演者在舞台上打电话，而老师不用登台，只须在后台播放询问时的录音。李炜认为，我的声音最具岭南特色，便请我专门说这一句话。我想，就说这四个字，还不容易？便欣然答应。有一天，晚上八点，他带着我到市内录音师的工作室，略一寒暄，便开始录音。

起初，我对着麦克风，作询问状："您是哪位？"谁知讲来讲去，不是神情不到位，就是音色、音调不合适；不是录音师否定，就是李炜摇头。这一句简单的话，我讲了十多次，还是不能通过。李炜看见我有些不耐烦了，便让我休息了一会，然后对着麦克风再问。搞了半天，好容易才捕捉到合适的神态。一看手表，已是晚上十点半了。就这一句话，弄来弄去，足足折腾了我两个钟头。我真不高兴了，埋怨了他几句。李炜说："黄天老师，您也知道，舞台表演是一次过的艺术，必须恰到好处，不认真，是不行的。"经他一说，我反不好意思了。平时，我常以长辈的姿态，看到他大大咧咧的样子，总是嘱咐他要认真做事。这一回，倒是他以自己的体会和行动，教育了我！确实，我们要对万千观众负责，一定要做到最好。之后，我也觉察到，李炜似乎在生活上比较随意，其实做人做事，很认真，很负责。这一回，我看到了他心细如发、认真工作的态度。他竭尽全力，费尽心血，办好校庆晚会，这又说明他多么热爱母校，为母校无私奉献，想方设法要为母校争光！当时，人们一致对校庆晚会表示满意，都认为校庆活动办得很成功。但是，恐怕很少人知道，李炜老师日日夜夜为母校付出多少无偿的劳动。

别看李炜爱说爱唱，有时甚至嬉皮笑脸，但是，他非常注意继承传统的优良品德。作为教育工作者，他是尊师爱生的典范。在长达三十多年的工作经历中，无论是作为普通的教师还是担任系的领导，他不知替多少学生，解决了多少工作和生活的问题！到假日，他喜欢和学生畅叙；在平时，则和学生探讨学问。不算年轻的他，总是和本科生、研究生打成一片，学生们尊敬他，也把他视为兄长。所以，大家都喊他为"炜哥"。哪里出现炜哥，哪里便出现欢乐。

李炜对待老师，又是十分尊敬的。前几年，兰州大学语言学家黄伯荣教授，退休后回到家乡阳江市。黄教授曾经是李炜在兰大求学时的业师，当他知道老师回乡，便不顾交通不便，多次到阳江拜望，扶着黄老师散步，带着他品尝美食，帮着他整理家务。在黄教授的指导下，他们共同整理了《现代汉语》教材。这一部由师生两人共同主编的教科书，在语言学界产生了重大的影响。后来，黄教授生病了，李炜焦急得很，一有空余时间，便买食物，买药品，远赴阳江，连住数天，为老师端水煮药。过了几个月，黄伯荣教授不幸逝世，李炜便带了几位研究生，到阳江黄家，跑上跑下，帮助黄家子女料理后事。

由于黄伯荣教授在二十世纪五十年代曾在中大工作，也是中大的校友，李炜便拉着我和几位同事，到阳江参加黄教授的追悼会。在追悼会上，我从未见过生性乐观的李炜，如此痛楚，如此哀伤。他身披孝服，在老师灵前，泪流满面，长跪不起。他待老师如待父母。我们站在一旁，看到此情此景，不禁为之动容，为之震撼。这就是平素喜欢说段子、开玩笑的李炜吗？而从他对老师逝世的哀痛中，我看到他对老师真挚的感情，看到他尊师重道的高尚品德。

李炜在担任中山大学中文系主任以后，全心全意地做好领导全系老师树人树德的工作，培育学生的领袖气质和家国情怀。当学校提出力争早日进入全国高校第一梯队，要求各学院制订建立大团队、大平台、大项目的计划时，他闻风而动，广泛征求系里教师的意见；又反复思考，制订周详的发展计划。他把方案上交学校，得到了领导的肯定和表扬。他对我说过，写这计划，比写一篇学术论文更花时间，更费心思，但为了中大和中文系的发展，熬几个通宵，也是值得的。我很感动，人们都以为李炜坐不住，喜欢玩乐交际，谁知道他能够广泛团结师友，为母校和中文系的发展，公而忘私，耗尽心血。我仔细阅读了他制订的方案，也为中大在近几十年，能够培养出不说空话、不计个人得失的系主任，感到自豪和安慰。

在担任中文系主任的几年中，他既继承前任已经取得的经验，又注意发扬创造，以期更好地搞好培养本科学生的工作。人们都知道，中大中文系从一九八六年开始，便规定本科一年级学生，在一年内要缴交一百篇作文；二年级则要写出八篇小评论。这措施，到李炜任期，已连续推行了近三十年。李炜一面秉承前任的做法，一面更注意把学生的写作锻炼，和社会实践结合起来。他让三位教师带领部分学生，在训练过百篇写作的基础上，在东莞市委的指导和协助下，以田野调查的方法，全面了解莞城的历史和街道建筑、人文风俗，采访退休的革命者、机关干部、企业家、教师、残疾人和普通市民，经过努力工作，终于写成并出版了《东莞人》一书，受到社会的好评。李炜推行这一项措施，让学生们得到了联系社会实际的锻炼，提高了思想认识，把德育和智育结合起来，它比过去单从写作训练着眼，更符合教书育人的方针。可见，他勇于探索，勇于改革，敢于在传承传统的基础上创新，时刻想方设法，完成母校交付的使命。

在二〇一六年春节，在家家团聚的时候，作为系主任的李炜，却给中文系全体老师写了一封动情的“家书”。在信中，他很自豪地回顾了近年来中文系取得的成果，恳切地说出希望同仁们团结一致，共同协作，取得更大的胜利。这封信，真挚地表达出他对母校和中文系师友的深情，坦诚地诉说自己对教育的理念。今天，我打开微信的朋友圈，重读了这封信，并发现仅在十几个小时之内，在一个小小的公众号，阅读量竟超过七万。可见，绝大多数的知识分子，是有良知的，李炜的在天之灵，如果知道广大人士对他的认同，他完全可以宽慰。天堂里，没有诽谤，也没有疾病的痛苦。不过，中山大学从此失去一位优秀的教师，我国学坛也从此失去一位有影响有前途的语言学家，同学们也从此失去一位难得的良师益友。

我重新阅读李炜老师这一封“家信”，不禁热泪盈眶，随手写下一副挽联：

> 爱母校，爱师友，遍尝苦辣甜酸，能受天磨，引吭长歌舒浩气；
>
> 精语言，精学术，兼擅唱吟念打，忽惊柱折，奠君清泪到黄泉！

书成掷笔，聊寄哀思。更期望一代又一代的学人，能和李炜教授一样，全心全意，联系广大师生，时刻兢兢业业，拒绝团团伙伙，坚持党的教育方针，让中大中文系取得更大的发展。

学人的摇篮

——记陈翔鹤先生

二十世纪八十年代初，我被聘为《文学遗产》编委，赴京参加座谈会。当时，担任主编的张白山先生主持会议。被聘为编委的，还有傅璇琮先生等好几位，都是和我年龄相若、四十岁开外的学人。

会议间歇时，我们几个不算年轻的“年轻人”，免不了围在一起聊天。这才知道，我们都是在“文革”前，担任过《光明日报》副刊《文学遗产》的通讯员，也不约而同想起了前主编陈翔鹤先生。后来，这些通讯员，大多成了各高校和研究所教学科研的骨干。

一九五二年，我在中山大学中文系学习，记得王季思教授在给我们上写作课时说：“以后如果你们发表文章，不要忘记，其中有一半是编辑同志的功劳。”当时，我才读一年级，曾大惑不解，文章明明是我们自己写的，怎么能说编辑先生有这样大的作用？后来，我有幸遇上陈翔鹤先生，才理解王老师所说的是至理名言。当我和璇琮兄等几位，谈到陈翔鹤先生时，都一致认为，当年以陈翔鹤为主编的《文学遗产》，正是我们这一辈学人成长的摇篮，是教育我们学会做人做事的没有

陈翔鹤先生

围墙的大学。

我能认识陈翔鹤先生，完全是意想不到的事。

那时候，学校规定本科三年级的学生，要撰写“学年论文”。我在求学阶段，对中国古代诗词就很感兴趣，加上二年级时刚学过魏晋文学史，又在旧书店里淘到一本《陶渊明集》，于是从三年级开始便研究陶诗，学写论文。上学期快结束，论文《陶潜作品的人民性特征》写成了。那时正在提倡“向科学进军”，到寒假，我把论文重抄了一份，寄给了《光明日报》的副刊《文学遗产》。

老实说，当时我属于“黄毛未褪”的大学生，在图书馆里，常见到与文学有关的期刊，不外是《文艺报》《人民文学》《语文学习》等几种，只有《光明日报》的副刊《文学遗产》，才专门发表古代文学研究的文章。我不知高低，也不懂得它在学术界中的分量，随手贴上邮票，把稿子塞进邮筒，寄交文学遗产编辑部。那时，女朋友知道了，便嘲笑我说：“《光明日报》的一个版面，最多能刊载八九千字的文章，你的论文却有一万四五千字之多，你以为你是什么东西？等着退稿吧！”我一想，她说得有道理，但稿件已成泼出的水，只好自认晦气，噬脐莫及，不敢作刊登之想。

谁知过了一个多月，我接到一封文学遗产编辑部寄来的信，信很薄，不像是退稿。我心情忐忑，打开一看，原来里面只有一张信笺，上面写着：

> 天骥同志：来稿字迹非常潦草，就像天书，排字工人一边排，一边骂娘。以后读书写字，都要认真。

信末只署名“编者”。

这编者是谁？我不知道。后来才晓得，这封信原来是当时《光明日报》副刊《文学遗产》的主编、著名作家、学者陈翔鹤先生写给我的。

我看了信，满脸通红。确实，我一向做事马虎，不重视写字，况且想趁假期外出游耍，心不在焉，便“龙飞凤舞”地抄了稿子，塞进邮筒。看了信，我想，完了，编者这样严厉批评我的文稿，哪里还会采用？那就等着退稿吧！我的女朋友倒看得细心，她认为排字工人在骂，不是有可能在发排吗？我一想，似乎有理，于是以后每周都找《光明日报》的副刊《文学遗产》，留意上面有没有我的文章。连翻了两三个月，没看到，我心也就凉了。正好那时董每戡老师建议我转攻中国古代戏曲，我的注意力才有所转移。

谁知到了学期之末，我又收到文学遗产编辑部寄来的函件，打开一看，是《文学遗产增刊》（二辑）。我的论文，就登载在有关陶渊明研究的一组文章中。原来，陈翔鹤先生和文学遗产编辑部认为一些可取而篇幅又较长的论文，《光明日报》的版面容不下，于是另辟增刊，由作家出版社出版。

我在抽屉里找出陈先生给我的信，又看看被采用的论文，不禁百感交集，既高兴，又羞愧，既感动，又震动。试想想，一位著名的作家和学者，一位重要刊物的主编，百务繁冗，竟不惮劳烦，对一个从不认识的青年抄写潦草像鬼画符般的文稿，耐心阅读，这需要耗费多少时间，多少心血！而当发现文稿有一得之见，既严肃批评，又注意栽培。我很幸运，碰上了这一位胸怀如此广阔、思想境界如此高尚的老师。

我毕业后，留校工作，不久就接到文学遗产编辑部的通知，告诉我被聘为编辑部的通讯员，以后每周给我赠阅该刊。而通讯员的任务，是要阅读该刊的文章，征询师生们的看法和对编辑部的意见，每月写信汇报。这一来，我对在《文学遗产》上发表的文章，必须仔细阅读，不敢囫囵吞枣，也养成了认真读书的习惯。当然，在书写通讯稿时，更注意字迹端正，再不敢潦草苟且，写得像“天书”那样了。过去说，字如其人，写字时心态的改进，也让我端正了自己做人做事的态度。

到一九五八年暑假，我到天津探望在那边工作的女朋友（也就是我现在的老伴），和她一起到北京游览，逗留一周，也抽空去看看文学遗产编辑部。我不敢惊动陈翔鹤先生，只想访问一下这名闻全国的期刊；作为通讯员，也顺便汇报自己的学习和工作。谁知道，那天下午，正好陈翔鹤先生也在编辑部工作，他知道我来了，很高兴，让我在他的办公室坐下。

这是我第一次见到陈先生，也是唯一的一次有幸和陈先生接触。只见他个子较矮，身材略胖，穿着灰色的干部服，眯着眼睛看我。我有点紧张，甫坐下，他过来给我递上一杯茶，笑着说：“好呀！写‘天书’的来了呀！”我手足无措，他却哈哈一笑，说：“你写来的通讯，我看了，写得认真，字也写得好多了！”听了这几句话，我绷紧了的神经，才松弛了下来。

陈先生问了我学习和工作的情况，也问了中山大学中文系几位教授的近况。大约谈了十多分钟，他站了起来说：“天骥同志，我有事，正忙着，不陪您了！这样吧，我让刘世德陪您

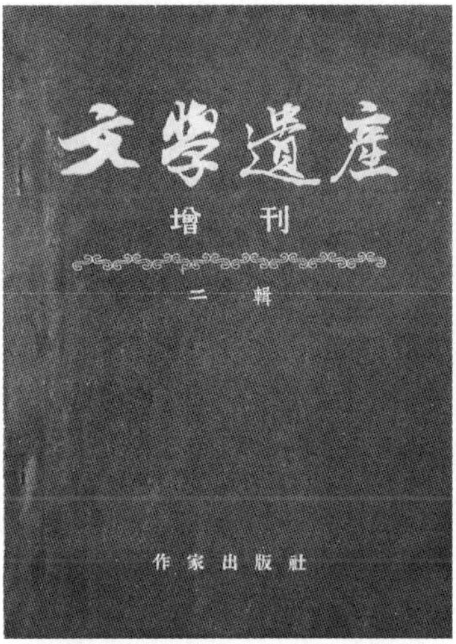

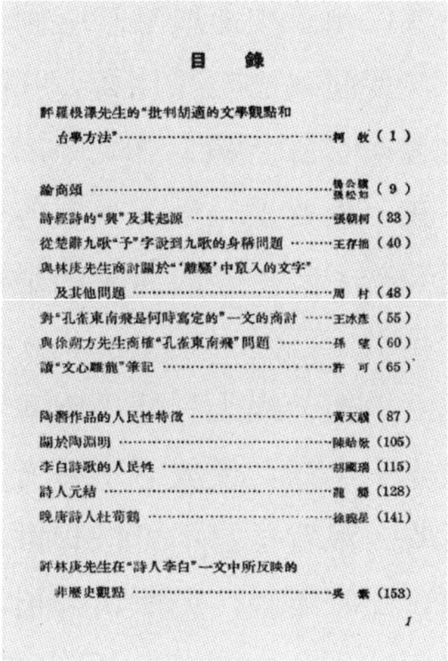
目錄

I

《文学遗产增刊》（二辑）封面和目录

吃饭，由我请客。”我一怔，正想推辞，他却不由分说，把刘世德同志叫了过来，吩咐他带我俩去吃晚饭，并且说：“天骥来一趟北京不容易，他喜欢吃什么都可以，要吃得好一些，贵一些不要紧！”

我在《文学遗产》上早就拜读过世德兄的论文，这回第一次见面，看到他风度翩翩、温文尔雅，年纪比我稍大，顿生敬意。当时，他正在文学遗产编辑部当实习编辑。我跟着他走出编辑部，他便问我，想吃些什么？不必客气。我心想，北京的烤鸭最有名，我从未吃过。又一想，烤鸭可能价钱很贵，怎好让陈先生花费太多。正迟疑间，世德兄和我商量，不如到莫斯科餐厅，那里比较清静。我是初到京华，之前未尝过俄国餐；但在广州，也早知道近来莫斯科餐厅在京开张，便欣然跟着前往。

我进入餐厅宽敞的大厅，就像刘姥姥进入大观园。它虽然不属金碧辉煌，却显得优雅大气；食客们都只喁喁细语，绝不像广州茶楼那般嘈吵喧闹。世德兄领着我俩，拣一个角落坐下，便问我想吃些什么。我哪里懂得该吃些什么，只见邻桌的食客，吃着一锅土豆烧牛肉，便指着要了一份；我的女朋友跟着我，也要了一份。当服务员把金光灿灿的铜锅，端了过来，揭开盖子时，扑面而来的是热气腾腾的肉香。那一年，广州的食品供应已经很紧张，我久已不知肉味，也就不客气了，狼吞虎咽地把一锅土豆烧牛肉塞进肚里。我吃饱了，一看，女朋友只吃了半锅，便放下了刀叉。当时，还没有打包的习惯，她不再吃，浪费了岂不可惜！世德兄便劝我，把她剩下的牛肉全吃掉。那时年轻，无所谓害怕消化道出什么问题，也就端过来一口气吃了。这顿饭，我饱得差不多撑破了肚皮，半天弯不了腰。细看世德兄，他只点了一份鱼扒、一份冰淇淋，慢条斯理地品味。结账时，我不知他替陈翔鹤先生花费了多少，但肯定不会便宜。

几十年过去了，这一顿饭，也许世德兄早已忘怀，但当时的每个细节，我一直记得。虽然，那时我还不至于沦为饿殍，但这“一饭之恩”，却让我明白陈先生了解广州食品供应的状况，明白他吩咐“要吃得好一些”的含义，更感激他从心底里流露出对后辈无微不至的爱护。我也想，得到陈先生厚待的年轻人，肯定不少，我不会是唯一的一个。到现在，我还学着陈翔鹤先生做人做事的态度，每当和那些还没有收入的学生吃饭时，一定首先说明，由我“埋单”，也会让学生们点菜，叫大家只管点，喜欢吃什么都可以，贵一些不要紧。

在担任通讯员的几年里，我陆续收到了编辑部寄赠的几套书，一套是《聊斋志异会校会注会评本》，一套是《敦煌变文汇录》。到一九六二年，还收到一套由范文澜先生编注的《文心雕龙注》。在这套书中，附有编辑部的一封短信。信上写道：

通讯员同志：你们替编辑部做了很多工作，很感动，今后还望你们多加支持。现在编辑部买到了一批《文心雕龙注》，这本书想来各位都很需要，但外地并不好买，所以每位赠送一部，作为学习上一点微小的酬劳。

在这短信的下面，又有用墨水笔添上的两句话：“此书得来不易，望好好学习。”一看字迹，认得是陈翔鹤先生的手笔，我恍然大悟，也十分感动。我明白，陈先生和文学遗产编辑部，正是以联系通讯员的方式，来培养各个高等院校年轻的学者。

在一九六一年岁末，我读到了陈先生在《人民文学》发表的短篇小说《陶渊明写〈挽歌〉》，知道他对陶渊明有很深的研究；知道了在五十年代中期，在提倡“百花齐放，百家争鸣”的环境中，《文学遗产》启动讨论陶渊明问题的意义；知道了通过解剖这一只具有典型性的“麻雀”，可以辩证地、历史地理解古代作家思想复杂性的问题。当年，我那稚嫩的论文能够发表，正好碰上了这机遇，而它又影响了我以后的学习和工作，影响了我的一生。

后来，我听说陈先生在“文革”中受到不公正的严酷批判，含冤逝世。翘首北望，不禁泫然。我把文学遗产编辑部寄赠的三套书排在一起，放在书架里当眼的位置，得以时常望见，纪念陈翔鹤先生对我的培养。

学人的成长，固然要靠学校、老师的培养和自己的努力，同时，离不开出版部门编辑同志的栽培。像陈翔鹤先生等老一辈的编辑，夜以继日地工作，无私地耗费心血，他为了什么？无非是为国育才，发展文化事业！我虽然只见过陈先生一面，但他的栽培和教导，却影响了我的一生。二〇〇九年，是陈翔鹤先生逝世四十周年，我写下这篇短文，不仅是一己的感恩知遇，更是期望有更多的人，继承和发扬陈翔鹤先生等老一辈做人做事的传统，为祖国文化事业的发展无私奉献。

“顾了今天也明天”

——记苏晨先生

近日，在《随笔》今年第三期上，拜读了苏晨老师和杜渐坤同志所写的文章，两位写到了创办《随笔》的初心与辛劳。前人种树，后人奋进，让《随笔》在文坛上，傲然兀立四十年，成为独具一格广受读者喜爱的名刊。

苏晨老师的文章，回忆创办《随笔》以及主持花城出版社工作的经历。文章雅淡风趣，自了里却贯串着激越的热情，流露出坚韧的斗志。我特别喜欢文章后面的几行“附录”，其中说到现任《随笔》的编者，向他索诗志庆。他便在晨运时绕着养老院的大院，走了三圈。每走一圈，看到不同的景色，便赋“俚句”一首。绕到第三圈，看到新叶换去旧叶，还是那样美，得到启发，又赋诗云：

作者依然多俊彦，素颜登场不装扮；
心随百姓心率跳，顾了今天也明天。

这富有诗意的“附录”，风雅地概括了他办社、办刊的理念与情怀。他既关心现实生活中人民群众的需要，又注意“看

苏晨先生

远点儿”。所谓“看远点儿”，亦即预见社会明天前进的方向，注意培育明天的作者。而我，正是他为了“明天”栽培的作者之一。

我是在“文革”后期，有幸认识了苏晨老师。那时，他正担任光明日报驻广州记者站的站长，在一次会议上，刚巧彼此坐得很近。他知道我有志于研究传统戏曲，便约我写一些有关戏曲的文章。当年，《光明日报》《人民日报》《解放军报》以及《红旗》杂志，并称为“三报一刊”，是舆论界中最为重要的喉舌。站长主动约稿，我自然不敢怠慢。以后，又有了几次相晤的机会，彼此渐渐熟识。“文革”结束，人民群众建设社会主义的热情，像火山一样爆发。在岭南的文坛上，我们也满怀美好的愿望，齐心协力，迎接美好的春天。

我和苏晨老师平时接触不多，但对“文革”中某些事情的看法，一向意气相投，彼此心照不宣。在我的印象中，苏晨老师举止沉稳，气度优雅，说话时声音轻细，走路时脚步舒缓，俨然是儒生气质。他送给我几本散文集，披卷细读，感到

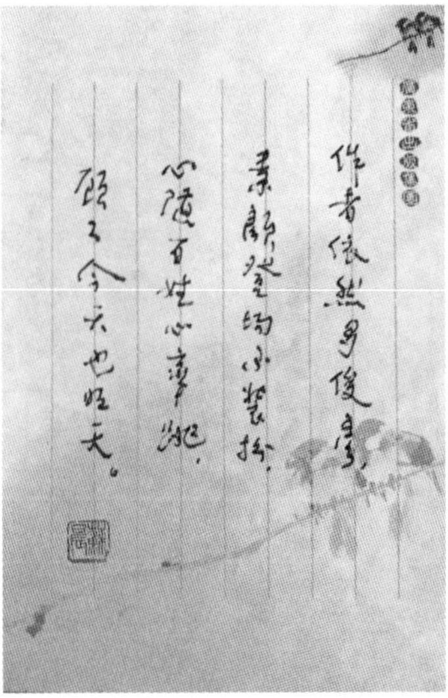

苏晨先生手迹

洋溢着浓郁的书卷气；但看到他办起事来，则雷厉风行，思路开阔，又像是冲锋陷阵的战士。后来才又知道，原来他曾是老兵，拿过枪，吃过糠。抗美援朝时，他还当过随军记者，在烽火连天中入死出生。他又告诉过我，他曾越过“三八线”，到过南朝鲜（韩国），发觉当地民众，对中国人民志愿军十分友好，称志愿军为“菩萨兵”。后来，他还结识了韩国杰出的学者，促进了中韩文化的交流。有一次，我到他家里拜访，他特地拿出几册韩国学者送给他的珍贵图书，让我大开眼界。我知道，激情和沉毅性格的统一，丰富的知识和阅历的统一，正是他能够勇挑重担，在祖国南方的文坛上，开辟了一片新天地的根由。正是在他和编辑部的努力下，《随笔》一鸣惊人，历久不衰。因此，尽管他只比我年长几岁，但我一直视他为师长，总觉得每次和他见面，都能得到做人做事、做学问的教益。

苏晨老师主持花城出版社工作以后，很注意发挥老教授、老专家的作用，经常到中山大学探访商承祚、王季思等老一辈学者，邀请他们出论著，写文章。有时，我也叨陪末座。在那

《随笔》创刊号

一段美好的日子里，《随笔》和花城出版社编辑部的新老朋友，和学者们推心置腹，力图齐心合力，恢复社会主义文化事业的景气。

一九八二年初夏，有一天，苏晨到中大探访老教师，也顺便到我家坐坐，了解我学习和工作的情况。

那一段时间，高校教师脱了“臭老九”的帽子，也都竭力投身到教学科研的热潮中。我则刚四十出头，精力充沛，而且知道自己虽然毕业于一九五六年，但前十年，政治运动不断，每学年大约须有一半左右的时间，和学生到农村参加整风整社、搞“四清”运动之类，接触书本和学习业务知识的机会，委实不多。从一九六六到一九七六年，这后十年，属“文革”期间，高校“停课闹革命”，师生或是打“派仗”，或是揪“走资派”和“反动学术权威”，后来又要到“干校”劳动。在“知识无用论”的影响下，高校教师的教学和科研工作基本停顿。

到一九七七年恢复高考，教师重上讲台，心情极其兴奋。而由于多年在业务上的荒废，即使像我这样已有二十年教龄的教员，对所从事的课程也心中无数，业务知识几乎等同白纸。因此，我和七七级、七八级的学生，在业务上，实际上是同时起步的。但是，由于思想得到解放，振兴中华的呼声，响遍学坛，学生如饥如渴的学习热情，深让教师感动。我们也纷纷认真备课，抓紧时间进行科研活动。我在任课之余，也连续在《社会科学战线》《文学遗产》《文学评论》《中山大学学报》等学术期刊上，发表好几篇有关古代戏曲和诗词研究的论文。

那天苏晨老师到我家闲坐的时候，问及我近来工作学习的情况。我一一回答，随口说了一句：“将来有一天，把论文积累起来，能够弄成一本论文集就好了。”这句话，我只是表示未来的愿望，实际上从未有过能够很快出书的奢想。

谁知苏晨老师一听，便说：“你现在就可以出版一本论文集呀！”我愕然，还以为是听错了，也没有回话，只在一旁瞠目结舌。大概苏晨老师发觉我在发呆，站起来正经地说：“我看过你的文章，结集出版没有问题。这样吧！你尽快把论文编辑成书，把书稿直接交给我。”说罢，转身就走了。

苏晨老师主动约稿，准备由花城出版社出版我的论文集，这真让我又惊又喜。我知道，无论在新中国成立前和“文革”前，能出版论文集者，都是只有名家、大家。而我当时虽然发表过一些论文，但按照惯例和标准，实在还未达到能够出版论文集的资格。可是，苏晨老师一言九鼎，竟提出给我这羽毛未丰的学人出书！这一惊喜，非同小可。当然，说实在的，得到这样的机会，我喜出望外，高兴得连续几个晚上没有睡好觉。到今天，我已进入耄耋之年，在不同的出版社也出版过好些论著和论文，质量虽然不高，数量倒不算少，但是，从来没有过像得到苏晨老师约撰书稿之后，心情那么兴奋，那么激动。记得有一回，在吃饭时，只想着论文集该怎样编，竟把一碗米饭吃光，完全忘记了吃菜。太太看不下去了，便指着我的鼻子，数落我一番。

我的论文集由徐巍同志担任责编。徐巍同志很认真，论文集的校样，很快就交到我手上。那时，我正研读清代词人纳兰性德的《饮水词》和《侧帽词》，想到人生和写作，均“如人饮水，冷暖自知”，便把这部以研究古代戏曲为主体的论文集，定名为《冷暖集》。

我收到《冷暖集》的初校样后，便请王季思教授给书稿作序。王老师欣然同意。同时，他又把这序文，先交《随笔》发表。徐巍同志看到后，认为王老师在序文中，写到我在听课时淘气的神态，很不适当，理由是我也算是副教授了，不该把当年的稚态抖将出来，因此，他希望在成书时，把序文中那些描写删去。我把徐巍同志的意见，向王老师反馈。谁知道，性情一向随和，并且尊重编辑意见的王老师，这回却坚决不肯。而徐巍同志工作认真，性格也很倔强，他坚持，如果王老师不同意修改，《冷暖集》出版时，便应把序文删掉。我大吃一惊，删去老师精心为我撰写的序文，这怎么得了？！而我又无法说服徐巍同志。正在左右为难之际，幸而得到出版社总编方面的协调，徐先生最终也没有坚持己见，还是尊重了王老师的要求。

一九八三年年中，《冷暖集》终于出版，当我把它呈送到王老师手上时，他首先翻阅序文，很高兴看到保留着他要坚持写上的那段话。后来，徐巍同志遇见我时，也认为王老师坚持保留对我听课时神态的描写，看来还是对的，因为这有助于说明老师对我的关注，说明师生感情的深厚。几十年过去，这一段小插曲，依然历历在目。它记录了编者、作者和出版方互相尊重的美好回忆，记录了打倒“四人帮”后，知识分子思想解放和对工作认真负责的态度。

《冷暖集》有二十多万字，当我看到这本装帧雅致的小

《冷暖集》（花城出版社，一九八三年版）

书，能够摆在读者的面前时，实在十分激动。上面引述苏晨老师回忆往事的文字里，不是说到"顾了今天也明天"吗？当时，他深知经过"四人帮"十年破坏，广大群众迫切希望开展对古代文化遗产的研究，端正对优秀的文学遗产的认识。为"顾了今天"，他果断地决定出版我的古代文学论文集，在岭南的学术园圃里，适应广大读者的需要，率先开出一朵小花。同时，他也是为了顾及"明天"，考虑到要培育新一代从事古代文学研究的学人，期望像我这一辈的高校教师，能够更快地成长，能够继承前辈，为整理和研究祖国的文学遗产，有所作为。显然，苏晨同志这一句诗，正是他作为出版家出版思想的概括。

当年，全国学坛仍然没有摆脱论资排辈的思想影响，像我这一辈能够出版古代文学论文集的学人，确也不多。因此，尽管《冷暖集》水平有限，也引起了学坛的一些关注。可以说，花城出版社和苏晨老师，为我开辟了学术的道路，让我能够坚持着走了过来。感恩知遇，我固然感激苏晨老师邀我出版了第一本著作，更感佩他敏锐的视野和广阔的胸襟，感佩他为繁荣祖国的出版事业作出卓越的贡献。

《冷暖集》出版以后，在二十世纪九十年代，我也偶尔在《随笔》上发表一些文章。那一段时间，正是杜渐坤同志担任《随笔》主编，而责编陈定方校友就住在我家附近。这川妹子组稿能力超强，连年老体弱的著名作家冰心，也在她的游说下，乐于给《随笔》供稿。

有一次，她到我家闲谈，无意中说起我的另一位老师董每戡教授。在她的启发和催促下，我抽空写了《杏花零落香》一稿，记叙董老师在被错划为“右派”后悲惨的遭遇，以及继续辛勤治学的情景。没想到，这篇小文的发表，引起了文坛的注意，也促使我完成了平生的一件大事。

董每戡教授是二十世纪四五十年代，便与田汉、欧阳予倩等齐名的著名编剧、导演和戏剧史专家。著名表演艺术家赵丹登台演出的第一出戏《C夫人肖像》，就是由董教授担任编剧和参与导演的。他除了能编能导，还著有《说剧》《中国戏剧简史》《西洋戏剧简史》等论著，是我国最早力图以唯物史观研究中国戏曲史的专家。一九五四年，他到中大中文系任教，从我淘气的举动中，发现我的模仿能力较强，便引导我由爱好诗词，转为攻读古代戏曲。我留校工作后，他又引导我到剧团观摩实习。可以说，后来我对古代戏曲的研究，既得益于王季思教授教导我有关文本文献校释的功夫，也得益于董每戡先生教导我从舞台演出的角度审视文本。可惜，董教授被错划为“右派”。但他不惧穷愁潦倒，坚持著述，“病手推成文百万”，实在感人至深。

《杏花零落香》在《随笔》发表后，我忽然收到由温州寄来的一本书。书中收集了二十世纪三十年代温州进步剧作家的剧本，开头几篇，就有包括《C夫人肖像》在内的董教授多篇剧作。一看编者，是温州的陈寿楠先生。我和陈先生素不相识，

《董每戡文集》（广东高等教育出版社，一九九九年版）

他把书寄给我，分明是看到了在《随笔》上登载了我怀念董教授的文章。收到他寄来的书，我按礼貌去信表示感谢。过了几天，又收到陈先生的来信，信中提到他曾在温州听过董教授的讲课，十分敬佩，从此着意搜集董教授的文章和作品，其中大多数是董教授在抗战时期发表的文章。陈先生说，他曾请赵景深教授联系有关部门出版，但没有结果。因此，他希望我能设法出版董教授在一九四九年前的遗著。

我一想，董老师在一九四九年后出版的著述，可以在中大图书馆全部收集，如果加上陈先生搜集到的材料，不是可以编成《董每戡文集》吗？我把这想法和有关出版社联系，他们欣然接受，于是征得董教授的哲嗣董苗的同意，请陈寿楠先生把搜集到的材料寄交给我，加上董苗保存下来董老师的一些残稿，以及我收齐他在一九四九年后出版的论著论文，由我统一整理。我花了一年多的工夫，全力投入。在一九九九年，亦即董教授逝世二十年后，由我和陈寿楠先生主编的《董每戡文集》，终于出版，全书分三大卷，计有二百五十万字。

在董每戡教授差不多被遗忘的时候，《董每戡文集》的出版，引起了舆论和学坛的注意，他高尚的品格、极其刻苦的治学精神，以及在研究中国古代戏曲方面的卓越贡献，得到学术界广泛的赞扬。记得董苗对我说，当他把《董每戡文集》摆放在父亲的坟前，焚香祭奠时，不禁涕泪纵横，百感交集。

《董每戡文集》的出版，了却我平生的心愿。话又说回来，如果不是《随笔》编辑部约我撰写《杏花零落香》一文，直到如今尚未谋面的陈寿楠先生，未必知道我是董教授的学生，未必会和我联系，其后发生的一切，便会是另一种情况。当然，董每戡教授在学术上的贡献，始终会得到公正的评价，但我在打倒"四人帮"后，能有机会较早地整理先师的遗著，寻根溯源，不能不感谢《随笔》对我的帮助。

在当年，亦即处在改革开放初期的"今天"，《随笔》发表不少追怀老专家、老教授的文章，记叙了许多不为人知的资料。而这些文章和资料，在今天，亦即是当时的"明天"，对如何正确对待历史，如何接受正反经验的教训，进一步繁荣社会主义的文化事业，也有重要的意义。以《随笔》发表的《杏花零落香》为例，从一九九八年（也就是当时的"今天"）算起，到二十年后的当下（也是当时的"明天"），中外学坛陆续登载评价董每戡先生学术思想的论文。凡是研究中国戏曲史的人，都知道在王国维、吴梅以后，又出现董每戡这位独树一格的大家。今后，相信也会有不少学者受到董教授的启发，会沿着董教授开辟的道路，进一步研究中国的古代戏曲。

"顾了今天也明天"，既为繁荣当前社会主义文化事业服务，又着眼于未来的发展，着眼培育更多的人才，苏晨老师的思想，一直是花城出版社和《随笔》的编辑方针。多年来，我也在苏晨老师和《随笔》的栽培和帮助下，有所进步。在《随笔》创刊四十周年之际，谨奉片言，以申谢忱。

一日心期千劫在

——记罗宗强教授

收到了南开大学罗宗强教授逝世的消息，我走出阳台，遥望北方，黯然神伤。其实，我也料到这不幸的事情，迟早是要发生的。因为今年春节，我辗转托人代我向宗强兄拜年，得回的讯息是：他已不省人事，认不清人，听不到声。我知道他病情危殆，且进入高龄，自然规律无可抗拒，因此，对他会出现状况，也未尝没有思想准备。但一旦成为事实，伤感之情，依然无法自制！多年来，宗强兄和我相处的情景，点点滴滴，历历在目，一幕一幕地在脑海中回放。

我和宗强兄，毕业于不同的学校，工作在不同的地方，见面的机会也并不多，但彼此都从事中国古代文学的教学科研工作，一旦相识，一夕深谈，就像纳兰性德所说的那样："青眼高歌俱未老"，"不信道、遂成知己"！我知道，我的业务水平远不如他，性格也全不相同，竟然意趣相投。显然，只要心灵沟通，"一日心期千劫在"，彼此可成神交。

关于宗强教授在学术上的成就，学坛是公认的。他不仅著作等身，在中国古代文学研究领域中作出了很大的贡献，还培养了一批出色的中年学者，有些已成了这一领域的骨干。在宗

罗宗强教授

强兄逝世当天晚上，有报刊记者采访我，问及对他在学术上的评价。我认为，在新中国成立以来，罗宗强教授对中国古代文学思想发展史的研究，最具体系和创新性。他在继承前人研究的基础上，又超越了前人。由中华书局出版的十卷本《罗宗强文集》，正好集中地展示出他杰出的成就。

我和宗强兄的认识，开始时纯属偶然。记得在一九八四年，我被聘为国务院学位委员会第二届中国语言文学学科评议组成员。召集人是北京大学副校长、著名语言学家朱德熙教授。其他近二十人，都是老一辈的大师耆宿。此外，被聘的还有叶子铭、严家炎、章培恒、裘锡圭几位先生和我。那时，我们几位都属五十岁左右的“年轻人”。现在，这届成员，绝大多数已归道山。剩下的包括裘、严二先生和我，都成为皤然老叟矣。

我第一次参加学科评议组的工作，印象最深的是三件事。在这里，也顺便回忆当年工作的情况，好让诸君多少知道学位评议问题的来龙去脉。第一，我清楚记得，在各学科评议组成员首次全体大会上，教育部的领导首先郑重说明：本来，凡是教授，自然就可带博士研究生，这是全世界的通例，没有所谓“博士生导师”的说法；但在二十世纪八十年代初，刚刚恢复研究生招生，如果一下子全面放开，很容易出现“一放就乱，一乱就收，一收就死”的问题，因此，有关高校博士点的设立和对博士生导师的评选，要逐步摸索。首先要有一段时期过渡，由国务院学位委员会统一审定。等到条件成熟，才把授予权逐步下放，那时候，“博士生导师”的头衔，自然逐步取消。谁知道，后来所谓“博导”，竟成为教授之上的一个固定层次，实在匪夷所思！

第二，各学科评议组，也研究了学术杂志分类的问题。当时，大家都很明确，杂志应依照学科级别分类。例如在中国语言文学学科，中国文学属一级学科，凡刊载研究中外古今文学作品论文的杂志，属于一级的刊物。在一级学科之下，古代文学属二级学科。那么，专门登载研究中国古代文学论文的刊物，便属二级的刊物。这一级和二级杂志，纯属是出于学科分类的需要，而不是以学术水平高低，以优良中劣来区分。有些论文，研究对象越专，便会发表在三级学科所属的杂志上，由于所论及的问题，会更专门化，论文的学术水平甚至会高于一级学科杂志发表的文章。当然，我们也都明白，有些学风严谨、历史悠久的名刊，刊登论文的水平或会高些，这也是事实，但并非篇篇如此。因此，我们在评审论文时，就只从论文的水平考虑，而与它由什么杂志发表无关。谁知道，这属于常识性，而且应该是有案可查的规定，后来竟被误解，把学科分类的杂志，视为水平高低的标志，更是匪夷所思！

第三个最深的印象，就和宗强兄有关了。那时，学科评议组集中在京西宾馆工作，每天除开会外，主要时间用于审阅各高校送交的材料，包括申报博士生导师学者的论文。这一来，评议组成员对各校的师资力量，有了清晰的比较。当年，在申报博士点中，就有南开大学中文系和有关罗宗强的材料。那时，我并不认识宗强兄，当仔细拜读他的论著时，反复推敲，知道他水平很高，但又怕判断有失，便敲开章培恒教授的房门，向他请教。谁知章先生已阅读过他的材料，看法和我完全一致。那一届，南开的王达津先生也是评议组成员，他翔实地介绍了有关团队和罗教授的情况。经过背靠背的讨论，多位老一辈的学者，也都审读过南开博士点的资料和罗宗强教授的论著。经过投票，宗强兄的博导资格顺利通过。

又大约过了两月，我出差赴京，顺便拜访《全元戏曲》责编弥松颐先生。弥兄毕业于南开，在人民文学出版社工作。我到达弥府，宁宗一、张燕瑾、黄克先生等诸位南开校友，都已在座。其中还有一位，素未谋面，一经介绍，原来就是罗宗强教授。初次见面，只见他面貌清癯，话并不多，还有点拘谨。

那天，弥兄请大家吃饺子，我看见桌上有大蒜，剥开便吃。大家很奇怪，怎么广州人也能吃生蒜了？我便解释，一九五八年，我赴天津，探望在女七中教书的女朋友。在饭堂里吃面时，看见大家都吃蒜，我好奇，也逞能，试着也吃，觉得别有风味。同桌的中学老师笑了，都说："您既能吃蒜，不如要求到南开工作吧！这可以很快结婚。"我又对一起吃饺子的诸君说："如果当年真的求调南开，如今和诸位便是校友了！"大家都笑了。谁知罗教授轻轻说了一句："如果当年您到南开工作，那就麻烦大了！幸亏您没来。"当时，大家都嘻嘻哈哈，我也不以为意。不过，这是我和宗强兄初次认识时，唯一记得的一句话。

过了两三个月，我忽然接到宗强兄的来信，说他有事要返家乡揭阳，想顺便到中大拜访。我立刻表示欢迎。过几天，便在中文系主任办公室里见到了他。寒暄几句后，他径直说，他离开家乡，已二十多年，很不方便。广州离揭阳近，因此，希望调到中大中文系工作。我一听，大喜过望，立即表示，他如能成行，我一定可以和校方沟通，满足他提出的一切要求。当时，他也很高兴。我赶快把党总支书记请来，说明宗强兄的想法。书记也很支持，但又提出，按照程序，需要由宗强兄写一公函，寄给我们，我们才能发出商调函。当年，人事制度比较严格，宗强兄也很理解，表示回津后，立即和有关方面沟通。这一次会面，我们相谈甚欢，我觉得他虽不善言辞，但诚恳可亲。我们交换了通信方式，愉快分手。

宗强兄想到中大工作，让我非常兴奋，以为鸿鹄将至，我们很快能够增添新的博士点。但是，等了一两个月，却未收到他寄来的函件，只好去信询问。他打电话告诉我，说来不成了，王达津老师不同意，只好作罢。我知道，师命难违，没有回旋余地，实在遗憾得很。以后几年，逢年过节，我们也互寄贺卡，彼此致意。

一九九〇年春天，我到杭州参加学术评审会议，恰巧和宗强兄编在同一个房间，我大喜过望。那一晚，彻夜长谈，彼此交流学习和工作的历程。我这才知道，尽管他得到王达津老师的赏识，但一直被视为走“白专”道路，不断挨批。毕业后，即被派往赣南师专工作，其后又被派到乡下，参加中小学的整改。在“文革”期间，备受折腾。我也才明白，他所说幸亏我没有调往南开的意思。其实，当时高校的风气，也差不多。我告诉他，在六十年代，我曾和学生下乡，参加“整风整社运动”，长达一年左右，地点就在揭阳。宗强兄很高兴，问我对揭阳有什么印象。我老实告诉他，印象最深的，是挨饿。每顿吃的是一小盅清澈的稀饭，叫“糜”，外加一小碟只腌了几天，带有虫卵而没有煮过的芥菜。每次开“饭”，大家便唱“洪湖水，浪打浪”。不久，我患上水肿。后来调回学校，一天，到膳堂排队买饭，忽觉肛门奇痒，回身搔抓，谁知啪的一声，一条长及数寸的蛔虫，应声而下，还能在地上蜿蜒蠕动。同志们大笑，实在尴尬得很。我告诉宗强，这是拜贵乡之赐，也是当年留下的最深印象。宗强兄乐了，赶紧拿出一袋茶叶，用泡功夫茶的办法，给我泡茶，表明这是从家乡揭阳带来的名茶，给我一尝，也作补偿。这茶香气扑鼻，入口回甘。毕竟时代不同了，经过十年的改革开放，从茶香中，我们都感受到揭阳人民生活的变化。

那晚深谈，加深了我们之间的友谊。我们谈学问，谈人生，谈彼此的治学方向，也谈及对现实情况的认识，想法完全一致。他说知道我受到一些委屈，但看到我坦然乐观，也就放心了。我们越谈越兴奋，加上同是岭南人，真感相见恨晚。我们一边聊天，一边喝着浓茶，到了深夜三点多。忽然，我觉一阵晕眩，冒出冷汗。宗强兄一见，说我醉茶了，赶紧扶我卧床休息，我很快便睡着了。原来，茶能醉人，友情更能醉人，我感受到“人之相知，贵相知心”的真谛。

第二天早上，不用开会。早餐后，我俩便一起到西湖散步，在分花拂柳之间，迎面走来两位年轻的尼姑，面目比较清秀。我在广州，新中国成立后从未见过尼姑；何况她俩年纪轻轻，便已剃头出家，实在不可思议。那尼姑发觉我在看她，她也回看着我。宗强兄在后面，小声说：“她在看您哩！”又暗暗推我一把，示意我赶紧离开。我有点不好意思，只好搭讪说：“色即是空。”宗强兄一笑，指着西湖的水光云影，回应说：“空即是色。”宗强兄一向严肃，不苟言笑，这是我们平生仅有的一次开玩笑。我也发现，宗强兄有时看似木讷，其实思维十分敏捷。

宗强兄做学问认真，教学和工作认真，有时连鸡毛蒜皮般的小事，也很认真。有一次，我们谈起傅璇琮先生的近况。我不经意告诉他，前一阵在北京开会，我和老傅同住在国务院第二招待所。晚上，一起在房里看电视。忽然，电视信号出了问题，画面不见了，全是雪花。老傅连说怎么办，我生性顽劣，到老不改，便想逗逗老傅，说："不要紧，看我搞定它。"于是，坐在床沿，两手指着电视机，作发气功状。很快，电视画面恢复了。其实，我哪里懂得气功？只是逗着玩。老傅却大惊，以为我真在"发功"，第二天开会，还告诉一些朋友："小心了，黄天会气功！"我说起这故事，宗强兄也笑了，说他常和老傅见面，要告诉他别胡说。我说，算了，这只是趣事一桩，别认真。宗强兄说不，这事可大可小。过了一段，宗强兄告诉我，他跟老傅说过了，老傅依然半信半疑！我大笑。在学界中，老傅做学问非常勤奋，编辑书稿明察秋毫，却又有点幽默，还会有点迂气。但我更发觉，宗强兄事无巨细，都要认真落实，一丝不苟。

一九九一年，宗强兄被选为南开中文系主任。我心想，以他较为内向的性格，年纪也渐大，能胜任繁冗的行政工作吗？后来知道，他干得很认真，连学生宿舍的清洁问题，也跑上跑下，检查督促，为集体事业的进步，非常认真地工作，得到师生们的爱戴。当时，我们各忙各的工作，见面机会少了。但从一九九五到二〇〇四年，情况又大不相同。因为，从一九九六年开始，我们都应邀参加了由袁行霈教授主编的《中国文学史》教材编写工作。宗强兄和我分别担任魏晋隋唐卷和宋元卷的分卷主编。到一九九九年底，复旦大学被教育部批准成立首批高校人文社科重点研究基地，章培恒教授任主任，同时，成立了学术委员会，邀请了宗强兄和我参加。会上，培恒教授被选为学术委员会主任，宗强兄和我都被选为学术委员会副主任。这七八年间，我们差不多年年都能相聚，我向他学习的机会也就多了。

作者与罗宗强教授（右）

记得在一九九六年，文学史编写组在济南召开全体编写人员工作会议，特别着重讨论如何贯彻“守正出新”的编写方针。会上，在如何安排章节的问题上，展开热烈的讨论。分卷主编的意见，还未完全统一。会议结束后，放假一天，会议组织者让大家乘坐大巴，同登泰山。那天，年纪稍大的老师坐在前边，较年轻的坐在后面。我和宗强兄则分别被安排在两边靠窗的位置，不便交谈，于是互相打个眼色，一同站起来，走到车厢的最后一排，请两位年轻人和我们互换位置，好让我俩方便交谈。

那天，一路上，我们挨在一起，促膝交谈。从如何对待“新三论”，谈到如何坚持历史唯物主义，以及如何辩证地看待文学发展的问题。记得当时谈得最多的，是如何评价李商隐。宗强兄认为，过去的文学史教科书，对李商隐评价偏低，在新编的教科书中，应该增加论述李商隐的分量，应该着重关注他对爱情诗的创新价值问题。我支持他的主张。同时，我知道他很关注明代的文学思想，便向他请教明代戏曲与诗坛文学发展的关系。他也提醒我，多注意汤显祖与李卓吾之间文学思想的异同。我们谈得非常投入，忽然，他问我：“在李商隐的所有诗句中，您最喜欢的是哪些句子？”我稍犹豫，回答说：“您要我说真话，还是应酬话？”他说：“当然是真话。”我又沉吟半晌，只说了一句：“一春梦雨常飘瓦。”宗强兄一听，轻轻拍拍我的大腿，感慨地轻吟：“尽日灵风不满旗！”然后，我们相视而笑。看来，我们对李商隐的朦胧、伤感、凄清而有所期待的感情，都有同情的理解。显然，他在灵魂深处的审美观，也和我一样。而这一切，又尽在不言中。

那年春节前夕，我收到他寄来的由中华书局出版的《罗宗强文集》，书共十册，十分厚重。打开一看，扉页上是宗强兄画的一幅画，竹叶斜飘，仿佛灵风拂过，微雨迷蒙；梢头上，偎依着一对小鸟。画面的题字，正是李商隐《重过圣女祠》中的那两句诗。我多少明白宗强兄刊登这幅水墨画的意趣。李商隐的这两句诗，也许正是宗强兄大半生心情的写照。我逐一翻读他的文集，也想起当年同往泰山的情景。那天，从济南到泰山，旅途计有一百公里。在近两个钟头车程中，我和他根本没有看那沿路的景色，只一味论文论学。到了泰山脚下，我们也累了，没有登山，只在附近溜达休息。等到乘坐缆车的年轻同事下山，便匆匆分手，我从附近机场径返广州。那一天，我收获真大，觉得比登泰山、看风景，有意思得多。

我们在复旦和在京相叙的时候，常常会交流如何培育博士研究生的问题。他问我，中大戏曲研究团队很完整，是怎样上课的？我告诉他，我们采用两种办法。一是集体讨论。讨论时，同一学科的几位导师，全体参加。每次找一个论题，让一位学生先做准备，会上做简短的发言，然后师生以这论题为由头，展开讨论。可以互相争拗，互相补充。从讨论中，研究生可以了解不同老师的治学思路，转益多师；也让学生在争议中，碰出思想火花，培养敢于创新的能力。至于个别辅导，

《罗宗强文集》（中华书局，二〇一九年版）

只要同属戏曲史学科的老师，可以随时请教，无须考虑谁是谁名下学生的问题。宗强兄很同意我的做法。我知道，他对研究生的指导非常严格，在生活上则十分慈爱关心，于是也向他请教培养研究生的做法。他告诉我，上课时，指定学生同读一本经典，又指定同读几本不同的版本、注本，然后在讨论中，各抒己见，这可以让学生基础扎实。我大受启发。有几年，我发现中大古代戏曲的博士生，对元典不够熟悉，基本功不够扎实，便参考宗强兄的做法。集体上课时，在不同学年，分别研读《论语》《道德经》《易经》等元典，在研读中，则以同一注本为靶子，提出各自的解释，最后由我提出自己的意见。研究生们认为，我对《周易》的理解，有些新意，鼓励我将它的六十四卦全部论析。这就有了《周易辨原》一书的出版。我明白，这本论著，应是我吸取了宗强兄的教学方法，从而获得的成果。当然，在相处的过程中，我知道他学风的严谨，学习的勤奋，对所从事的学科有全盘的思考和系统的研究，这一切，是我不能企及的，但作为同一辈学人，在相处的过程中，也得到精神的启示。

有意思的是，在二〇一五年初，我接到复旦大学黄霖教授的电话，他告诉我，将由傅璇琮先生主编、复旦大学出版社出版一套“当代中国古代文学研究文库”，入选者共十人，希望我把书稿寄交。我当时答应了。后来一想，不妥，因为刚把一本书稿交给了另一出版社，对方已答应出版了，我哪有工夫又弄出一本？不得已，便拨通傅璇琮先生的电话，问他主编这套“文库”到底是怎么一回事，也告诉我的为难之处。傅先生毕竟是老行家，他问我，和对方签了合同没有？我说，还未签哩。老傅便大声说：“黄天，您赶紧取回来，宗强也有一本书，收在‘文库’内，您怎能缺席？”我一听，如梦初醒，赶紧把书稿取回，题上了《冷暖室论曲》的书名，奉交黄霖教授。

到二〇一六年“文库”出版，我翻阅其中所收书目，不禁愣了。但见宗强兄的书名，竟是《因缘居存稿》。“因缘”与“冷暖”，不都是对立与统一，相对成文嘛！那一段时间，我和宗强兄并没有联系过，怎么新书命名的意趣，竟然如此相似？我想，也许是我们都深受辩证思想的影响，也许是其中真有一种缘分的存在吧！

人之相知　贵相知心

——记和章培恒教授交往点滴

近来想再研究《长生殿》的创作问题，翻出了章培恒教授所著《洪昇年谱》作参考，眼前便呈现培恒兄癯瘦而坚定的面影。尽管他离世已近十年，但当年和他交往的情景，依然历历在目。

在中国古代文学研究领域，章培恒教授是新中国成立后成长起来的第一代至为杰出的学者。他治学严谨，根基坚实，视野开阔，勇于创新。他的《献疑集》《洪昇年谱》《不京不海集》等，论证缜密，考订翔实，新见迭出。特别是他作为第一主编和主要作者的《中国文学史新著》，蜚声国内外，为研究我国古代文学发展的历史，作出了重要的贡献。

初识

我早就知道培恒兄的大名。听说当时有某高层说过："上海有个章培恒，学问不错。"我们得获纶音，十分想见其人。后来又听说他受到胡风一案的牵连，被冷藏起来。老实说，当时报刊上虽然连篇累牍地批判胡风，掀起一场运动，但那时我还未毕业，涉世未深，很多情况不了解。所以，当听说学问出众的年轻人章培恒也被株连时，心里实在不是滋味。

我第一次见到培恒兄，是在“文革”后的一九八四年。那一年，我被聘为国务院学位委员会第二届中国语言文学学科评议组成员。在成员中，除了叶子铭、严家炎、裘锡圭、章培恒和我，属于五十岁上下的“少壮派”，其他十多人，都是名高望重的大家耆宿。那时，年纪不算大的培恒兄，显得老成持重，发言直截了当，简短扼要，而说每句话的开头，总会先发出“喔喔”两声，很是有趣。我们开会的地点，是在京西宾馆，门卫森严；晚上，我们除了阅读有关材料外，一般不会外出。

培恒兄的房间，和我挨得较近。在正式开会前一天的晚上，我便慕名先去敲门拜访了。开始时，培恒兄似有些拘谨，但说着说着，便一见如故了。由于我们都从事中国古代文学的教学科研工作，共同的话题很多。我告诉他，拜读过他的《洪昇年谱》，很佩服，但也有些不同看法。他忙问，是哪些方

章培恒教授

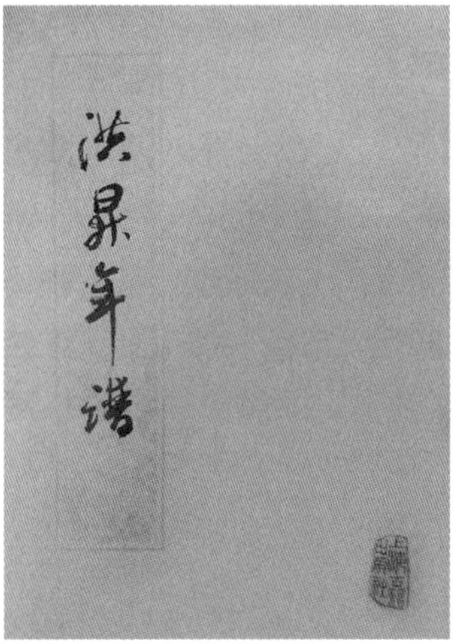

《洪昇年谱》（上海古籍出版社，一九七九年版）

面？我直告，像他认为《长生殿》的自序，是沿用在九年前已写成的《舞霓裳》序，这似不可能，并且陈述了自己的看法。当时，《洪昇年谱》名震学界，我以为他会坚持己见。但是，他沉吟半晌，便说，对这个问题，当时的观点，还没有足够的资料加以证实，看看以后能不能说得更准确一些。显然，他并没有完全同意我的看法，却也意识到有进一步研究的必要。他的直率和谦逊，反让我自觉冒昧，毕竟我们才是第一次见面！不过，我想，学人相处，应互相切磋，互相尊重，实不必客客气气，不必觥筹交错，才成良友。这一晚，我们对着一盏清茶，聊了近两小时，彼此都很愉快。

“不辞而别”

学科评议组每年都要开会，我和培恒兄，又同是国务院古籍整理出版规划小组成员，以及由北大安平秋教授主持的全国高等院校古籍整理研究工作委员会（简称“古委会”）委员，需要经常赴京讨论问题，这一来，彼此经常见面。我自知水平远逊于他，很高兴有更多向他求教的机会。一九八五年，我邀请他到中山大学讲学。他讲了一个下午，讲课时，眼神虽不常和听众交流，但条理分明，不徐不疾，清晰流畅，见解深刻，很受同学们的欢迎。第二天早上，我到学校宾馆看望他，谁知道，他竟一早就离穗返沪了。我吃了一惊，本来是约好在中大居留三天的，怎么会不辞而别？正犹疑间，宾馆服务员送来了他的留言，打开一看，上面写着的意思是：由于粤菜太好吃，晚餐时多吃了，晚上腹病难忍，不知出了什么问题，赶紧回上海诊视；又知道我在行政事务和教学工作方面，都很忙碌，怕我担心、分心，会给我增添麻烦，就不惊动我云云。

原来如此！我有点失望，但当年学术界的朋友，多不讲究虚文客套，所以大家也都不介意。何况培恒兄性情倔强，处人处事，只重实效。所以，我便去信问安，并致谢意了事。

“唱对台戏”

一九八六年，河南省社会科学院在郑州召开中国古代文学讨论会，参会者有一百多人。除学术讨论外，组织者又临时邀请几位教授，对没有与会的师生作几场讲座。而被邀请者是谁、讲的是什么内容，大家互不知道，讲的内容，也都临时决定。

原来，他们请了培恒兄，也邀请了我。我不知道他演讲在先，讲的是对李渔的评价。我演讲在后，讲的内容，也是同样的话题。对李渔的看法，我们之间并未有交流过，也不知道会在郑州，不约而同都讲李渔。当然，听众也听得出，我和培恒兄的观点并不一样。

过了两天，同桌用餐的朋友说起这事，都以为我们在唱对台戏哩！我愕然，培恒兄却嘻嘻一笑，说：“我们事先并不知道。即便知道，看法不一样，也很正常！如果能引起争论，让听者思考，不是很好吗？”我的想法，也和他完全一样。确实，对文学史上一些具体问题的看法，我和培恒兄的判断，并不完全相同，例如后来我们对《圆圆曲》的评价，彼此也不一样，但并不妨碍我们的友谊，反而加深了互相的了解。我们都认为，学术上有不同的意见，是正常的、有益的。据知，有些人因在学术上意见相左，便互相攻讦，甚至恶言相向，我们反觉得是不可思议的事。

让我一生难忘的探望

在一九九〇年的夏天，一天，我在家里，忽然接到培恒兄的电话。我以为他在上海，有什么事要和我联系。但电话那边说：“我现在就在中大的大门口，要来看望您，但不知怎样走，请告诉我。”我大惊，培恒兄前来，怎么事先也不打个招呼？又一想，康乐园中，道路纵横，我怎能在电话里说得清楚？于是立刻告诉他，请他稍等，我立刻到校门口接他。放下电话，骑上自行车，便一溜烟飞驰前去。

到了中大的南校门口，只见培恒兄扶着小行李箱，风尘仆仆，在那里东张西望。他患近视，也想不到我心急如焚时飞车的速度，当抬头见到我时，也觉意外。握手后，我立即提起他的行李箱，准备带他到家里坐坐。他却一手挡住，说：“不必了，就在树荫下聊几句。”原来，他知道我当时受了些委屈，身心有点不舒畅，便特地来看望我。在交谈中，他看到我嘻嘻哈哈，一如往昔，知道我天天坚持游泳，载沉载浮，就放心了。彼此聊了几分钟，他便告辞。我又吃了一惊，怎肯放过，一定要留着他吃晚饭。他认真地说，这次来穗，是要参加某校的学术会议，还未到该校报到，争取时间，先来探望，如今见过面了，这就很好！若再晚离开，耽误了报到时间，那边一定会着急，这反不好。说着，拉起行李箱便走。我知道他的性格，属粤谚所云“死牛一边颈”，说一不二，只好陪着他走到公共汽车站。

培恒兄上了车，在窗口向我挥挥手，车就开走了。我望着扬尘而去的公交车，想起了唐诗“挥手自兹去，萧萧班马鸣”之句，不觉眼眶润湿。虽然，培恒兄和我相叙，只有区区几分钟，但他远道南来，不辞劳倦，这份情谊，却有千钧之重。这几分钟，也让我一生难忘。

同游记趣

一九九九年，教育部批准复旦大学成立首批高校人文社科重点研究基地，章培恒教授任主任，同时，成立了学术委员会，邀请了罗宗强教授和我参加，我和宗强兄被选为学术委员会副主任。这样，我到上海的机会多了。有一回，基地要讨论有关明代诗文集的选题问题，邀我赴沪。休会时，培恒兄忽然到招待所找我，说一直没空陪老朋友游览上海，今天稍空，要陪我走走。我说不必，他说车子已在楼下等着，我只好从命。

上了车，他问我：“想到哪里看看？”我哪里知道上海有什么地方可看，便请他决定。培恒兄一笑，说他也从未游览过上海，也不知道到哪里为好，小车师傅却给我们出了主意，建议到东方明珠塔参观。培恒兄说，正好，他也没去过，那就按司机的主意办。

到了东方明珠塔，培恒兄到售票处窗口，掏钱买票。我一看票价，吓了一跳，不得了，每张票一百元。当时，这可不是小数。我立刻说，不上去了，太贵了，在广场走走就可以了！培恒兄不答应，我只好跟着他登上电梯。透过电梯的玻璃壁，可以看到外边的景色，那景象，就像看垂直的拉洋片一样，也感到自己像腾空而起。

谁知电梯到了塔的一半，便停了下来。游客都要走出电梯，绕塔参观。我们向下望去，市廛尽收眼底，烟云袅绕，楼高如聚，车行如蚁，也颇壮观。看了一会，我说，看够了，下去吧！谁知一到电梯间，外面写着，若要登上顶层，还要买票，票价又是一百元。我说不上去了，下去吧！培恒兄坚决不肯，说不能中途而废，一定要再上到最高层。我拗不过他，他又买了票，登上顶层。走出电梯一看，下面的景色，和在半层看无大差别，只是风更大一些，望得更远一些，下面的楼宇，显得更小一些，道路更细一些而已。看了一会，我们也就乘电梯下楼。上海滩的景色，让我开了眼界，卖门票的手腕，也让我开了眼界，心里想，这一回，让培恒兄花了四百大元，实在冤枉！

离开了东方明珠塔，一看天色不早，培恒兄说："到餐厅吃饭吧！想吃些什么，都可以，西餐中餐都可以，只要您想吃有上海特色的东西就行。"我知道，上海人喜吃臭豆腐，我说，虽然广东人什么都敢吃，但对这东西，我可不敢尝新。培恒兄笑了。我又忽然想起，上海有"阳春面"，这名字很美，广州却没有，想必很有特色，便说："我想吃吃阳春面。"培恒兄说："那很容易。"小车随即开回复旦大学后门附近，他带我走进一家比较整洁的面馆，给我要了一碗阳春面，他却没有要，只端坐陪我。一会儿，店小二把面端了上来，虽然是热气腾腾，但碗里除汤和面，什么也没有，其实就是一碗素面！再一想，为什么叫阳春面？吃着吃着，明白了，这是"阳春白雪"，取其"白"的意思吧！这取名之雅，和广州把馄饨面说成是"云吞面"，可有一比，但云吞面的内容，和它大不一样。这顿饭，培恒兄只花了一块钱。

回到招待所，细想，今天的行程有些搞笑，却很符合培恒兄说一是一，说二是二，直来直往的个性。不过，其后在上海有机会聚餐，饭桌上凡有臭豆腐时，他便把这像有猫屎般怪味的盘子，转到我面前，熏得我赶紧掩鼻。他嘻嘻笑了两声，便说，我是有意让您习惯的，免得下回让我只请您吃阳春面。我哈哈大笑，当然，始终不敢下箸，但心里想，培恒兄不苟言笑，似很严肃，其实有时又有喜欢打趣的一面。

为《中国文学史》提意见

记得一九九六年，培恒兄和骆玉明教授主编的《中国文学史》出版，真如石破天惊，震动学界，蒙他寄赠一套给我。在京相见时，他征求对该书的看法，我认为，大作以人性、人情作为我国文学发展的主线，很有新意，道破了我国古代文学发展的重要规律。特别是《导论》一章，写得透辟翔实，令人信服。不过，我也说："恕我直言，其后不少章节，似未吃透或贯彻《导论》所宣示的精神，这套书还未完善。"培恒兄沉吟半晌，也直说："这套书的出版，是匆忙了点。"后来，我听人们说，培恒兄收集了各方面的意见后，立意重写《中国文学史》。这时候，略闻他身体已不大好，但他仍日以继夜，坚持工作，听说他经常不回家，晚上就睡在满地堆着书籍的办公室里。一九九八年，他在前书的基础上，重新撰成《中国文学史新著》。他又先把上、中两卷寄赠。我翻读了，知道此稿增加了对艺术形式、作者艺术风格等诸多方面的论述，的的确确是一本极具开创意义的"新著"。

在一九九九年左右，我和中大另一位老师出差赴京。抵京后，找不到住宿的地方。彷徨无计，只好打电话给文学遗产编辑部的李伊白同志，请她设法代找个地方歇宿。李伊白给我们联系上一个公安部门的招待所。晚饭后，我们忽然接到招待所

《中国文学史新著》（复旦大学出版社、上海文艺出版社，二〇〇七年版）

总机通知，有外线电话传入，一听，原来是培恒兄从上海打过来的。他说，过两天，打算召开《中国文学史新著》的座谈会，邀我在京办事后，即赴上海参加座谈，不要返粤了。这一下，我可踌躇了，因为事前，已接受澳门大学的邀请，返粤后即应赴澳，时间冲突，估计无法飞沪。培恒兄听我一说，认为不应失信于澳大，至于我们之间，不妨以后再聊。放下了电话，我心想，培恒兄怎么会知道我住在公安招待所？肯定是先和中大方面联系，知道我赴京，又知道我到京后，会与文学遗产编辑部联系，就有可能知道我的去向。他一再跟踪，结果真的找到我了，可见他办事的细心和认真。只是，我却失去了大好的学习机会。

最后的握手

后来，我听说培恒兄患上癌症，很是担忧。过了一段时间，当我受命和邓绍基教授一起到复旦中文系考核教学活动时，见到培恒兄虽然瘦弱了些，但精神不错，也稍安心。他告诉我，如今每月需要注射一针，与癌细胞抗争；这进口的针剂，非常昂贵，但很有效果。这一趟，我来去匆匆，他也忙于别的工作，未能细谈。晚上，他又匆匆到招待所找我，略聊几分钟，便因事告辞。临别时说，明天早上，不能送行了，将由小谈老师代表他，送我到机场，到机场后，再请我吃早餐；他还打趣说："机场的餐厅，肯定没有臭豆腐，您大可放心！"我哈哈一笑，彼此珍重道别。谁想到，这是我和培恒兄最后的握手！

到二〇一一年的六月初，我在广州听到了他病危入院的消息，赶紧打手机给小谈老师，请她让在病床上的培恒兄接听。我向他问候，他听得出是我的声音，但回应时，气息微弱，显得十分倦怠，我也不忍让他多劳，只好请他好好保重。过了几天，就传来了他逝世的噩耗。我国学界，从此失去了一位非常卓越的学者。当想起二十年前，他千里迢迢来看望我，我却无法赴沪见他一面，不觉怆然欲涕。

记得在二〇〇三年左右，李舜华博士在培恒兄指导下，从事学术交流工作。她有事和我商量，回信时，我请她代向培恒兄问好。有一天，她在路上遇见他，便转达我的致意。后来，舜华告诉我，章教授工作很忙，很难见得到他。想不到他听到我问候的几句话，便叹息说："工作太忙，连老朋友也疏于联系了。"她感叹说，你们这一辈老师的交往，不拘形式，却情深如许！

的确，人之相知，贵相知心！只要心灵相通，是否各在天之涯、海之角，是否来往疏密，都是无关紧要的。

明月正如霜

——记和曾永义先生交往点滴

在台湾地区，有一批对中华文化研究有素，并且具有颇高水平的学者。台湾大学名誉教授、世新大学客座教授曾永义先生，就是其中卓有成就的一位。他著作等身，在二〇一八年荣膺台湾“中研院”院士。以中国戏曲研究为主，得获“院士”名衔者，在台湾，据知还是第一人。

“文革”后，两岸文化交流渐趋密切，我较早就知道曾永义的名字。因为我和他从事的学科，比较接近，在我的书架上，也摆放着他的《长生殿研究》《俗文学概论》《戏曲源流新论》《戏曲学》和《戏曲腔调新探》，以及后来他送给我的、由中华书局出版的《曾永义学术论文自选集》等著作。我也知道，在台湾，许多研究中国古代戏曲和俗文学的学者，多出自曾永义老师的门下。当然，我也很希望有机会向这位对岸的著名教授求教。

在一九九六年，大陆研究文化古籍的学者共二十五人，由全国高等院校古籍整理研究工作委员会（简称“古委会”）主任安平秋教授领队，出发到台湾访问，与台湾的著名学者，共同研究中国古籍的整理问题。我以为，曾永义教授会作为台方

曾永义教授

代表参加，谁知，这回他没有与会，倒是与会者有好几位是和他共事过的教授，或者是他的学生。这次，我在两岸文化研讨会上，发表了关于《全元戏曲》整理问题的讲话，在台湾戏曲研究同行中，引起反响。更有趣的是，在休会期间，两岸与会的学者们同坐一辆大巴，到阳明山参观。返途中，在车上久坐无聊，台湾有学者提议，每人轮流表演一个节目助兴。于是有人唱“歌仔戏”，有人讲一段笑话，大家兴高采烈。轮到我，我想，若唱几句粤曲，大家都听不懂，唱了也是白唱。灵机一动，不如用普通话唱一曲岳飞的《满江红》，那是抗日战争时，我们这辈人家喻户晓的名曲。当我拿起麦克风，唱起第一句“怒发冲冠”后，想不到同车的两岸学者，一起放声歌唱，气氛十分热烈。但当我唱到“壮志饥餐胡虏肉”时，那粤式普通话，竟让人把“胡虏肉”听成为“咕噜肉”了。一曲唱罢，朋友们热烈鼓掌，也放声大笑！我和永义教授在学科上彼此相近，这“美”谈，想必也传到永义教授的耳朵里。想必他也会知道，大陆有我这一个很搞笑的同行。

在一九九八年，配合北大庆祝百年校庆，季羡林教授在香山宾馆举行学术讨论会，我应邀参加了。会后，安平秋教授让全国高校“古委会”来京的委员，和来京从事中国文化研究的台湾朋友，到五洲大酒店，共同进一步讨论古籍整理的问题。这次会议，曾永义教授出席了。在会议休息的间隙，永义教授忽然走到我面前，互相握手后，他便说：“晚上有空，聊聊天如何？”我说：“好呀！”他又问到他房间，还是到我房间。当时，大陆学者住的是双人房，台湾学者住的是单人房。我便说：“我去拜访您。”

晚上，我如约到了他住的房间。甫坐下，他便问：“老弟，喝茶还是喝酒？”我早就听说永义教授善饮，而我却是只喝半杯啤酒也满脸通红。本来，我习惯喝茶，但一想，若喝茶，岂不让他扫兴？也就带着应战的口吻回答：“喝酒！”永义教授便端来玻璃酒杯，给我斟了半杯红葡萄酒。

我们一面喝着酒，一面聊天。他告诉我，他有一个庞大的研究计划，准备全面研究中国戏曲发展的问题，撰写一部大型的著作，并且扼要地和我谈了他的主要观点和设想。我向他请教了一些问题，也告诉他我当前的写作计划。大家谈得很愉快，摆在我面前那半杯酒，不知不觉间，已剩下不多。

永义教授的尊容长得比较老成，他以为我的年纪比他小，于是口口声声，称我为“老弟”。其实，我知道他的年纪比我小，乘着酒兴，便问他：“您贵庚？”他回答：“我出生于一九四一年。”我哈哈大笑，告诉他，我比他要年长六岁呢！永义教授大吃一惊，从此改口称我为“老哥”。其后来往愈多，友情愈深，见面时，他更亲昵地称我为“老哥哥”了。其实，两岸同胞就是兄弟，我和他，谁是兄，谁是弟，并不要紧。重要的是，我们都有中国心！

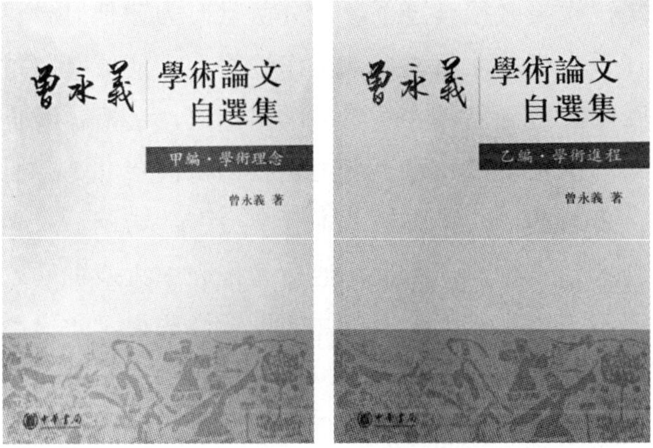

《曾永义学术论文自选集》（中华书局，二〇〇八年版）

永义教授经常接受大陆高校的邀请，到各地讲学和交流，来广州中山大学的机会较多，也和中大的戏曲研究团队结下深厚的友谊。我们也彼此互派研究生，向对方学习，所以，年轻一辈也经常联系沟通，情如姊妹。

在台湾，永义教授接受的基本上是中国的传统教育，他的老师郑骞，就是研究中国古代戏曲的专家。同时，台湾学者有较多接触西方文化的机会，因此，他在学术上，更多注重中国古代文学在形式方面发展变化的问题。而这些方面，在“文革”以前，大陆学者注意较少。但是，大陆学者能够从全局筹策，或举全国之力，处理重大的文献问题；或在一个学校中，根据自己的传统和特点，组织研究团队，共同探索和完成重大的课题。这优势台湾的学者是不容易具备的。所以，两岸学者互相交流，互相学习，共同传承和发展中华文化，确是很有必要的。

永义教授每到大陆的大学讲学，往往会给各地师生带来耳目一新的感觉。在台湾，他一直关心大陆方面学术的发展，也努力邀请大陆的学者前往交流。有一年，中大中文系欧阳光教授，在《文史》上发表了一篇有关元代“书会”演剧场地的论文，永义教授读过了，十分赞赏，力邀他赴台讲学，可惜当年任系主任的欧阳教授，工作忙碌，未能成行。过了两年，我和欧阳教授到嘉义大学参加学术会议，会后，我们从台北乘机返粤。永义教授知道了，力邀我们访问台北，并且参观由他担任董事长的“中华民俗艺术基金会”。访问后，他宴请我俩。与会人数不少，在席上，他极力推介中大戏曲研究团队的成绩，还不忘提到欧阳教授论文的创新性成果。永义教授的性格，既豪爽，又幽默，在席间，他一一介绍了几位男士，看来都不是学界中人。大概他看出了我的疑惑，便大声地说，他们都是我的“屠夫”。我愕然，但一想，他带的研究生，多是女徒弟，女徒的丈夫，不就是“屠夫”吗！我醒悟过来，也放声大笑。后来，我自己所带的古代文学博士生，越来越多是女性。我学着曾教授的口吻，称她们的丈夫为“屠夫”，自然也博得一座粲然。

在台北，学者互相交流的形式很有趣，他们喜欢在饮宴中交流友谊和研究心得，这很像在民国时代老一辈学者留下来的习气。在饮宴中，或吟诗唱和，或争论学术问题。在面红耳赤之后，即使是相左的意见，也一笑了之。他又说，在台北，他有一个“酒党”。他贪杯豪饮，便自封为“党魁”，以他的名望和酒量，同侪也翕然认可。他便封某人为“巡抚”，为“都督”之类，怡然自乐。他告诉我，“酒党”的“党”字，是用大陆的简体字书写，下面的笔画，从“兄”，而台湾所用的繁体字之“黨”，从“黑”，为酒友所不屑，所以改用大陆所用的“党”字。他又告诉我，“酒党”往往要开“五中全会”。我一怔，原来，所谓“五中全会”者，其实是每个周五的中午，酒友全体都得一起参加畅叙。这有点搞笑，也未必可取，但让人想不到的是，魏晋时代名士借酒佯狂之风，在台湾依然留存。

我和永义教授，有多次机会一起参加各校组织的学术研讨会，他的发言，在一定程度上反映了台湾学者对中国戏曲研究的关注点，以及研究进展的程度，所以颇受大陆学者瞩目。我也从他提交的论文和讲话中，得到教益。但让我感动的，是他对中华大地怀着深厚的感情。

永义教授原籍在台湾的台南县。宝岛台湾，风光秀丽，但总没法看到大陆那样的大地河山，那种雄伟壮阔、气吞寰宇的景象，看不到几千年来经历岁月淘洗的古迹。我有多次机会，陪同他一起参观祖国的名山大川。每到一处，他总是细心观赏，流连忘返，还往往留下诗篇，表达他对神州大地、壮丽河山的眷恋。有一次，我们同被邀请参加由山西师范大学中文系举办的戏曲文物研讨会，曾教授的夫人陈女士也同行了。会后，中大校友黄竹三教授，领着我们参观开元寺。这古寺，在人迹稀少的荒山中，早已荒芜，但曾经是名噪一时的古建筑。我对建筑完全外行，只见曾教授和陈女士看得非常仔细。陈女士还特别留意观察柱头上的斗拱，告诉我当年梁思成和林徽因夫妇，为研究我国的古建筑，特地到此做过详细的考察。陈女士任职于台北故宫博物院，对中国古代文物研究有素，从她的讲述中，我深知永义教授一家，热爱中华民族传统文化，并且有深入的研究。

在二〇〇四年左右，我又和永义教授一起，参加由中山大学主办的有关中国非物质文化研究问题会议。我们一行，同住在北京的广州大厦。晚饭后，我和欧阳光、康保成教授，陪着永义教授，走出宾馆散步。在宾馆前面的马路上，拐了个弯，就到了长安街。

北京的长安街，其直如under纸，其阔如川，站在路边，根本看不清马路对面的楼面。在十多条横列的车道上，一辆接着一辆的大小汽车，开着车前灯，流星赶月般在东西两向夹路飞驰，轻微地发出沙沙的声响。人行路旁边的路灯，射出银白色的强光，一盏连着一盏，把大地周遭照得剔透通亮。一路上，永义教授左顾右盼，如入山阴道上，应接不暇。越走近天安门，路就越宽敞，临近广场边缘，在灯影下，向前望去，更觉得广阔无垠。

这时候，永义教授忽然停住了脚步，伸出双臂，大声地说："泱泱大国呀！泱泱大国呀！"这发自内心的赞叹，充分表现出他对神州大地的情感，和对大陆建设飞跃发展的赞美。目睹他动情的神态，我们不禁为之动容。直到现在，我还清楚地记得他引臂浩叹的形象。

第二天，会议结束，晚饭时，我们置酒为永义教授饯行。作为喜欢开玩笑的"酒党党魁"，永义教授两杯落肚，便豪兴大发，又表示要给同桌者"封官许愿"，例如封我为"江南总督"，封保成为"河南巡抚"之类，我们也不免戏谑地"谢主隆恩"，向他敬酒。他"龙颜大悦"，便说，台湾的"酒党"，还有一首"党歌"，酒友聚会时常唱。说罢，他站了起来，离开席位，引吭高歌。我们仔细一听，歌词原来是这样的：

酒是我们唯一的饮料
酒是黄河浪，酒是钱塘潮
酒是洞庭水，酒是长江啸

黄河滚滚，钱塘浩浩，洞庭渺渺，长江滔滔
滚滚浩浩，渺渺滔滔，滔滔滚滚，浩浩渺渺
一气弥漫了太平洋的波涛

永义教授在高歌一曲时，感情激动，歌声激越，我们也一起鼓掌叫好。这一首"酒党"的"党歌"，分明借酒来歌颂神州大江大河。显然，如果对祖国没有深厚的感情，是写不出也唱不出这样的“党歌”的。

不过，酒喝多了，毕竟是会伤害身体的。而永义教授每饭必酒，成了习惯，久而久之，身体免不了出现一些状况。有一次，在广州饭后，他忽觉手臂疼痛难忍。我们知道了客人患病，也很紧张。幸而我们认识中医针灸学会的会长符医生，便赶紧请他给永义教授诊治。符医生仅给他做了一次针灸治疗，剧痛顿消，真是妙手回春。永义教授高兴得很，大赞祖国医学的神奇。不过，经此一役，我也劝他以少饮为宜。他的学生，若来中大访学，返台时，我总是请他们代我转告永义教授，嘱他少饮。不知道这位台湾“酒党”的“党魁”，会不会重视我这“老哥哥”的再三劝告。

二〇二〇年初，新冠疫情首先在武汉肆虐，各地纷纷严密防止疫情扩散。远在对岸的永义教授，很关心大陆人民的安危。鼠年春节期间，我在手机微信的朋友圈中，看到了他写的《庚子元夜怀大陆友朋门弟》一诗：

情意思君切，天涯各一方；
奈何逢大疫，举世遽仓皇。
为问平安否？殷勤托恳肠；
自然能走复，明月正如霜。

这首诗，我是在元宵节深夜才看到的。细读几遍，很感动。不禁走出阳台，只觉夜凉如水。我记得，从前每年的元宵节，家家户户，不是会挂起花灯，或者到街上欣赏花灯吗？可是，这庚子鼠年的元宵节，除了天上依然还挂着一轮明月，冷冰冰地映照着人间，四下里一片宁静。我遥望东南，忽发遐想，永义教授在写了想念大陆朋友的诗章以后，会不会也走出阳台，遥望着清冷如霜的月光呢？“千里共婵娟”，我和他的目光，会不会在月光里，聚集在一起呢？想到这里，情怀澒洞，我立即回到屋里，一口气写了两首和韵的诗，题为《台曾永义来诗慰问大陆朋友（二〇二〇）灾情，回赠二首》，兹录如下：

（其一）
妖雾笼天宇，横眉向莽苍；
一江流血泪，四海系肝肠。
硕鼠纵狂虐，神州当自强；
感君情义重，隔岸与飞觞。

（其二）
百粤风初暖，心头尚怯霜；
生涯知浪掷，昆弟幸安康。
掩口防飞沫，登楼望远方；
何时跨海峡，相拥说衷肠！

书成掷笔，发给他的秘书佩熏，请她转发给不擅用微信的曾教授一阅。回心一想，新冠疫情和两岸上空笼罩着的阴霾，终将成为过去；两岸学者跨过海峡相聚的时刻，必将来到，我也必将在羊城，迎接永义教授的又一次访问，听到他一口一声“老哥哥”的亲切呼唤。

故人江海别　几度隔山川

——记和白先勇先生交往点滴

近日，我在电视中看到《八百壮士》《血战台儿庄》等影片，忽然想起，著名作家白先勇先生去年曾把他的散文集《仰不愧天》（广东人民出版社，二〇一九年版）托人送交给我，便连忙找出来拜读。

这本散文集，除了记叙他在抗日战争时期的家庭生活，以及离开大陆以后学习工作的经历，还有一篇长文《十年辛苦不寻常》，记述了他以十年时间，组织、编导和推广青春版《牡丹亭》的过程，让中国传统文化重新焕发青春，享誉世界。其中还特别写到，青春版《牡丹亭》的成功和推广，也离不开大陆十几位学者的肯定和帮助。在这些人中，也提到我的名字。看到这里，掩卷回忆，不禁想起了和白先生几次相晤的情景。

人所共知，白先勇先生是抗日战争时期著名将领白崇禧将军的公子。在中国台湾和美国，白先勇先生从事文学创作，成就斐然。改革开放之后，二十世纪八十年代初，白先生的作品像《玉卿嫂》《金大班的最后一夜》《游园惊梦》等名篇，陆续传进了大陆，受到广大读者的欢迎。在一些高校的中文系，还专门开设有关港台文学的讲座，这对促进两岸同胞的交流，

白先勇先生在中山大学演讲

互相了解各自在文学艺术发展的情况，起了很好的作用。

在一九八六年的夏天，中大中文系专门研究港台文学的王晋民教授，邀请了白先勇先生，到康乐园的文科大楼，给中文系学生讲授现代小说创作的经验，听众异常踊跃。当年，我正担任中文系主任，按理应该前往受教。但刚巧学校召开重要会议，我分不了身，实在十分遗憾。不过，白先生讲课后，王晋民教授专门邀我，和白先生一起，三人共进晚餐，我才第一次见到白先勇先生。

晚上六时左右，我们一起到了在中大附近的南园酒家。这酒家，是广州有名的四大园林酒家之一，白先生也是早闻其名的。当他看到庭院里竹影婆娑，榕风拂袖，厅堂宽敞，格局幽雅，显得十分高兴。那一晚，顾客不多，我们便在大厅里，选一个安静的角落坐下。几盏清茗后，我和他便热络了。彼此一问，原来我和他的年龄，竟差不多。他知道我从事中国古代文学的教学科研工作，而他在美国也开设有关《红楼梦》的讲座。这一来，共同的话题多了，客套话也就少了。

菜还未上，晋民要了一瓶饮料，彼此略一沾唇，话就更多了。白先生忽然问我："您是中文系主任，应该是中共人士吧？"

我回答："是的。我是在打倒'四人帮'以后，看到了中华振兴的希望，于是申请加入中国共产党。"他沉吟半晌，便说："那么，您会唱抗日歌曲吗？"我反问他："您会唱吗？"他回答："当然会。"我立刻说："您会唱哪一首，我就会唱哪一首！"看来，他不太相信，于是他唱了好几首抗日歌曲，例如《松花江上》《大刀进行曲》《全国总动员》等等。每当他唱了第一句，我便接唱第二句。他知道我会唱了，又唱另一首，我立刻跟上唱了第二句，如此反复唱了好几首。他有点惊奇，怎么中共党员也记得那么多抗日歌曲？这时候，我便问他："抗战时期，广州还有一首很流行的抗战歌曲《保卫中华》，您会唱吗？"这一下，他被我问住了。也难怪，因为那是广州培正中学音乐教师何安东先生的作品，词曲豪雄慷慨，广州人都会唱，而在其他地方，或并未流行开来。在一九四〇年左右，如果白先生不在广州，不知道有这首歌，是可以理解的。不过，他似乎也想给我回敬一个难题，便说，有一首歌，歌词较长，一九四九年以后，大陆未必提倡，人们未必再唱了。我问他："歌名是什么？"他没有回答，只唱了第一句："中国不会亡。"我一听，知道是夏之秋先生作曲的名歌《歌八百壮士》。这首歌的歌词较长，曲调激昂悲愤，我当然会唱，便跟上他接唱第二句："中国不会亡，中国不会亡，你看那民族英雄谢团长。"白先生很兴奋，便用筷子敲着桌边，两人一起合唱，一直唱到歌词的最后一句："不会亡，不

会亡，不会——亡！”我们的歌声并不大，但情绪很兴奋，竟没注意身后站着好几位服务员和顾客。大概他们觉得很奇怪，为什么这两位衣冠楚楚、半老不小的客人，忘乎所以，竟在公众场合唱起歌来？而唱的，也不像是当今年轻人唱的那类流行歌曲。一曲唱罢，我们大笑，互相握手，然后拿起杯子，斟上饮料，碰一下杯，一饮而尽。

这天晚上，我们虽然是初次见面，但很融洽。抗日战争时代的战歌，把分居世界各地的中华儿女的心，联结在一起。因为我们都不忘国耻，我们都有振兴中华的梦想。

我第二次见到白先勇先生，是在二〇〇四年左右，地点在佛山大剧院。那时，他主导的昆曲青春版《牡丹亭》，已演出多次，震动了两岸的剧坛。这戏的编排，十分大胆，它分为上、中、下三本，分别在三个晚上连续演出。如果不能吸引观众，很难保证有足够的上座率。可是，白先生很自信，敢于把已经渐见衰微的戏曲，一口气连演三晚。结果，这戏场场演出，场场爆满。不过，我倒不明白，这戏来粤首演，为什么不在大城市广州，而在佛山？正感不解时，忽然，收到了昆剧团寄来的邀请信，约请我到佛山观看演出。我当然欣然前往。

我和白先生近二十年不见，彼此容颜倒没有多少改变，略一寒暄，戏就开场了，大家赶紧入座。青春版《牡丹亭》十分精彩，中间休息期间，白先生邀请我到休息室聊天，也问及对这部戏编写和演出的意见。我虽然只看了半场，但已经觉得美不胜收。特别是看到“春香闹学”那一场，春香的顽劣俏皮，陈最良的冬烘迂腐，杜丽娘外表的优雅和内心的活跃，三个角色在舞台位置的灵活变化，完全不同于传统演出那种慢悠悠的节奏，让人赏心悦目。当我坐在一旁休息时，白先生走了过来，坐在我身边，单刀直入地对我说，这戏虽已演出多场，但还在不断打磨阶段。他知道我对戏曲略为熟识，便问我，对演出有什么看法。我当然表示十分赞赏，但也提供了一些现场的感受，供他参考。

白先生连忙追问有什么地方不妥，我直说，在杜丽娘上场拜见父母的时候，舞台灯光过于幽暗，这似不可能是佛山大剧院舞台供电系统水平不足的问题，因为这一场背景的主要色调，是褐色，本来就给人以压抑之感。但是，在汤显祖的《牡丹亭》里，杜丽娘出场，首先唱的是“娇莺欲语，眼见春如许；寸草心，怎报的春光一二”。可见，她心情是矛盾的，有充满阳光的一面。因此，这一场戏的背景，似不宜采用褐色。这番话，白先生似暗暗点头。又问我，还有什么不妥之处呢？我感到他诚恳的态度，也就直截了当地说，问题还是在第一出，我看到，在象征杜宝厅堂的天幕上，挂了一副对联：“此曲只应天上有，人间能得几回闻。”这似不妥，最好改掉！白先生忙问为什么，我便说，这原是从杜甫《赠花卿》的诗中摘下来的两句，全诗是：“锦城丝管日纷纷，半入江风半入云；此曲只应天上有，人间能得几回闻！”当然，戏中第一场挂上诗的两句，是表示对汤显祖《牡丹亭》的赞美。但杜甫原诗，刚好是讽刺官吏们只顾享乐，高歌美酒，不顾人民死活的。如果用了杜甫的这两句诗，识者看到，便不妥了。

当时，舞台上铃声响起，我们急急返回池座，大家也再没有说什么。这一次，在佛山看完戏，我星夜赶回康乐园，因为第二天要出差北上，所以，这回看青春版《牡丹亭》，只看了第一本，而没有把第二本第三本连看下去。不过，后来我有机会看到这戏的多次演出时，注意到白先生已经把第一出的背景，改为比较明朗的色调，而且，天幕上再没有挂上那杜甫的诗句。显然，白先生从善如流，很乐意接受各界提出的建议，不断提高演出水平。

我第三次见到白先勇先生，是在二〇〇六年的冬天。那一次，他带领青春版《牡丹亭》剧组，到中山大学演出，连演上、中、下三本。这一次，我就有机会每本都看了。三个晚上，中大的大礼堂梁銶琚堂，里三层外三层，挤满了观众，我从来没有看到过中大师生在梁銶琚堂拥挤到如此程度。

第二天晚上，当演到柳梦梅和杜丽娘在树下相见的时候，舞台左上方挂着的树枝，忽然坠了下来，幸亏演员刚好在舞台右下方活动，没有砸着。让我惊奇的是，观众们竟没有一点反应，也没注意检场人员在舞台边把跌下的树干拉走，而只专心致志地看戏。这说明，观众完全被精彩的表演所吸引，全身心投入，乃至舞台上出现偶然的闪失，也置之不顾，这也说明青

二〇〇八年十二月，青春版《牡丹亭》剧组到汤显祖家乡江西抚州演出

春版《牡丹亭》的编导工作，卓越到何等程度。

在全剧演出结束的第三个晚上，时间尚早，白先生便邀请了几位特邀学者，在现场开了个简短的座谈会。大家交口盛赞演出的成功，白先生也很高兴。我喜欢开玩笑，也恃着和白先生有过交往，便胡诌："青春版《牡丹亭》到中山大学演出，这在全国高校中，是最为合适的。如果在其他地方演出，肯定没有像在中大演出，具有这样特殊的意义。"

白先生略显惊讶，似乎不太理解我所说的意思，连忙问我："此话怎讲？"我回答："很简单，首先，这戏演出时，舞台两侧的字幕，唱词部分，用原文和英文，同时放映。由于原文用的是古汉语，这对一般观众来说，实在看不懂。所以，在佛山或一般剧场演出，效果就不如在高校了。因为在高校里，许多大学生不懂古汉语，你唱'良辰美景奈何天，赏心乐事谁家院'，他们不知所云，但下面有英文翻译，他们看到了英文，反而明白了唱词的意思。"白先生点头称是，而且告诉我，这字幕上的中英文翻译，是他在美国找到最好的中文翻译家，准确地把《牡丹亭》的曲词，以极其富有诗意的英文译出的，对此，他也颇为自豪。

他又问："这戏在许多高校演过，效果都不错，为什么您竟说在贵校演出，却是最为合适的呢？"我笑了，便说："您知道柳梦梅是岭南人吧？"白先生回答说："是。"我跟着说："他何止是岭南人，而是敝乡广州人，和我是同乡！而且，这老兄还到过象岗旅游，发表过一番感慨。而象岗就在今天西汉南越王博物馆一带。当然，鄙人也去过。"

白先生一听，也说这一点他倒没有注意到。不过，他又反问我："为什么青春版《牡丹亭》，偏偏只有来中大演出，才最为合适？到广州的其他高校，不也是一样吗？"

我哈哈大笑，回答说："您就有所不知了！因为，这几年中山大学在珠海市办了个珠海校区，每学期，师生都要从广州到珠海，来来往往。”我又逗笑说：“柳梦梅不是到过珠海，还参加过当时的外贸展览会，和馆长搭上关系吗？如果当年柳梦梅参加统考，考上了中大，也就会和我们一样，在广州珠海之间，来回两边跑。”这一说白先生也乐了，说：“我倒没想到！”我又开玩笑说：“为什么中大观众，看到这戏时，如此投入？起码是有一些师生，看到了柳梦梅从广州到珠海的情景，很容易联想自己，就像当年的柳梦梅一样！”白先生听我一说，笑弯了腰，也说：“当初只想到，中大是南方名校，所以安排这戏来中大演出。谁知道贵校师生，不少人真和柳梦梅有类似的经历。”旁边的几位学者，也都被我这“语出惊人”的话逗笑了。记得当时参加座谈的老校友开玩笑说：“黄兄，您当年给一九五九级开讲《牡丹亭》，有同学觉得颇为生动，认为您本身就是柳梦梅。”

大家乐了一会，白先勇先生忽然正色说：“黄教授，这问题，谁也没有注意，您似乎可以发掘下去呀！”我一想，果真如此！真是一言惊醒梦中人，想不到我那开玩笑的话，倒引出了在学术研究上非常值得注意的问题。

过了一段时间，我重新细读《牡丹亭》，竟发现在柳梦梅身上，有不少地方，具有岭南人的特点。显然，当年汤显祖被贬到广东，看到了岭南不同于中原的风光，感受到已经和海外有广泛接触的岭南文化，特别是敏锐地觉察到岭南人，具有与传统的中原人不同的性格特点。因此，他回到临川创作《牡丹亭》时，笔下柳梦梅的形象，便不同于历来戏曲中描绘的男主人公。经过一番考证和探索，我在《文学遗产》上发表了《〈牡丹亭〉创作的几个问题》的论文。论文中指出，元明以来，以爱情或伦理为题材的戏曲，男主人公全是窝囊废，无论是《西厢记》里“银样镴枪头的张生”，《白蛇传》里的许仙，《琵琶记》里的蔡伯喈，《桃花扇》里的侯方域，无一例外。唯独《牡丹亭》里的柳梦梅，既开放，又大胆，敢冒险“冲红灯”，又敢于“打擦边球”；他饱读诗书，却不是书呆子，处事能随机应变，甚至有圆滑机巧的一面。可以说，他分明是一名岭南才子，而完全不同于其他爱情剧目的男主角。前几年，我在拙著《意趣神色：〈牡丹亭〉创作论》一书中，更以整章整节的篇幅，论述柳梦梅是具有岭南特色的才子形象。这观点，也启发了我的学生周松芳博士撰写了《汤显祖的岭南行——及其如何影响了〈牡丹亭〉》一书，并且受到广泛的注意，成为人们认可岭南文化回馈中原文化的一段佳话。

想当初，这一个严肃的学术命题，完全是我和白先勇先生开玩笑时，无意中提出来的。倒是白先生敏锐地提醒我，这问题值得进一步思考。结果，竟让我们在研究汤显祖和《牡丹亭》时，有所进展和开拓。

这一次和白先生会晤，让我有了很大的收获。我又想到，科学和文化的发明、进展，有时是很有趣的。例如牛顿如果不是在树下看到苹果的下坠，便不会发现万有引力。当然，我绝非把注意到《牡丹亭》创作与岭南文化的关系，与牛顿相提并论，只想说明，不必把学术问题看得那么神秘。有时候，如果碰到了良师益友，在一言半语中获得灵感，也是能够有所收益的。

最近一次见到白先勇先生，是在二〇一一年，他邀请我到北京国家大剧院，庆祝并观看青春版《牡丹亭》第二百轮的演出，同时参加学术讨论会。当时，被邀请的海内外戏剧戏曲专家学者，约三十多名，大家同住在宾馆里，连续三晚，观看该剧上、中、下三本的演出；白天，则举行学术活动。我们也遇见了老朋友和结识了新朋友，获益匪浅。

有趣的是，有一天上午，演出组织者忽然邀请了一位曾在电视台作过通俗讲座、名噪一时的教师，来给与会专家作有关昆曲问题的演讲。当然，服从大会安排，大家也乐于领略领略演讲者的风采。这位讲者，确是口若悬河，滔滔不绝，标准的普通话，溜得流畅动听，却似乎并不知道在座的听众，都是戏剧界的行家。她讲完了，大家也报以礼貌性的掌声。老实说，她口才不错，让听众的耳朵颇为舒服，但输入脑袋中的，却只是轻轻掠过的一溜烟，没有留下任何痕迹。似乎，这位老师，不知听众是些什么人，也似乎还未听过在关公门前舞大刀的故事。

演讲结束，午饭时刻到了，大家进入餐厅，也没有人议论刚刚结束的演讲。我吃了几口饭，服务员递过来一小盅肉汤，我也尝了几口。刚好白先勇先生走到桌前，很客气地问我："感觉如何？"我以为他问的是肉汤的滋味，便指着汤盅说："很不错！"白先生说，他不是征求伙食的意见，而是想知道对上午那场演讲的看法。我明白了，便半开玩笑地回答："我上午喝的是，加上了味精的白开水。"白先生听了，扑哧一笑，便走开了。他那儒雅温厚的表情，给我以深刻的印象，也竟使我后悔自己不够宽容，有点孟浪。

青春版《牡丹亭》在国家大剧院的演出，十分成功。剧院舞台的纵深弘敞、灯光音响设施的完备，让剧组的舞台装置配合剧情和韵味，发挥到近乎完美的程度。但让我最为受益的是，多次观看了演出，多次参加了学术讨论，不仅获得了美的享受，更使我对如何继承戏曲传统和改革创新的问题，有了进一步的认识。

我国的戏曲遗产非常丰富。但是，精华与糟粕同时存在。因此，我们在继承传统的时候，必须顾及传统和现代审美观念的变化。如果一切照搬传统，过分强调"昆曲姓昆""粤剧姓粤”，必然会逐渐丧失现代的观众。我认为，昆曲有昆味，粤剧有粤味，就足够了，追求原汁原味，未必可行。试想想，如果白先生按照昆曲原本的《牡丹亭》演出，即使花费同样的气力，能否出现青春版那样万人空巷的效果？

白先勇先生多次说，他的青春版《牡丹亭》编导的原则，是“只删不改”。在保留原作总的精神以及精彩唱段唱腔方面，白先生确是贯彻了“不改”的方针。但有些地方，他确实是改了的，不过是根据现实的审美需要，改得比原著更好而已。

就汤显祖的《牡丹亭》而言，由于在明代，“世间只有情难诉”，因此，作者创作题旨的要点，在于表达属于人性主要方面的情与欲的追求。为了情与性，汤显祖写“生者可以死，死者可以生”。值得注意的是，汤显祖所写的，并不是柏拉图式的抽象的精神恋爱，而是直接把情与欲连在一起。他连剧本也取名为《牡丹亭》，本身就有情与欲的含义。

牡丹亭，是柳梦梅和杜丽娘梦中交媾的地点，但请勿以为这是种满牡丹花的普通亭子。唐代以来，人们早已把“牡丹亭”视为与情爱有关的场所，白居易就有“春肠遥断牡丹亭”的诗句；元杂剧《金钱记》把男女幽会的地点，也叫作“牡丹亭”。可见，“牡丹亭”早已成为与性有关的符号。汤显祖竟敢把这具有特殊意义的地点作为剧名，这说明他把爱情与性的关联，强调到何等程度。

不过，在今天，对大多数的观众，特别对城市观众而言，过分强调情与性，并没有太大的意义。青春版《牡丹亭》在继承原作歌颂男女情爱生死不渝的基础上，增加了亲子之情、夫妻之情、主仆之情等各种与人性方面的联系。所以，围绕着“情”的题旨，设计出“梦中情”（上本）、“人鬼情”（中本）和“人间情”（下本），从而拓展了歌颂人性的范围。这就是在传承题旨方面，有所提高，有所创新。这对今天的观众来说，也能感受到人性发展的重要意义。

至于青春版《牡丹亭》在戏曲表演上，对传统戏曲程序的创新，更是最为成功。例如柳梦梅与杜丽娘的拥抱，改变了传统四袖相搭的所谓“合扇”，而吸收了芭蕾舞的方式，让杜丽娘仰身倒下，柳梦梅则以右手托住她的腰部，左手扬袖高举。这完全脱离传统程序的动作，既让观众感知柳、杜十分亲昵，又欣赏到他们十分优美的身段。特别是在三本戏中，杜丽娘都穿着素雅的衣裙。可是当演到她“闹殇”一场，即将离开人间之际，在灯光变化的配合下，她忽然披着并且拖着很长很长的猩红斗篷。这红斗篷两角张开，杜丽娘则背向观众，冉冉地走向天幕中心的深处，于是，舞台的场景，出现一幅红色三角形的画面。当杜丽娘以这新颖的下场姿态出现时，她的病躯，竟像是一团烈火，渐渐地升入天际。这人物下场的方式，完全不同于传统的程序。青春版《牡丹亭》每演到这里，总是全场掌

《牡丹亭》古版画

声雷动。我想，这创新的处理，正好体现出杜丽娘外冷内热的气质，揭示出年轻人炽热追求理想的内心世界。而在人物悲伤地死去这个重要的细节中，竟用大红色给予衬托，又正好展示《牡丹亭》含蓄与张扬结合的意蕴，体现出东方人内热外冷的性格和传统的审美观。

青春版《牡丹亭》在国内外演出了二百场，它整个编导表演乃至经营宣传的模式，为中国戏曲的传承和创新，做出了榜样。演出和会议结束，我连夜返穗，向白先勇先生致谢，彼此珍重握别。

从二〇一一年到现在，匆匆又快到十年了，也没有再见到白先生。唐代诗人司空曙有句云："故人江海别，几度隔山川。"故人，是旧交、老朋友的意思。我和白先勇先生相处和请教的机会，实在也并不多，不敢谬托"故人"，更没有出现过"乍见翻疑梦，相悲各问年"的情景。几十年前，我邀请过他到中大讲学，在广州南园酒家，同唱救亡歌曲，在这个意义上，或许可以借用"故人"这一词语吧！但是"几度隔山川"，确是事实！如今，我们彼此也上了年纪，何况世局如此，远在美洲定居的白先勇先生，返回大陆访问，以及和研究戏曲的学者一起交流的机会，怕也不多了吧！不过，他继承弘扬中华文化的业绩，以及对中国戏曲传统改革创新的贡献，必将留在神州艺坛的史册上。

祝白先勇先生健康长寿。

“来世还做同学”

——我和中大中文系七八级

“来世还做同学”！当中山大学中文系一九七八级的同学，在毕业三十周年成礼的仪式上提出这个誓言时，我十分震撼，魂为之夺。

光阴荏苒，转眼间，中文系七八级的同学，毕业已近四十个年头了。在中文堂聚会时，我看到当年的青年小伙、窈窕淑女，多已容颜渐老，鬓生二毛，不禁感慨系之。人生如白驹过隙，信焉！

不过，当看到七八级的同学，友情如一，爱校之情，亦始终如一，更使我感触良多。所以，当七八级的“常委”区进不容分说，嘱我写点感想时，我虽冗事缠身，实也无法推搪。

说来也怪，我在中山大学学习、工作，算来也有六十多年了。当年少壮疏狂，常给同学们上课，唯独没有机会和七八级在课堂上交流。可是，在同学们毕业后，七八级校友和我的联系，却是最为密切的，这实属“异数”。而且，许多同学的音容笑貌，许多次在一起聚会的情景，也还历历在目，实在不知道这是什么缘故。再三思量，只能以两个字给自己回答：缘分。

当然，七八级在康乐园上学的时候，我和一些同学也有过接触。记得当年辅导过万洲、海燕、少华的毕业论文；丹琦在资料室碰到我，和我讨论过对明代戏剧家朱有燉的看法。有两年，暑假过后，风雷往往到我家海阔天空地神聊；有一年春节，志成给我的儿子带来了烟花；毕业分配后，徐泽以及世平来我家辞行，还带来一小袋橘子……许多琐事，数不胜数，我一直没有遗忘。至于小卫、子庆的罗曼史，也常引起我愉快的回忆。

我知道，七八级同学对母校怀着深厚的感情，关心母校，特别是中文系的发展。记得有一年，我到香港参加校友会活动，朝虹对我说："香港人不知道有中山大学，让我窝着一肚子气！"当然，这也是别的大学当年较多招收港澳学生的缘故。近几年，在李延保书记和黄达人校长的领导下，母校声誉有所提升，我又随中大校友总会到了香港，看到朝虹等校友兴高采烈，吐气扬眉。朝虹又告诉我，在许多香港同胞的心目中，都知道中大是华南第一学府。中大同学们关心母校的赤子之心，给在校工作的师友以强力鞭策。

中大中文系七八级新生入学

我知道，中文系七八级许多同学，为国家、为母校、为社会，作出了各种各样的贡献。我们在校师友，也为七八级的九十八位校友，在不同的岗位上努力工作，各自取得的成绩而感到自豪。中文七八，已经成为母校校友会重要的品牌。

在中山大学校友总会，下设有教育发展基金会理事会，这是处理和动员国内外社会各界友好人士以及校友们，捐资给学校用作发展教育事业经费的机构。担任理事会的理事，历届约有十名左右，他们都是热爱母校、事业有成并且具有一定影响力的校友，风雷和小卫，就是其中两位，风雷还被选为一届理事会的主席。

到如今，全校师生和各院系校友，在集会时，都会唱起《山高水长——中山大学校友之歌》，人们都称之为“第二校歌”。这首歌，旋律优美动听，歌词真挚动人，广受师生和历届校友的喜爱。这首师友们百唱不厌的歌，词曲作者正是我们的小奇。记得在一次为庆祝中大成立七十五周年的筹备会上，李萍副校长召集几位校友，在紫荆园聚会。这次会议，小奇和我都应邀参加了。会上，大家都觉得，中大校友爱校如家，回校时都会唱起校歌，但唱校歌，只宜在庄重的场合，因此，我们还需要一首唱起来让人感到亲切愉悦的校友之歌，需要一首能够增强校友凝聚力之歌。这任务，自然落在小奇的身上。小奇皱皱眉，也没有说什么。我向他建议，校友之歌应在校歌主旋律的基础上发展为宜。大概过了一周左右，《山高水长》便写成了。小奇聘请专业人员练习、配器、合成并制成唱片，交给校友总会，一切费用，全由他自己负责。这是一份献给母校的意义重大的丰厚礼物。

一九九七年，香港回归祖国，需要制定符合“一国两制”的基本法。当年，良栋任港澳办经济司司长，徐泽任港澳办政治司司长。在具体制定基本法的工作中，他们起了很重要的作

小礼堂（怀士堂）

用。在同一年级中，有两位同学同时具体参与这项历史性文件的工作，这使中文七八级非常自豪。

香港回归不久，同学们邀请了良栋和徐泽回校欢聚，并且集体筹款，铸造金牌，分别赠送给为祖国作出重要贡献的这两位同学。同学们并请我撰写铭文，镌刻在金牌上。金牌分别镌刻两位同学的名字，下面写着：

香港回归　神州雪耻　同窗二友　躬预其事
报国心丹　竭虑殚思　折冲樽俎　凌云展翅
吾侪感奋　深情注字　用纪辛劳　兼彰壮志
铭曰：揽沧海之明珠　铸百代之勋业
　　　看紫荆之缤纷　映康乐之双杰
倩　黄天骥老师撰
中山大学中文系七八级校友沥

金牌的底部，还铸上了方风雷、骆驰等多位同学的亲笔签名。

这次赠牌仪式，在康乐园文科楼的一个课室里举行，许多同学纷纷从各地赶来参加，我也被邀参加，和同学们一起见证这欢乐而自豪的仪式。

中文系七八级的同学，非常重视彼此之间的情谊。患难相扶，休戚与共，这是中国知识分子的优良传统。我从未见过有哪个班级，提出过“来世还做同学”这发自肺腑、令人震撼的话语。我知道，有几位同学不幸先后英年早逝，七八级同学每每尽心尽力，从各方面协助办理后事。有专程赴京参加追悼会的，有在广州组织追思会的。二〇一三年年初，丹琦去世，楚平、小奇、骆驰、鸿基等诸位，通宵帮助鸿清抄写来自各地同学撰写的挽联。这一切，闻者无不动容。

那年校庆，母校为七七、七八级校友举行毕业三十周年成礼仪式，让校友们补穿学士袍，补戴学士帽，在小礼堂前集体照相留念。这一来，部分居留在广州的校友，有机会躬逢其盛。那一天，我坐在前排的教授席上，当轮到中文系校友登台拍照时，回头一望，瞥见出席的七八级二十多位同学，高擎着四米多长的布幅，上面印有当年九十八位同学的入学照片。这等于向母校宣告，当年在校的中文七八级学生，无论在远在近，或死或生，无一例外，全部到齐。看到此情此景，我不禁眼眶一热。难得同学们想得如此周到，更难得情深如许！

在母校，历届多位校领导，曾对我多次称赞中文系校友的凝聚力，特别称赞中文七八级同学对母校的情谊和友爱精神。我也想过，到底是什么样的力量，让中大中文人具有这样的特质？每天黄昏，我和上德在校园散步时，曾多次探讨过这颇有学术意味的问题。有一天，我恍然大悟。看来，报考中文系的学子，多半怀有当作家和诗人的愿望，情感比一般人丰富，接触的也多是文学作品。重情，重人情，包括重师友之情，重家国之情，重感恩图报的赤子之情，本来就是中文系学子与生俱来的基因，这也是中文系校友具有凝聚力的基础。

至于中大中文系七八级，凝聚力特别强，同学之间，友情也特别深厚，我想，应是和这个班级特别重视传统的人文精神有关。请算算，中文七八涌现了多少书法家？在毕业以后，又涌现了多少诗词爱好者？听说同学们至今还经常交流切磋，诗词唱和。在中大，就我所接触过的历届校友当中，很少出现像七八级那样的书法和诗人汇聚的群体。显然，重视优良的文学艺术传统，饱受人文精神的熏陶，在不知不觉间沉淀为七八级集体的潜意识。依我看，这正是七八级的校友，有别于其他班级的重要原因。加上多数同学经过风雨，见过世面，在“文化大革命”后恢复高考，才得以进入如诗如画的康乐园，这让同学们加倍珍惜来之不易的大学时光，珍惜共同尝过酸甜苦辣的人生滋味。四载同窗，肝胆相照，这难以言说的情愫，如胶似漆，让中文系七八级同学的友情，牢固地长久地黏合在一起。

“来世还做同学”，这愿望多么真挚，多么感人，也让人知道七八级同学对这集体多么热爱，彼此的情谊有多么厚，有多么深！

三十年前，当七八级同学毕业离校的时候，我还属教师中的少壮派，转眼间，我已被视为“元老”了。人生苦短，如果真有来世，我也真希望能够成为中大中文系七八级的一员，那将是我来世莫大的荣幸。

纳兰性德有句云：“一日心期千劫在，后身缘、恐结他生里。然诺重，君须记！”三十年前，我在研读《饮水词》的时候，这句词，我反复背诵，认真领略。我也愿把这句词，献给诸位亲爱的校友。愿彼此珍重，愿我们爱母校、重友情的一片丹心，地久天长！

雪泥鸿爪

——几个求学阶段的杂忆

小学

岁聿云暮，又该到了“盘点”的时候。回想我七十多年来在小学、中学、大学几个阶段求学的历程，雪泥鸿爪，依然在目。不同时期教育体制和做法的变化，颇有值得思考的地方。

二十世纪四十年代初，我开始上小学。那时候，广州已成沦陷区，小学由汪伪政权管治，但课程和教学内容，依然沿用国民政府制定的那一套。民国初年，私塾多改为小学，学制则参考欧美的模式，对此，汪伪政权也继续采用，只是从三年级开始，每周要上四节日语课。让孩子们从日语的平假名、片假名学起，企图让学生具有亲日的情结，但收效甚微。我们咿咿呀呀地念诵，除了把日语的一些词汇，顽皮地以谐音的方法，译成可笑的粤语以外，其他忘得一干二净。

我记得，当时小学的课程，主要是语文和算术两科，并且有音乐、体育和手工课。关于算术课，低年级教的是加减乘除，高年级教的是四则运算，一点也不艰深。至于各个年级的语文课，也还是沿用国民政府制定的内容，多是选取《古文观止》和五四以来新文学作品中的一些名篇，例如《喜雨亭记》《滕王阁序》以及徐志摩的《再别康桥》、鲁迅的《秋夜》等等。老师只要求我们背熟课文，没有多少讲解。那时，语文课还包括“习字”，低年级从描红到描“九宫格”，高年级则选用字帖，大家一般采用欧阳询书写的《九成宫醴泉铭》临摹。至于所谓“手工”，就是让小学生自制玩具，例如制作纸汽车、纸战舰和木刻、竹刻等等。那半是游戏，半是教学。

小时候，我最喜欢上的是音乐课。当然，在沦陷区，老师不能教我们唱抗日歌曲，但教我们学识简谱，孩子们在私下里可以自学自唱。上课时，老师教我们唱的，多是欧美名曲，例如《路上一株红玫瑰》《友谊天长地久》之类的英文歌。我所在的“伪十九小学”，老师除了教我们唱古曲《满江红》（“怒发冲冠”）外，还常把欧美名曲的曲调，配上唐诗，像李颀的《古从军行》、卢纶的《塞下曲》等有关抗击外族的诗篇。这些教师自编的“作品”，似乎不伦不类，而实在大有深意，日本人听不懂，无法干预。而老师在教小孩子唱歌的同时，也曲折地给我们灌输爱国主义思想。

当然，在沦陷区里，也有为虎作伥的汉奸，而由于种种原因不得不留在沦陷区里生活的知识分子，虽然继续教职，但并不甘做“顺民”，往往注意把传统儒家思想渗入儿童的心灵里。在假期，老师们还引导我们看《岳飞传》《杨家将》等小说。因此，即使汪伪政权强迫小学生学习日语，而我们见到鬼子兵，都在暗地里吐口水，撇嘴巴，骂他们为“萝卜头”。

我们最感兴趣的，是每隔一周便要上一次的“修身课”。上课时，我们在大厅里一排排地坐着，教师则在书桌上竖起一个木匣子，匣的一面，对着观众打开；匣的两侧打通，中间放着一张张连环图，内容多是《三字经》里的故事，例如“孔融让梨”等等。老师打开了匣，对着画面上的人物，讲说故事。

每讲一段，便从匣侧拉去一张画，露出下一张，继续讲述。这种类似“拉洋片”的教学方式，大受小学生的欢迎。那时，小孩子哪里有玩手机、玩游戏机的福分，但老师通过看图讲故事的办法，让日伪政权原来企图毒化孩子的“修身课”，成为儒家思想通俗的教育课。

在小学，下午的时间，一般只是上音乐课、体育课和手工课，作业也很少，孩子们有充分的休息和游戏时间。可以说，当时小学教育的方式，重视儿童生理心理的特点。就引导儿童的品德思想情操而言，日本帝国主义者未尝不想把孩子培养成亲日派。但是，刺刀的统治，毕竟无法改变大部分教师的家国情怀。老师以各种方式向学生灌输忠、孝、节、义的中华传统，汪伪政权实也无法遏止。

寓教于乐，让儿童从小接受中华优秀文化传统的熏陶，那么，即使在恶劣的环境中，也能让儿童健康成长。

初中

抗战胜利后的第二年，我考进了广州市南海中学。那时候，国民政府大小官员，大发“国难财”，忙于“劫收”日伪遗产，哪里顾得上研究教育问题？不久解放战争开始，南京政府风雨飘摇，除严防师生接受进步思想外，其他则无所作为。

在广州，公立中学只有两三所，除市一中、市二中外，多为私立学校。各学校办学，各施各法。招生时，有男女生兼招的，有只招男生的，有专招女生的；在学制上，有些中学，一年中还可招收春秋两季的学生。有些人，办的是“学店”；有些人，则以开发民智、振兴教育为己任，确实在认真办学。总之，林林总总，不一而足。这一来，倒使各校容易办出各自的特色。

民国时期广州市南海中学校舍。该校后改为“十一中”，现已恢复原名

我就读的中学，是由南海县乡绅们捐资创办的。早在一九三六年，它已被当时的教育部定为全国八大模范中学之一。抗战胜利后，由曾镜涵先生任校长。曾校长毕业于香港大学文科，后又取得美国哥伦比亚大学文科硕士学位。在办学上，他尤其重视文科的建设。因此，当年广州人多认为“国文、英语推南中，数学冠军是知用（中学）”。即使在抗战后，也请被称为数学科“四大天王”之一的郭尔悫老师，加盟该校，但文科依然是南海中学的强项。

有趣的是，抗战胜利后，这所中学竟像大学那样，采取学分制。例如初中三年，修满一百八十六学分便可毕业。必修课则包括公民、国文、英文、数学、历史、地理、自然。因此，课程并不多。在下午，学生有许多时间可以从事文体活动。不过，该校管理十分严格，学生全部需要寄宿，晚上全体都要到课堂里自习。自习时，同学们往往会叽叽喳喳，打打闹闹。但当我们看到最敬畏的事务主任罗楹存老师来到课堂巡查时，便像老鼠见猫一样，立即安静了下来。他只站在门口，一言不发，不怒而威。后来才知道，罗老师其实是中共地下党员，曾担任省港大罢工领袖苏兆征的秘书。他到中学工作，是为了培育革命的种子。

抗战胜利后，南海中学设立了两种奖学金：其一是为了纪念首任校长朱勷寰而设的“勷寰学额”，凡是高、初中每年各科成绩最优者，可免缴一个学期的学费；另一是为了纪念代理校长潘镜芙而设的“镜芙学额”，凡是每年举行的国文比赛获得冠军者，也可免缴一个学期的学费。学校还将这两项“学额”获得者的名字，用金字镌刻在礼堂的墙壁上，作为永久的纪念。这种奖励机制，大大激励了学生的学习热情，也展现出该校办学的特色，即在鼓励学生全面发展的同时，还突出地引导学生对人文学科的重视。

我记得在初中一年级上语文课时，任课老师孔昭皋先生很注意按照青少年的特点进行教学。他常让学生默写生字，办法是把全班分为若干组，每组派出一个代表，站在黑板前进行比赛。孔老师念出一个常用的而又容易被忽略的字，例如“葱蒜”的“蒜”字，南方的少年多不会写。这时参赛者对着黑板发愣，同组者也急得搔耳抓腮。如此一个接着一个，同组者轮流上阵，谁写错了，或笔顺不当，都要失分，于是大家小心翼翼，摩拳擦掌。通过比赛，我们不仅记住了生字生词，学好了语文，而且也养成了集体向上的风气。

孔老师的课，讲得生动活泼。每逢节假日，他便在课室里制作灯谜，准备一些小礼物，让同学们竞猜。像谜面是“平原跃马任扬鞭”，谜底则是同学“陆宏策”的姓名，非常有趣。有一次，孔老师挂出谜面：“远树两行山倒影，孤舟一片水平流”，猜一字。这个谜较艰深，大家一时摸不着头脑，我也在胡思乱想。蓦然想起，图画课的老师不是说过，国画里画远处的树时，可以用“丰”来表现吗？再一想，“山倒影”，不就是“山”字横转过来吗？这谜底，不就是“慧”字吗？于是试着向孔老师报告。他十分高兴，觉得我颇有想象力，“孺子可教”也。从此，他更注意在语文方面对我进行培养，我也对人文学科有更大的兴趣。

回想起来，学校办出特色，注重启发式教学，因材施教，这对青少年的成长至为重要。问题在于教师能否开动脑筋，能否不断创新教学的方法。

高中

一九四九年，广州解放，我也进入高中阶段。这时候，各学科的教材，由各校自编，语文课则增加了一些政治性较强的文章，像鲁迅的《为了忘却的记念》等等，在抗美援朝战争时期，又增加了对魏巍的《谁是最可爱的人》和方志敏的《可爱的中国》等作品的分析。我记得，一九四九年前的“公民”课没有开设了，倒是班主任要我们经常阅读一本名为《在毛泽东的旗帜下》的小杂志。这小开本读物，由广州团市工委主编，按月出版。所以，在新中国成立之初，即使没有开设政治课，同学们依然关心政治。加上当时广州物价和治安稳定，社会风气良好，“路不拾遗，夜不闭户”。我们受过日寇的欺凌，在报刊上知道了志愿军抗美援朝英勇杀敌的消息，大伙儿爱国热情十分高涨。这时候，同学们纷纷组织学习小组，每周开会一次，不用老师督促，进行批评和自我批评，很自觉地追求进步。

我所在的班级，有全校最活跃又最顽皮的一群孩子。广州解放前，我们打群架，偷摘校园的木瓜，活活弄死学校的猴子，胆大包天，无所不为。有时，学校里也请一些人来作“大报告”，讲述时事，但言者谆谆，听者藐藐，我们或交头接耳，或打打闹闹，尽管有老师在旁“监控”，实也无济于事。

不过，经过几次自我批评小组会，我们把自己的行为，对照社会各界先进人士，不禁惭愧，于是诚恳地各自检讨，“觉今是而昨非”，知道再不应自由散漫，再不应淘气捣蛋。不知由谁建议，经过热烈讨论，我们竟自发地把班级的恶作剧，编成剧本，节日时向全校师生演出。演出时，礼堂坐满了人，观众哄堂大笑，演员们则从自我暴露和自我讽刺中，获得了自我教育。从此，我们的班级依然很活跃，但大家做的是积极进取的好人好事，成为全校合唱队和体育运动的骨干，成为办夜校、帮助工人识字、扫除文盲的小老师。

几十年过去，当我们中学的校友同坐一起，回忆往事，大家都觉得对青少年道德修养的教育，不必讲什么大道理，不必搞形式主义一套。让学生自己教育自己，反而是改造青少年世界观最有效的方法。

德、智、体、群、美，是新中国成立初期中小学教育的着力点。那时考试和测验并不多，各科仅学期中举行一次小考，学期末举行一次大考而已。考试成绩依然采用百分制，但绝没有干周周考、月月考的蠢事，倒是在很多时候会让学生参加社会活动。例如在“三反”“五反”运动时，学校便组织宣传队，上演活报剧。在同一学区里，各校之间还经常举行田径比赛、拔河比赛和歌咏比赛，培养同学们的友谊和集体主义精神。我记得，有一年暑假，我们参加学区举行的夏令营，歌咏比赛的主题曲，是音乐家吕骥作曲的《反对武装日本》。那时，我担任学校合唱队的指挥，音乐老师便教我如何认识和处理“切分音”，如何调动合唱队员的情绪。通过比赛，我们不仅学到了音乐知识，也提高了爱国主义的思想感情。

青少年时代，是人生成长的关键时期，与其让学生各自埋

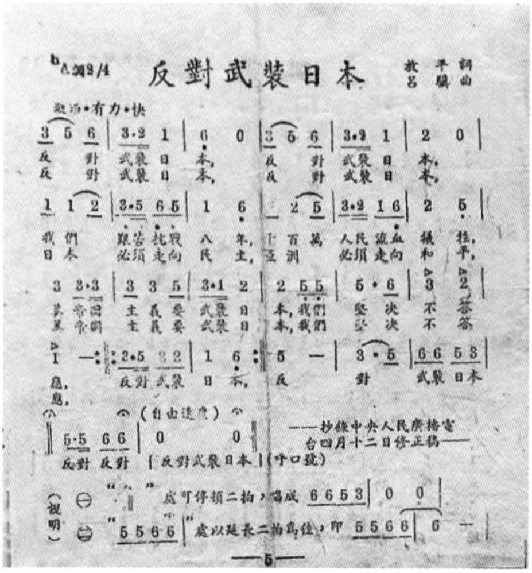

《反对武装日本》曲谱

头埋脑应付考试，不如多组织有益的集体活动，让学生在生动活泼的社会实践中健康成长。

大学

在一九五二年，我考进了中山大学中文系。

那一年，刚好碰上全国高校院系大调整，原在石牌的中大文科、理科，迁到海珠区康乐园，与岭南大学的文科、理科合并，成立新的中山大学。我正是新中大第一届的新生。

在二十世纪五十年代初，我国实行计划经济，强调向苏联一边倒，大学学制也全盘“苏化”。从本科开始，便强调专业训练。要求学生学什么专业，毕业后由国家按专业分配工作。因此，在大学招生时，有关部门便按国家计划，安排招生名额，以便“一个萝卜一个坑”。

大学生毕业后服从分配，等于考进了大学，便获得了工作的门票，这当然受到欢迎。但是，经济发展和市场的需要，实

入读中大时的作者

在不可能主观预测，所谓“计划分配”，只能是美丽的臆想。这一来，本科生在分配时，往往会被乱点鸳鸯谱。像我们的一位校友，学的是生物系动物专业，按计划，应分配到研究部门或当生物学科的教师。但在他毕业时，专业对口的单位无法安排，学校只好把他分配到商业部门。商业部门又把他分配到下属的合作社，合作社知道他学的是生物学，而在该社经营的商品，与生物方面稍有关系的，只有咸鱼，于是，就让他从事管理和买卖咸鱼的工作。类似这种无奈的情况，所在多有。毕业分配，原是好事，但这也容易造成人才的浪费；而且大学生有所依赖，也不利养成自觉学习的积极性。

在中文系，新生入学时，系主任便强调：“中文系培养的是大学教师、中学教师和研究人员，不是培养作家。”因为，当时认为作家只需“有生活”就行，像高玉宝文化水平很低，却能写出《半夜鸡叫》那种被捧为样板的作品。所以，中文系学生不准搞创作，如果有人学写诗，学写小说，便被认为“专业思想不巩固”，要受到严厉的批评。但是，我们报考中文系，许多人是奔着“作家梦”而来的。当时，大家又都是“驯服工具”，教育部门既然不准我们创作，大多数人也真的什么也不敢写。因此，我这一代的中文人，大多不擅创作，特别不擅传统诗词的创作，“只会弹，不会唱”。由于自己没有创作实践，若要评论别人或古人的创作，也往往是纸上谈兵，不得要领。

为了强调计划性和专业性，在二十世纪五十年代，中大中文系根据上级规定，只开设必修课，不设选修课。那时无所谓“学分”，课程却颇多。我记得，在大一，就有中国文学史、文学概论、现代汉语、语言学引论、古代汉语、古文字学、中国历史、外国历史、逻辑学、俄语、联共（布）党史和体育等十多科。到学期末，各科都要考试。考试采用五级记分法，即把成绩分为优、良、中、及格、不及格五等。同时，总成绩也不排名次了。

不排名次，对我来说，实在是精神上的大解放，我再不必担心排名靠后时，遭到家长的责备和人们的白眼。由于内心没有压力，学习兴趣大大提高；在同学之间，不再互相攀比，也有助于养成互相帮助的风气。这一来，我在大学里学习成绩有了飞快的进步。至于人文学科以五级记分，也比较合理。若用百分制，你说试卷上八十五分和八十六、八十四分之间的区分，有什么根据？不过，那时大学课时过多，学习面过窄，学生没有时间广泛阅读感兴趣的课外书，于是大家“上课时记笔记，下课后看笔记，考试前背笔记，考试后都忘记”，完全缺乏创新的精神，实在很不可取。当然，也有些同学是不吃这一套的，他们只对自己特别感兴趣的学科用功，这被视为“偏废”，被认为走“白专”道路。像我从小便喜欢学习中国古代文学，詹安泰老师给我们讲授《诗经》，我特别兴奋，便把全部课外时间，投放在对《诗经》的研读上。所以，我常充当挨批的货色，对此，我诚恳检讨，却坚决不改。

二十世纪五十年代，大学强调学习马列主义。在中大，教师思想改造运动刚结束，中大的校领导采取和风细雨的方针，老师们相对地心情舒畅，学习理论的热情也很高。词学名家詹安泰教授甚至提出三年不读线装书，只读理论书。当然，那时学的文学理论，实际上多是苏联教条主义的一套，对马克思主义的词句生吞活剥。不过，大家毕竟在逻辑思维上多有锻炼，较能从理论上阐明问题，不至于像一九四九年前那样，以评点派的方式随意地进行教学和研究。

在大学阶段，我们最紧张也受益最大的学习环节，莫过于课堂讨论了。

课堂讨论，是从苏联传入的教学方式，即教师在讲授某些章节的内容后，定出一两个题目，交由同学在课堂上自由讨论。讨论前，参加者要认真准备，要撰写发言提纲。讨论时，师生环坐，自动发言。这种类似seminar（英文，意为研讨会）的方式，同学们大感兴趣，都会踊跃争论。若在唇枪舌剑中没有发表意见的机会，也不要紧，因为发言提纲都要上交，老师也可了解学生的想法。

依我看，苏联的教育体制，除了按照计划经济指导大学毕业生的分配，以及受急功近利和实用主义思想影响，把专业学习搞得范围过窄，并非一无是处。因为，它在许多方面，实际上是照搬欧洲古老大学的传统，深受夸美纽斯教育思想的影响。例如，苏式教育也重视对大学生人文艺术修养的培养。我在上大学期间，每天下午五时到六时，全部同学都会被从课室、图书馆和宿舍赶出来，或到体育场上锻炼，或参加文娱活动。最有意思的是，全体学生都得学跳交谊舞。那时候，我们许多男同学只会“扭秧歌”，哪敢握着柔荑纤纤手，搂着杨柳小蛮腰？在手足无措之际，就要找舞场老手来“扫舞盲”了。

一个班级，如果还有“舞盲”存在，便很难被评为先进集体。这做法虽然过分，但毕竟也让大学生受到艺术的熏陶，添了几分优雅的气度。

到一九五六年，我毕业了，结束了大学阶段的学习。在一九五七年以后，大学的体制和风气，出现了很大的变化，这不属本文叙述的范围，兹不赘。

我不是教育家，拉杂地回顾自己在小学、中学乃至大学求学的经历，隐约觉得在不同的历史阶段，教育情况有所不同，有利有弊，其中也有不少可资借鉴的地方。在如何吸取以往的经验教训，在符合我国国情和传统的基础上，广泛参考各国先进的教育理念和措施，建立有中国特色的教育思想和体制等方面，我们还确实有许多工作要做。

从“学院派”走出一步

近日接到广东省文史馆的通知，说中央文史馆规定，各省文史馆要找一些馆员，记叙参加文史馆工作的体会和收获，以便全国文史馆编辑一套丛书。省文史馆麦淑萍副馆长指定我做一汇报，要说清楚取得什么成绩和体会之类。我不想自我吹擂，但又推却不了，只好回顾一下自己走过的道路，算是对文史馆有所交代。

我在一九五二年考入中山大学中文系，一九五六年留校任教至今。可以说，我是新中国培养的第一代学人。

一九八三年，我被国务院学位委员会聘为第二届学科评议组成员，属于文学评议组。记得第一届的成员有钱锺书、王力、王季思等先生，共二十多位著名学者。第二届，也是二十一名，召集人是朱德熙教授，还有王达津、霍松林等老一辈学者。其中，有几位中年人，即章培恒、叶子铭、裘锡圭、严家炎先生和我。到现在，除裘、严先生和我外，据闻多位均归道山，而我也成为耄耋一翁了。

我毕业留校后，从事中国古代文学教学科研工作。我给自己定下的学习目标是：“戏曲为主，兼学别样”。

按此目标，我把许多时间放在戏曲文献整理和对中国戏曲

作者在中大惺亭留影

史方面的研究。早在二十世纪八十年代中期，我便参加由王季思教授主编的《全元戏曲》一书的工作。在二〇一一年，国家重点攻坚项目《全明戏曲》，则由我和黄仕忠教授担任主编。该书计有五千万字之多，还需要到全国及世界各地图书馆访书，任务艰巨繁琐。

我负责全部明代戏曲点校的最后审阅工作，这工作比《全元戏曲》更难。因为明代的杂剧和传奇，和元杂剧的情况完全不同。它在一出戏中，曲牌可以南北互用，即在一出戏中，有时用南曲，有时用北曲。更麻烦的是，有时在一首曲中，会把不同的曲牌凑集在一起，这曲牌用几句，那曲牌又用几句，组成一首新的曲子。这一来，留存下来的曲谱等工具书，无法查阅，只能凭文意断句，这很容易出现错误。加上版本中出现大量生造的俚语俗字，处理时十分麻烦。有时，为了一首曲子的断句，竟须花费几个小时，左右思量，才敢确定，弄得头昏脑胀，其困难真不足为外人道。幸而，我们的团队多年辛勤工作，《全明戏曲》去年已由管辖部门验收“结项”，被评审专家评为“优秀”。其中“全明杂剧”部分，亦计有六百万字，将由中华书局先行出版。

此外，我把在“文革”以后，在《文学遗产》《文艺研究》《文学评论》和在其他刊物发表过的戏曲研究论文，收集为《冷暖室论曲》一书，二〇一六由复旦大学出版社出版。近年，也连续出版了《〈西厢记〉创作论》和《〈牡丹亭〉创作论》。二〇〇八年，我和康保成教授主编并出版了《中国古代戏剧形态研究》，还出版过《元明清散曲精选》《元曲三百首》等十多种普及性读物。

为了结合教学的需要，我也出版过各计有五十万字的《周易辨原》《诗词创作发凡》，以及《纳兰性德和他的词》《黄天骥诗词曲十讲》等论著。又参与由袁行霈教授主编的高校教材《中国文学史》，作为“宋元卷”的分卷主编。

二〇一八年，广东人民出版社把我的论著结集为《黄天骥文集》，共十五卷近五百万字。

在这里觍颜列举，只在于说明，我自知确实属于“学院派”的学人。

“学院派”，没有什么不好。学习研究古代文学，整理古代文献，继承我国的优良文化传统，本来就是我们在学院里的教师应有之义。但我又觉得，如果运用我们的知识，和现实需要直接结合起来，加以运用变化，让广大群众能够接受和理解，不是可以进一步“古为今用”，更能“接地气”了吗？话虽如此，但一直想不到如何解决，只在心里暗自打鼓。

我是在一九九六年初，被广东省文史馆聘为名誉馆员的。

加入文史馆后，我常得到省文史馆领导的支持和督促，例

《黄天骥文集》（广东人民出版社，二〇一八年版）

如把我的著作《方圆集》，列入馆员文集的第一种，这既是对我的鞭策，也使我增加了学习和工作的信心。更重要的是，我有机会接触到来自社会上各方面的学者。

在广东省文史馆，有不少老馆员是著名的诗书画家，有些人甚至在一九四九年前只念过私塾，没有什么学历学籍，但不能不承认，好些老一辈馆员，在诗词书画以及文史，尤其是地方掌故等方面，基础深厚，成就斐然。像李曲斋先生，是清末探花李文田之孙，他没有上过大学，一九四九年后在街道工作，但大家公认，他家学渊源深厚，诗书画成就极高。书法家陈景舒先生曾当过陶瓷学徒，在餐馆当过小工，但隶书极佳，有“隶书王”之誉。他们有学识，有曲折的生活经历，特别是和市井百姓有密切的联系，和我们终日只在书房里用功的“学院派”，思路大不一样。我和他们接触，常感到眼界一新，知道天外有天，彼此各有所长。长期从事文史研究和整理的“学院派”学者，倒应该更多学习他们之所长，更多像他们那样眼光瞧下，多想想怎样从市民大众的需要出发，把深奥化为浅近，把枯燥化为有趣，以便更适应现实社会和人民大众的需要。

记得在一九九六年，广东省委宣传部组织《新三字经》的编写，作为少年的普及读物。我奉命担任副主编和主笔。该书由广东教育出版社出版，颇受群众的欢迎，发行量达五千万册，并获全国“五个一”工程奖。有一天，偶然遇见李曲斋先生，他对我说：“这小书，写得不错呀！适合青少年需要。你可以再搞下去！”我笑了，说：“这是省委领导的主意。我总不能叠床架屋，再写一本《新千字文》吧！”李先生却正色地说：“不是这个意思！我从《新三字经》中看到，您能吸取前人诗赋的写法，有古文写作的基础。现在，正提倡建设旅游文化事业，如果在景点中，有新撰的对联、碑文，不是会增加它的文化含量吗？”我恍然大悟，的确，从服务现实需要出发，作为文史馆员，不光可以在书房里整理古籍，划划写写，还可以用一己之长，直接为百姓服务。

说来凑巧，过了一段时期，零丁洋畔的珠海市桂山岛，筹建文天祥广场，周围选取并镌刻文天祥多首诗篇，作为诗碑，约请全国著名的书法家书写。而广场中心，则需要以一篇序文，统一说明兴建广场的宗旨和缘起。该岛主管者是中大校友，便邀我作序。我想起曲斋先生的嘱咐，遂欣然命笔。序不长，姑录如下：

文天祥广场序

零丁洋上，碧浪连空，白鸥掠波，锦鳞潜泳。我桂山镇雄立海中，老树依岩，银滩卷雪，迎旭日之光华，揽天风之浩荡。近年经济发展，帆樯如织，而岛上民众，胸襟似海。每于花朝月夕，极目微茫，俯仰今古。乃忆八百年前，南宋丞相文公天祥，抗元兵于粤赣，陷魑魅之牢笼，系孤胆于烟波，集天地之正气。船过零丁，慷慨吟哦，痛感山河破碎，空负头颅，身世飘摇，竟同萍絮。既悟人生之悠悠，谁无一死；誓取丹心之耿耿，留照汗青。诗成掷笔，血泪交迸。惊风雨而泣鬼神，撼心魂而垂千古。斯人一去，海宇留芳，伫听涛声，啸歌如在。我镇世代得接忠风，百姓倍怀英烈。望洋兴感，意气干云。遂填海湾新地，辟建文天祥广场，更镌诗碑卅二，播扬文天祥佳句。旁开馆厦，广陈史迹，岩矗雕像，遥瞰天南。冀中外游侣，访胜寻幽，受文化之熏陶，承爱国之传统。尝闻风和日丽，波底尚掀乱流，安定岂可忘忧，开放常思忠悃。今日苍苍岭树，如见旌旗，猎猎长风，犹闻警铎，去者已矣，来者可追。共期群策群力，振兴中华，俾我列祖列宗，扬眉吐气。是为序。

写成后，我请几位老先生审阅，都还认可。这块碑，便竖立在文天祥广场中心，我也看到好些游客围观。想不到，曾被认为是“选学妖孽，桐城谬种”的文言文，若处理得当，在学习诗词文史的基础上加以变化，也可以为现实服务。后来，我也应省市一些单位之邀，写了不少碑文，加上发表过的诗词，

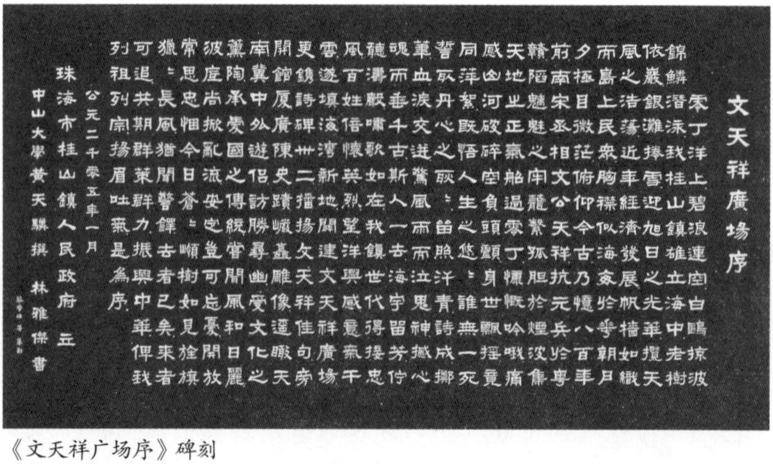

《文天祥广场序》碑刻

编成《冷暖室别集》，由中山大学出版社出版。由于书中有二十多篇碑文，与中山大学校友捐建的大楼有关，在写作上虽然良莠不齐，却特别受到中大学子和校友的欢迎。

我以学习过的诗词歌赋为基础，用文言的文体，写出一些能为现实生活服务的文字，作为文史学者，这是一种尝试。但还始终觉得，这只能给稍有文学水平的小众服务，也只能算是在象牙塔里走出了半步。

又过了一段时间，我遇见广东人民出版社原社长、著名作家岑桑先生，那时，他正在主编《岭南文库》。他一见到我，便说：“我知道您对明清文史有兴趣，对岭南文化有体会，而《岭南文库》中必须有研究屈大均的论著，这工作就交给您了。”长者命，我本不敢辞。但是，当时我正忙于《全明戏曲》的工作，卷帙浩繁，我终日在故纸堆中校点，弄得头昏脑涨，实在为难得很。但也只好抽些时间，首先捡出屈大均的《广东新语》，略作准备。

又真凑巧，广州日报副总编、校友黄卓坚来探访我，她知道我是广州西关人，便问我，近来西关荔枝湾的改造工作，很受欢迎，我是否愿意去参观一下。当时，我也想在百忙中散散心，她便开车陪我前往游览。饭后，她说：“黄老师，能否为我报写一篇短文，谈谈广州和岭南的生活和文化？”

粤谚云“鸡髀打人牙骹软”（意思用鸡腿塞进人的牙关，吃了只好服软），她陪我玩了大半天，只请写篇短文，我岂能不答应？那时刚好快到元宵节，便写了广州人怎样过元宵的短文应付。过了两天，她打电话给我说：“文章反响很好，再写一篇吧！交稿时间不限。”我一想，也不难，过了两周，又写了一篇有关一九四九年前广州儿歌的短文给她。谁知道，这文章发表后，她又来电话：“黄老师，不得了啊！许多读者来信来电，要求您继续写下去。您务必每周发一篇有关岭南文化的短

二〇一六年四月，作者在审校《全明戏曲》整理稿

文给我！”我犯难了，我正在忙于《全明戏曲》的工作，哪有工夫顾及其他，当然便拒绝了。但经不起她一磨再磨。再一想，天天对着线装书和工具书，翻来捡去，实在也累得发慌。如果写些记叙略带抒情性的短文，换换脑筋，也未尝不好。又一想，刚刚读过屈大均的《广东新语》，他不也是在百忙中，随手把所见所闻记录成书的吗？几经踌躇，便答允了。

从此，每到周六晚上，我在散步后便躲进办公室，写了文章，即从电脑发给责编。这一来，等到每周的周三，便有一篇有关岭南风物文化的短文，在《广州日报》上发表。编辑部还将我的连载文章，搞成了《生猛广州·淡定广州》的专栏。在每期文章的下面，选登几条读者的看法，作为互动。这一来，我这专栏，更引发读者的兴趣。当时，《广州日报》每天销售一百多万份，读者极多，有很大的影响力，因此，许多市民对我的专栏很感兴趣。在校园里碰到一些同事，或到市场里买鱼遇见混熟的卖鱼佬，常会问我：“黄教授，下一期写什么？”有一回，我的妹妹要买蜂蜜，店主正在看周三出版的《广州日报》，闲聊几句，店主指着我在当天登载的专栏问她：“看过这专栏吗？好好睇（看）呀！”妹妹说：“这是我哥写的。”店主一听，颇为高兴，竟对她另眼相看，给予原价九折优待。

看来，我在屈大均《广东新语》的启发下，通俗地把文史知识，以随笔的方式传播，竟能服务于大众，受到欢迎。这专栏连载近一年半，约八十篇。花城出版社于二〇一四年即把拙文结集出版，计有二十五万字，就取名为《岭南新语》，把我在专栏的文章用类似《广东新语》的做法，分为“岁时”“城垣”“食俗”“粤韵”“市声”等项。出版后，广州市教育局把它列为中小学生阅读教材，让青少年了解和热爱乡土文化。二〇一七年，该书获得广东省的通俗读物一等奖。这一本书，连同我在二〇一二年出版的《岭南感旧》，实际上是我对岭南文化所作的比较全面的思考和研究。

习近平同志说：“让城市留住记忆，让人们记住乡愁。”这些年，我把在学院中获得的文史知识，或写碑文，或写随笔性文章，从家国情怀出发，希望能留住乡愁。这对我来说，也算是从“学院派”直接跨向社会的一步，找到了我自己作为“学院派”的文史工作者，如何更“接地气”的途径。

上面所说的小故事，都是在我参加文史馆后，偶然碰上机会发生的，但也确与我长期思考在象牙之塔从事文史整理研究的工作者，如何进一步“古为今用”，如何为了人民大众，发挥所长克服所短的想法有关。如今，我虽进入耄耋之年，幸尚顽健，希望能贾其余勇，为社会主义的文化事业，多做一点工作。

白云山高　珠江水长

——记中大校歌、校徽的修改和产生

每当学校有重要集会和校友聚会时，都会齐唱《中山大学校歌》。有些老师和同学，还会在衣襟上别上校徽。这校徽，更会在学校的证书或奖状上出现。

校歌和校徽，是一个学校精神和传统的集中体现，是学校办学理念的概括，是师生们对精神家园的认同，它凝聚着师生对母校挚爱的感情。因此，每当我们高唱校歌时，总会豪情满怀。毕业离校的校友，唱起校歌，往往会热泪盈眶，想起在校园里度过的青春岁月，想起孙中山先生所题的校训，想起围着惺亭的杜鹃花，想起柯麟院长“医病医身医生，救人救国救世”的格言，想起第一次拿起柳叶刀，想起珠海校区那长得吓人的教学楼……于是，我们会轻轻抚摩别在襟前的校徽，感受到母校留在心头上的温暖。

我在一九五二年考进中山大学中文系学习，一九五六年毕业留校任教，长期工作、生活在校园里，几十年来，目睹母校在不同时期的发展和变化；作为文科教师，也有幸参与和见证母校的一些文化建设工作。光阴荏苒，岁月如梭，但许多事情，特别是参与校歌、校徽修改等重大文化活动的过程，依然历历在目。

在一九四九年新中国成立之前，老中山大学是有一首校歌的。这首校歌，在一九二四年中山大学成立时产生；它由第一任校长邹鲁作词，由音乐教育家陈洪谱曲。

陈洪生于一九〇七年，和著名音乐家马思聪同是广东海丰人，他们还一起在广州创立音乐学校。原中山大学的校歌，正是他在赴西欧音乐学院深造前，应中大之邀谱成的作品。抗日战争期间，他谱写过许多抗战歌曲；新中国成立后，还谱写过《教师颂》《春风桃李》等作品，以及创作、翻译过大量音乐理论的论著，被公认为我国高等音乐教育的开拓者。他曾任南京师范大学音乐学院教授、院长，二〇〇二年逝世。由于他长期居住于华东，广东人对这位老乡反而不太熟悉，更不知道他在早年，就为华南的最高学府中山大学谱写了一首被莘莘学子传唱的校歌。

从一九四九年到二十世纪八十年代初的三十多年岁月里，大陆的高等院校师生集会时，唱的是《中华人民共和国国歌》和《国际歌》，其中“文革”期间，就唱《东方红》和《大海航行靠舵手》之类。老实说，那时根本没有唱奏校歌的念头，我也不知道原来中山大学有过校歌。直到一九八四年，为庆祝六十周年校庆，学校在英东体育馆东南边的足球场举行大型晚会，组织了八百名师生的合唱团，还邀请了作为当年国庆节天安门广场前九个乐队方阵之一的罗浮山某驻军的铜管乐队前来伴奏。乐队原来的指挥认为，堂堂大学的合唱团没有自己的指挥不太合适，学校有关方面知道我常在校、系合唱队中担任指挥，便让我上阵。军乐队的指挥演奏过师生入场式的欢迎曲和国歌后，便把指挥棒交给了我，我指挥的八百人大型合唱作为压轴演出，唱的是《在希望的田野上》和《歌唱祖国》，气势虽然磅礴，但毕竟不是中大校歌，甚至还未意识到要唱校歌的问题。

中大六十周年校庆时，作者指挥合唱团

在一九八六年九月左右，原岭南大学的校友从世界各地赶来广州，在康乐园的梁銶琚堂举行隆重的校友大会。一九五二年院系调整时，新的中山大学是原在广州石牌校区的老中大文、理科与原在康乐园的岭南大学文、理科合并而成，校址就设在原属岭大的康乐园，因此，当岭大老校友回康乐园举行校友大会时，中大的校、系领导便作为嘉宾被邀请参加，当时我作为中文系主任，也很荣幸地应邀赴会。

那一天下午四时左右，当我们这些嘉宾在梁銶琚堂前面几排就座时，我回头一看，背后几排的座位却是空着的。正觉奇怪间，忽然梁銶琚堂后边的两扇大门一下子打开，只见岭南大学一百多名校友一个跟着一个列队进场。他们襟前别着岭大校徽，举着红灰色的岭大校旗，并且各级各班又举起绣着不同颜色图案的“社旗”，齐步走到舞台前面。队伍中还有不少是七八十岁甚至是九十多岁的老校友，一个个气宇轩昂，精神抖擞。

大会开始，全体起立，在奏唱国歌后，全体岭大校友便高唱岭南大学的校歌：

平原广阔，瞭近目前，江水流其间。
群邱远绕，恒为障护，奋前莫畏难。
母校屹立，风波不摇，佳气承远方。
……

让我们这些嘉宾震惊的是，岭大校友一个个放声歌唱，不少人还眼含热泪。岭大校友爱校的真挚情怀，和校歌产生了不可思议的凝聚力量，让我们心灵震撼，感动不已。

会后我们几位系主任，像吴兹潜、黄进、陈胜粦教授等聚在一起，议论纷纷，都佩服岭大校友对母校的深情，尤其懂得了唱校歌的重大作用，懂得校歌、校徽所产生的凝聚力。有人问，原来的中山大学有过校歌吗？这一下我们都愣住了，因为当时绝大部分的校领导和系主任，多是在一九四九年以后才毕业的，都不知道过去是否有过中大校歌。我瞥见黄焕秋老校长正陪着客人走过来，便一个箭步走到他面前向他请教。焕秋老校长是老中大学生，他说老中大原来是有校歌的。第二天，我出于好奇跑到图书馆找寻有关资料，果然发现了邹鲁作词、陈洪谱曲的《中山大学校歌》。当时，看了就看了，只作为增加自己对校史的知识而已，并没有继续想下去。

在这一段时间，学校的中层干部，包括仍留在新中大工作的原岭大师友，也常提及岭大的校歌。到一九八八年，中山大学岭南学院成立，学院的“院歌”，用的就是《岭南大学校歌》。这一来，如何创作中山大学的校歌，制定校徽，便逐渐被提到日程上来。

一九九一年曾汉民教授接任中山大学校长。为筹备一九九四年校庆七十周年纪念活动，学校领导决定制定《中山大学校歌》、校徽、校旗，以及研究校训的安置地点。为此，学校在一九九三年秋天组织了几位了解中大的老教授，研究如何处理上述几项事宜。

记得那时天气尚暖，有一天，我忽然接到校长办公室的通知，命我上午九时到英东体育馆的贵宾室开会。当时，我还不晓得体育馆还有贵宾室，找了半天，原来它设在馆侧小楼的楼上。进门一看，与会者都到了。在座的有刘嵘教授、夏书章教授、何肇发教授、王宗炎教授、李锦全教授、校长办公室黄淑伟主任，加上我一共七人。教授中，除比我大几岁、常被我戏称为“李锦记”的李锦全师兄外，其他几位全是老中大的文科老教授，也全是我的老师辈，刘、夏两位还各给我上过一个学期的课哩！我赶紧坐下，回头一看，原来还有校办副主任张文彪在一旁帮助张罗。

会议由淑伟主持，他简略介绍了校长的想法，然后请教授们发表意见。由于有了思想准备，大家也畅所欲言。

关于校训的问题，比较容易解决。有老师说，孙中山所题的校训，语出《礼记》，原句“博学之，审问之……”几句都有“之”字，有些兄弟院校，便采用《礼记》原句为校训。但我们一致认为，中山先生当时只写了十个字，都不带“之”字，不必更动。大家又决定，现在学校以南校门为正门（不同于岭南大学以北门为正门），因此，校训应安排在怀士堂后面朝着南门方向的地方；校训也应按中山先生手迹复制，只作少许润饰。可是，当交由某书法家摹写时，他却加进自己的一些笔意，这反显不出原来手迹的苍劲。

关于校旗，问题也比较简单。当时，许多兄弟院校的校旗，多是白底红字或黑字。但大家认为，康乐园的绿树草坪最有特色。于是，大家一致决定以绿色来书写校名。

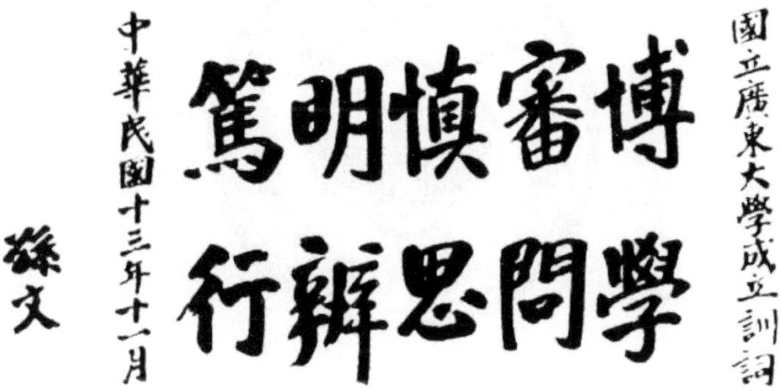

孙中山先生题写的校训

对校徽的讨论，倒费些斟酌。在新中国成立之初，各院校师生都是要佩戴校徽的，师生们都以佩戴校徽为荣。当时的校徽也都是长方形的小牌牌，写上校名，简单得很。中大学生所用的校徽，白底红字，而教师职工的校徽，则是红底白字，字迹则均用“仿毛体”。记得我在考上大学时，胸前戴上白色的校徽招摇过市，得意得很，生怕路人不知道我是中山大学的学生，觉得他们也似乎带着羡慕的目光瞥看我胸前的小牌牌。等到毕业后留校当助教，换上了红牌牌，又自觉多了几分庄重感。不过到了“文革”时期，知识分子被视为“臭老九”，戴上了校徽反觉低人一等，这时，师生们都没有戴校徽了。等到打倒了“四人帮”，知识分子扬眉吐气，有人又重新佩戴校徽。不过过了一段时间，不知是什么缘因，佩戴校徽者越来越少，唯有我们最尊敬的老校长黄焕秋教授，一直把校徽戴在胸前。

在纪念校庆七十周年校领导决定制定校徽的时候，采取什么方案呢？与会的老教授展开了讨论。大家都认为校徽应有自己学校的特色：中山大学已经有了七十年的历史，应该重点突

中山大学校徽

出我校悠久的历史传统。经过研究，大家认为校徽以圆形为宜，应把最早校址亦即老中大的发源地“大钟楼”（在今广州市文明路）作为校徽图案的主体部分，至于如何设计、绘图，就委托团委青年美术家姚友毅老师负责。

姚老师很有才华，他在圆形校徽的中央部分，绘上海棠形花瓣图案，而在花瓣中心，画上了大钟楼的轮廓，下方有“1924”四个数字，说明中大成立的时间；楼的左右两侧下方，又各有两片绿叶，象征现在的中大校园，是在康乐园绿树环抱之中；圆形校徽的内侧，分别以中、英文写上校名。

记得小姚老师在初稿绘成后，到我家征求我的意见。我一看，非常高兴，觉得他很能领会老师们的意图，特别欣赏他采用海棠花形的图案。因为在广州市，老传统的房屋设计，多采用这海棠式图案的“满洲窗”；从窗口望过去，大钟楼矗立，很具地方特色。当时，我也提出一些想法，例如可以减少大钟楼下边小门；把两侧的绿叶加宽，叶的底部向楼下长廊的横线靠拢，把大钟楼图形的垂直线和底部长廊的横线有意识地与两侧的绿叶连接起来，让人感觉到整个图案寄寓着“中山”两字的字形，似乎更具意趣。这些意见，提供给小姚，请他参考。

那天会议，当议论到校歌的修改时，就麻烦大了。在座的老教授和锦全兄，全都唱过民国时代的中大校歌，而我则是一九五二年才考进中大的，虽然看过一些资料，也约略知道歌词的内容，却未认真唱过。记得当黄淑伟主任提出校歌应该怎样修改时，贵宾室一下子静了下来，老师们显然都在思考，或者低声地交头接耳。

过了一会，大家都觉得，原校歌的曲谱应该保留，歌词则非改不可。至于怎样改，虽然你一言，我一语，但觉得这也不是，那也不是，不知以什么作为新校歌词的主题为宜。我也左思右想，无计可施。

就在议论纷纷、莫衷一是的时候，夏书章老师忽然提出："就把校训放进去如何？"大家一听，豁然开朗，都认为这最合适不过。于是刘嵘老师便说："主题确定了，至于怎样修改，由天骥执笔。"我没有思想准备，一时作声不得。何肇发老师觉得我有些犹豫，就来凑热闹地说："你会指挥唱歌，会写诗词，就你最合适。"我还未回应，夏老师站起来说："校歌里放进校训，由天骥负责执笔，就这样定了！"刘、夏两位老师，都是前任副校长，他们一锤定音，我只能遵命。刘嵘老师叫我写好后就直接交给淑伟，由他送上曾汉民校长定夺就行。

这议题确定了，会议便宣布结束。

过了两天，我在心境稍为宁静的时候，便遵照大家议定修改校歌的方案，一个人躲在书房里开始思考，并把民国时代的原校歌找来，仔细阅读。它原来的歌词是：

白云山高，珠江水长。吾校矗立，蔚为国光。
国父手创，遗泽余芳。三民主义，仪型四方。
民国基础，大同梯航。莘莘学子，济济一堂。

学以致用，不息自强。发扬光大，贯彻主张。
懿欤勉旃，勿堕勿忘。

我知道，作曲家一般是按词作曲的。如果要揣摩一首歌曲所要表达的思想感情，反过来首先研究乐曲的旋律和节奏是很有帮助的。因此我先把原校歌的曲哼了几遍，注意到它的主旋律多是在一个小节中，以一拍和一个音符谱唱一个字，而且主旋律出现的乐句音高没有超过八度，这说明，作曲者了解到作词者希望校歌要表现出庄重而明朗的情调。我又想到，在二十世纪二三十年代初期，团体性的歌曲多有类似的写法，它是那一个时代精神的体现；直到全面抗日战争时期，歌曲才出现激烈变化的旋律和快速的节奏。

当对原校歌的风格有所了解后，我便进一步研究邹鲁校长作词的构思。很清楚，这是一首四言诗，诗中首先表达对孙中山先生创建中山大学的敬意；跟着，歌词的主体则是歌颂孙中山“三民主义”学说；最后强调学生要学习、执行并把“三民主义”的精神发扬光大。这歌词，政治性很强，它是符合那一个时代政治需要的产物。

在社会主义时代，中山大学的校歌，自然需要符合新的时代需要。作为社会主义的大学，以孙中山题写的校训作为校歌的主体，既呼应孙中山的思想，也更符合作为高等院校需要肩负教书育人注重德才兼备的任务，因此，以孙中山先生题写的校训作为我校校歌的主体思想，这非常合适。至于歌词结构，可以参考邹鲁校长的安排，进一步提高。

首先，原校歌的前四句，即第一乐句完全不用改动，这很好办。但是，第五句“国父手创”如何修改，我有些踌躇了。当然，把孙中山先生称为“国父”，是国民政府时代的提法。中华人民共和国成立后，把歌词中“国父”一词改为“中山”，是合适的。但是，原词作“手创”，却不如改为“首创”为好，因为这既更符合历史事实，也已包含了中山先生亲手建立的意味，加上“手”“首”同音，因此，我决定把“国父手创”改为“中山首创”。

记得当时在哼唱这句时，忽然又有些疑虑了。按照作曲的原则，这一小节的旋律是｜ $\underset{\cdot}{5}$ 1 1 · $\underline{2}$ ｜，而在普通话中，“国”是阳平声，“父”是去声，这词组的声调是从上往下降，但当唱这句时，“国父”一词，乐音反而是由下往上升。我想，陈洪先生总不会不考虑曲与词声调匹配的问题吧。如果我们改为“中山”，按普通话，“中山”两字都是响亮的阴平声，和曲谱更不配合。当时，我曾想过是否陈先生有所疏忽了，后来再细看伴奏谱，才恍然大悟，原来陈先生使用了3和高音$\dot{1}$的和声，这就把“国父”两字语音和乐首的不匹配中和了，那么我把这词改为“中山”，在语音设置上，唱起来也不成问题了。

从作为原校歌主体思想的第五句开始，以下几句是我们必须修改的。我们决定把校训作为校歌的主题，在主旋律展开的这一位置上切入，最为合适。但是，问题来了。我一看原歌词，它以四言诗的形式写成，需要隔句押韵，押的同是平水韵的“七阳”部。这一来，当把校训作为歌词，歌曲的第八小节也必须押韵。但是，如果按曲谱写进校训，第七小节为“博学审问”，第八小节接着把歌词写为“慎思明辨”，那是不行的，因为“辨”字是仄声，不与平声的“七阳”韵相押，唱起来很不舒服，而且，第八小节刚好是这乐句的结束，作曲者也用了两拍让它的节奏延长，表示语气告一段落，如果我在这里不采用能押上韵的字，就显得十分别扭。

如何解决这难题？想来想去，唯一的办法，只能在“慎思”两字的后面，搭配和它意思有所联系而且又是押韵的词语。最初，我想用“慎思勿妄”，这“妄”字好懂，但一想，也不妥，因为《礼记》的“审问”一词已经有了要有审视、询问的目光和要敢于怀疑的意思，如用“勿妄”，容易让人理解为不敢独立思考，这更不妥。而且，“勿”字发音双唇闭合，唱起来也不容易。再三思量，实在无计可施，只好放下。一看时钟，已近下午五点，我便索性骑上自行车直奔游泳池。

谁知游了两三百米，被冷水泡过的头脑忽然清醒，涌出了“不罔”一词。我立刻靠在池边想了想，“不罔”是不被蒙蔽的意思，虽然它在现代汉语中较少出现，但校歌的歌词属浅近的文言文，出现个别比较生僻的词藻，也是容许的。而且“不”字虽是双唇闭合后的不送气音，却容易唱出；“罔”字属上声，在诗词韵中，与“七阳”韵可以通押，这就解决了在第八小节需要押韵的问题。再一想，“不罔”，不受蒙蔽，与下文即出现的“明辨”一词有所联系；由“不罔”过渡到第九小节，虽略嫌重复，却也较自然。这时，我立刻爬出泳池，赶紧回家把“慎思不罔”写定。

这难题解决了，下面就好办了。紧接在叙列校训的词语之后，便应总括中山先生题写校训的意义，那就是要求学生都成为国家的栋梁之材，于是“为国栋梁”一句，顺势而出，这比邹鲁校长泛谈“三民主义”的意义，更符合大学各个学科需要培养各类精英人才的目标。有了这一句，下面“莘莘学子，济济一堂。学以致用，不息自强。发扬光大，贯彻主张”等六句，都可按原词不动。由于我在前面写了中山大学校训，写了要牢记校训的目的在于“为国栋梁”，那么所谓“发扬光大，贯彻主张”的意义，就不同于邹鲁所写歌词的性质，而是具有另外一种思想内涵。

原校歌的最后两句，则是非改不可的。邹鲁校长所写的“懿欤勉旃”一句，属一般性的赞美词，是“美好啊，努力

中山大学校歌

啊”的意思。“欤”和“旃”（音zhān，“之焉”的合音）都是古汉语的语助词。这一句，词义泛泛，深奥生僻。在二十世纪初期，团体性的歌词，往往有使用古汉语来“掉书袋”以示作词者学问高深的习惯，现代人唱起来则会莫名其妙。而且，这乐句采用｜ 5 4 3· 2̲ ｜逐步下行的旋律，也具有展现全曲即将完满结束的意味。因此，我觉得，与之相应的歌词，应该明确地和鲜明地突出中大师生恪守校训的意义。

在“文革”以后，我国人民一直响亮地提出“振兴中华”的口号，这是时代精神的最强音。想到这里，我毫不犹豫就写上“振兴中华，永志勿忘”作为校歌的结句。于是，新校歌与原校歌的意义，也就完全不同。它的全文成为：

白云山高，珠江水长。吾校矗立，蔚为国光。
中山首创，遗泽余芳。博学审问，慎思不罔。
明辨笃行，为国栋梁。莘莘学子，济济一堂。
学以致用，不息自强。发扬光大，贯彻主张。
振兴中华，永志勿忘。

修改完毕，我把新校歌反复唱了几次，觉得歌词与旋律结合没有问题，把校训写了进去，更符合作为高等学府的性质；歌词结构的安排，也比原来更为贴切，更具层次感。这才长吁一口气，放下了笔杆，顿觉满怀舒畅。一看时钟，已是晚上九点。记得那天，我也忘了吃晚饭，却没有一丝饿意。回想起来，也真有趣。在校歌歌词中，我只更改了几句几字，却费了大半天工夫，才能落实集体讨论的成果。那是由于校歌意义重大，牵一发而动全身，不能不反复推敲，慎之又慎。

又过了两三天，我等自己的情绪冷却了，把新的校歌连词带曲再哼几遍，这才正式交给淑伟，算是完成了老师们交付执笔修改的任务。不久，经校领导批准，新的中山大学校歌宣布诞生。

中山大学的文化传统，是一代又一代的师生共同积累传承，从而形成了作为百年名校的特色。在校党委的领导下，我有幸参与有助于学校精神文明建设的工作，这是很有意义并且值得回忆的事。

重阳佳节倍思亲

——从一本拙著的出版谈起

重阳节到了，现在广州的青年朋友，往往会爬上白云山，登高“转运”。但上了年纪的老广州人，由于祖先墓地多在近郊山坡，则把登高和扫墓结合起来。近世推行火葬，先人的骨灰盒，多放置在银河公墓或俗称“大烟囱”的骨灰楼里，许多广州人便在重阳佳节，到那里祭祀祖先。所以，每到重阳，燕岭路一带，便堵得水泄不通。广州人在重阳思亲之诚的景象，恐怕在其他地方不容易见到吧！

重阳节，我也会和亲属前往存放祖先骨灰的地方，虔诚祭扫。墓园里烟光氤氲，近两年，管理部门虽然提倡不焚烧冥镪，可是，香烛的烟气，依然漫天袅绕。我们首先租占祭桌，摆上祭品，点上香烛，到骨灰存贮楼，捧出先人的骨灰盒，放在祭桌上。我总是把盒子仔细拂拭，也会轻轻地打开它，一面观察盒里骨片的颜色，一面忆想父母生前的容颜。然后，晚辈依次鞠躬致祭。我在烟光明灭中寄托哀思，往往会联想到自己写成的第一本论著，关系到我一生学术生涯的过程。无尽的怀念，以及对一个人成长经历的体悟，总在脑海中反复萦回，挥之不去。

“每逢佳节倍思亲”，而我所思的“亲”，不仅是父母，也包括培育我成长的先师和前辈学者。

我的母亲在我三岁时就去世了，那时她才二十五岁。过了几年，因躲避日寇，我的父亲领着我和妹妹逃难到了澳门。一九四二年，澳门霍乱大流行，父亲不幸染病，战乱中缺医缺药，两天后即告不治。那时他也才三十一岁。

先父在全面抗日战争前，就从中山大学中文系毕业。父亲在世时，买有不少书籍，包括《唐诗三百首》、鲁迅翻译的厨川白村的《苦闷的象征》和整套《十三经注疏》等等，足足放满了三四个书橱。小时候，我会拿出这些书乱翻，祖父也要我背诵一些唐诗宋词。可是，中文系毕业的父亲，除了给我留下不少书籍，对我并没有任何影响。因为他去世过早，我也只能在旧照片中看到他的容貌，从亲友对他的叙说中，想象他的言行举止。

我从初中开始，就在广州南海中学寄宿，一九五二年考进中山大学中文系，入住康乐园。留校工作，也在校园里成家，一般只是到了星期天，才回到西关的老家省视。“文革”时，形势严峻，“大破四旧”后，紧接着又和学生们下乡下厂，接受工农兵的“再教育”，更是没有回到老家看望的机会。

在一九六六年，有一天，我抓紧时间，回到老家看望妹妹，发现家中狼藉得很。妹妹告诉我，前一段红卫兵来“破四旧”，抄捡了不少旧物，连父亲留下的书籍也都搬走了。我对失去其他东西并不在意，但书籍对我有用，便赶紧察看几个留下的书橱。只见里面空空如也，连版本珍贵的《十三经注疏》，也被“破四旧”者作为“四旧”搬走。我望着几个空空荡荡的书橱，实在伤心惆怅，但也无可奈何，只有用手掌在它里里外外，四处抚摸，缅怀父亲，也痛惜失去父亲遗下的书籍。

忽然，在一个书橱的内侧，我摸到了一本书。可能是这书紧靠书橱竖着，封底的颜色，和橱内木质相似，抄家者匆忙间

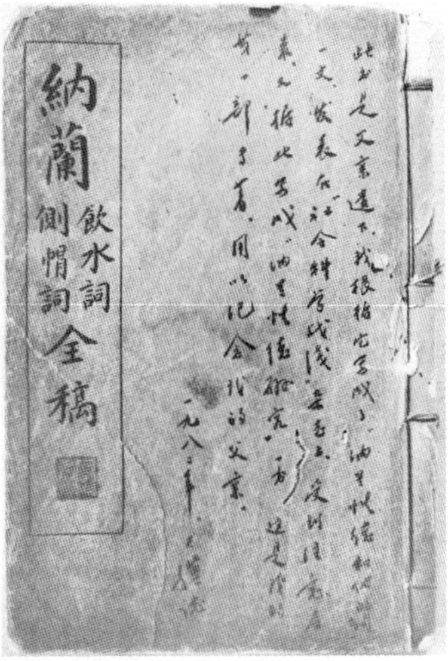

作者父亲遗下的《纳兰饮水词、侧帽词全稿》，封面右侧是作者的书跋手迹

没有发现。我赶紧把书掏出来一看，原来是清代词人纳兰性德的《纳兰饮水词、侧帽词全稿》。我赶紧把它放在袋子里，带回康乐园收好，留作对父亲永恒的纪念。谁知道这劫后余灰，竟成为我学术生涯的转折点。后来，就是因为有了这一本书，促成我对纳兰性德的研究，写成并出版了自己的第一本论著《纳兰性德和他的词》。而我“暴得大名”，又和另一篇论文刊出的周折有关。

打倒“四人帮”后，改革开放，万象昭苏。在文化艺术和学术领域，开始改变八年只有八个样板戏和一本小说的局面。各地的出版社和杂志社，或复办，或新创，出现了百花齐放、百家争鸣的气象。当时在东北长春，《社会科学战线》杂志横空出世，该刊每期刊载的学术论文，涵盖了社会科学的各个领域，论文的质量也颇高。这本以“多而杂”为特点的刊物，异军突起，吸引了学术界的注意。一九七九年秋天，该杂志的主编写信给我的老师王季思教授，约请他撰写一篇评论《桃花扇》的论文。

《桃花扇》是我国古代四大名剧之一，“文革”前，王季思老师在人民文学出版社校注出版了《桃花扇》，产生过广泛的影响。在“文革”前夕，“左”风渐炽，学坛上出现否定《桃花扇》及其作者孔尚任的风气。“文革”结束，需要拨乱反正，《社会科学战线》向戏曲研究权威王季思老师约稿，这很自然，王老师也很爽快地答应了。

在一九七九年夏末，有一天，王老师忽然把我叫到他家里去，告诉我关于杂志约稿的事，他说：“你在大四的毕业论文，写的是《桃花扇》问题，论文答辩时，三位委员董每戡、詹安泰教授和我，一致评为优秀，后来论文也发表了。因此《社会科学战线》约稿，你先写初稿，我再修改补充，然后联名发表。”我知道这是老师提携后学的心意，欣然从命，便回家对《桃花扇》潜心探讨。

谁知过了三个月，我还没有送稿给他审看。他有点急了，他知道我熟悉《桃花扇》，而且从来写作速度也不算慢，怎么会迟迟不能写出？后来我把论文初稿呈上，过了两三天，王老师又叫我到他家里，告诉我，他仔细看了论文了，写得很好，超过他对《桃花扇》的理解，因此他完全没有改动，这文章不联名发表了，就单署我的名字。我当然不同意，说：“杂志是特邀老师写的，老师怎能不署名？”他却说：“论文完全是你的思路，我不能掠美，已经只署上你的名字，让海燕（王师母）寄出了，通信地址就写中文系办公室。”既如此，我反对也没有用，只好从命。从这件事，我感受到了老师一心培育后进的高贵品德。

大概过了三个星期，王老师和师母忽然到了我家，兴冲冲地对我说，《社会科学战线》的主编给他复信，对论文评价很高，刊载已不成问题。接着，他把信交给我看，那是用毛笔字书写的信，整整写满四页信笺。我看到信中对我写的文章大大肯定，有些话甚至说得很过头；信中还有祝贺王老师能够把学生培养成才之类的话。我看了，交回给王老师。当然我也暗暗高兴，以为鸿鹄将至，就静等论文发表吧！

又过了一个月，我在中文系办公室收到一个用大信封寄来的邮件，打开一看，原来是那篇《桃花扇》论文的退稿。我心想，编者怎么对王老师说得天花乱坠，却又把原稿退回给我呢？这岂不是有心作弄人吗？！一气之下，便把退稿的大信封翻转过来，用糨糊粘好，放入稿子，贴上邮票，随手便寄给当时全国文学评论界最具权威的刊物——《文学评论》。这事情，我没有告诉王老师，免得引起老人家的不愉快。岂料只过了两个月，我写的《孔尚任与〈桃花扇〉》即登载在《文学评论》一九八〇年第一期上。老实说，当年副教授工资不高，我没有订阅期刊。论文在《文学评论》发表后，倒是王老师先看到了，他把我叫到他家，问我这是怎么一回事。我只好和盘托出。王老师笑了笑，说道："《文学评论》识货，在全国影响更大，你反占了便宜了！"接着，他还叫师母斟了两小杯绍兴黄酒，和我碰一下杯，表示祝贺。后来才听说，原准备发表拙作的《社会科学战线》主编忽然急调进京，继任者发觉该刊的前两期已经发表过有关《桃花扇》的文章，不想论题重复，所以退稿。这也无可厚非。

就在一九八〇年夏初，我忽然接到《社会科学战线》毕万忱先生来信，邀请王季思老师和我到长春参加中国古典文学研究座谈会。我知道，王老师年纪大了，需要有人照顾，所以也邀我参加，我当然从命。到了会上，一看，该刊邀请了十位来宾，除我叨陪末座以外，九位都是名高望重的前辈大家，如程千帆、郭预衡、杨公骥、张松如、吴调公教授等。他们的著作，都是我求学时的必读书。我很感谢《社会科学战线》给我亲聆诸位前辈老师教诲的机会。会议结束后，毕万忱先生一再嘱我给他们的刊物奉稿，我也希望有向东北学者求教的机会。当时，我的学习兴趣已转向清代诗词，考虑到清代著名词人纳兰性德是东北的满族人，而且我家里就有先父遗下的《纳兰饮水词、侧帽词全稿》，便和毕先生确定了这一选题。这论文在一九八一年写成奉交，随即刊登在《社会科学战线》一九八二年第一期上。

就在该论文面世不久，有一天，在广东人民出版社工作的校友，忽然领着一位年近七十的老人来访。当时我家住在三楼，没有电梯，这位老人爬着楼梯上来，显然有点气喘。一经介绍，我大吃一惊，原来是名重一时的广东人民出版社社长杨重华先生，我知道他是革命前辈，又是早年毕业于中山大学教育学院的老学长。甫坐下，他便开门见山地说："天骥，我今天是特别来向您约书稿的。我刚看过你在《社会科学战线》发表的论文，很不错。你就按这篇论文的观点和结构，写成一本论著，书名就叫《纳兰性德和他的词》，一年后交稿。"我又惊又喜，当时就想，年迈的老社长，其实只须托人带个口信就可以了，但老人家竟屈尊来寒舍，让我十分感动。

我对清代历史文化环境和纳兰词稍为熟识，就在任课之余，抓紧钻研，用了大半年工夫，便完稿了。记得那年暑假，因要写纳兰性德的"交游考"，中文系资料室资料不足，便整天泡在历史系的资料室查阅典籍。这一章字数不多，却花费了大量的时间。那年特别炎热，资料室没有空调，空气也不流通，甫坐下，便汗流浃背。完稿后，我立即送交出版社，并斗胆请杨老赐序，他也慨然允诺。

拙著在一九八三年出版，据说产生了较大的影响，出版社也一版再版。这原因其实很简单，因为从前文坛非常看重纳兰性德，人们甚至把他看成是李后主的后身，在词学史上具有崇高的地位。可是，一九四九年后，他名声泯灭。记得新中国成立之初，上海某出版社编印了一本《纳兰词》，不久就有人大张挞伐。此无他，因为纳兰是清代大权臣、大贪官明珠的儿子，又充当被皇帝宠幸的御前一等侍卫。而且，他的词作多写爱情、悼亡，情调缠绵凄楚。在强调阶级斗争“日日讲”“天天讲”的年代，谁也不敢去碰他。“文革”结束，改革开放，人们对爱情、友情以及社会的复杂性和人性，有所认识；对作家内心的矛盾，也注意不作简单化的理解。特别是不少青年朋友情窦初开，而对前景又颇迷惘。拙著的出版，适逢其时，于是掀起了不大不小的“纳兰热”。到现在，人们对纳兰性德的兴趣，似乎还没有消退。

《纳兰性德和他的词》一书，近期出版社又将重版，在重阳佳节临近的时候，我打开自己的第一本著作，思前想后，领悟了人生的许多教益。

当初，我拿回幸存的《纳兰饮水词、侧帽词全稿》后，只把它收藏在书架上。等到答应给《社会科学战线》撰写有关纳兰的论文时，才把父亲遗下的这本书找出来细读。在书里，发觉先父没有留下一个字，却在一些词牌上方，用铅笔画了一个圆圈。我细看那些画了圈的词，全是纳兰的悼亡词。我恍然大悟，原来父亲买这本书，是为了寄托对我母亲的哀思。我读着这些词，想着父母之间的爱，也萌发思亲之感，不禁泫然欲涕。当然，为了研究纳兰词，我只能收拾思绪，反复阅读。一边读，一边随手在书上用红色圆珠笔记下自己的心得。后来，拙著出版，有人也看到了我父亲遗下的本子，以为上面的批注是我父亲写的，以为我“剽窃”父亲的“心得”而又不作说明，起码有“不孝”之嫌。

其实，只须细看，书上的批注全是我的手迹，用的也是简体字。而在先父生活的年代，根本不存在使用简体字的可能。想到诮谤者的疏忽，也只好付之一笑。不过，我倒真希望父亲

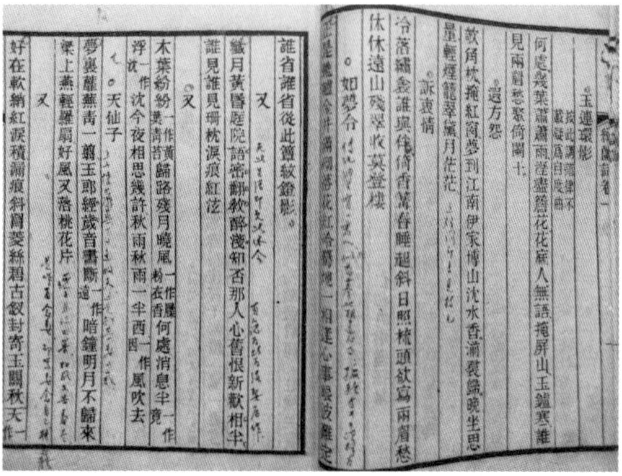
飲水詞卷一

玉連環影

按此調舊譜不載疑爲自度曲

何處幾葉蕭蕭雨溼盡簷花花底人無語掩屏山玉鑪寒誰見兩眉愁聚倚闌干

遐方怨

欹角枕掩紅窗夢到江南伊家博山沈水香湔裙歸晚坐思量輕煙籠翠黛月茫茫

訴衷情

冷落繡衾誰與伴倚香篝春睡起斜日照梳頭欲寫兩眉愁休休遠山殘翠收莫登樓

如夢令

正是轆轤金井滿砌落花紅冷驀地一相逢心事眼波難定誰省誰省從此簟紋燈影

又

纖月黃昏庭院語密翻教醉淺知否那人心舊恨新歡相半誰見誰見珊枕淚痕紅泫

又

木葉紛紛一作黃歸路殘月曉風一作風何處消息半一作竟浮沈一作今夜相思幾許秋雨秋雨一半西風一作西風吹去

天仙子

夢裏蘼蕪青一翦玉郎經歲音書斷一作遠暗鐘明月不歸來梁上燕輕羅扇好風又落桃花片

又

好在軟綃紅淚積漏痕斜罥菱絲碧古釵封寄玉關秋天一作

作者对纳兰词作的批注

在书上留下批注，哪怕是一点一滴，也能让我知道二十世纪三十年代的读书人对纳兰词的看法，这也许会使拙著写得深刻一些。可惜，不知先父为什么一个字也没有写。抚今追昔，思亲之情倍增。

再想下去，许多培育和提携我成长的老师和学界前辈，不也都是我应该思念的亲人吗？不错，父母给我血统的承传；而学术前辈，给我的是师德以及为国育材、扶持后辈的良好品德承传。从第一本拙著成书的周折过程中，可以看到，老师们和编辑们不知花费了多少心血！从王老师对《桃花扇》论文的不署名，《文学评论》对论文的迅速刊发，促成《社会科学战线》约写有关纳兰的论文，再到杨重华社长的亲自督促，这才催成拙著的产生。记得先师王季思教授对我说过：“一本书、一篇论文的刊出，编辑同志有一半的劳绩。”言犹在耳，不敢忘怀。

如今，在重阳节到来的时候，我还能对着先父的骨殖拜祭，但是，王老师的骨灰远在温州；对我影响至大的董每戡、詹安泰以及杨重华等老师，也陆续仙逝。秋风瑟瑟井梧残，重阳佳节倍思亲。我只能对他们一一感恩，望空怀想。

思亲、感恩，是家国情怀的一个方面。希望从古以来中华文化的优良传统，能够永远承传下去。

清明节 思亲节

——记父亲

广州有一首童谣“摇摇摇，摇到外婆桥”，是说摇着小船，到外婆家去了。小时候，我跟着小朋友们歌唱，只是顺口溜，没有什么感觉。

但是，当我年纪稍大时，听到别的孩子唱起这首儿歌，我再唱不起来，心头上一阵隐痛，不期然想起了我的父亲。

如果父亲健在，到如今怕有一百多岁了吧。他去世时，我只有六七岁。我无法记得他的面影，甚至不能像朱自清先生那样，记得父亲的“背影”。

清明节，也叫思亲节。每年，我到安放父亲骨灰的场馆祭拜，捧出骨灰盒，小心翼翼放在拜桌上，拭去盒上的轻尘，妹妹们点上香烛，大家轻轻地揭开盖子，只见里面躺着一小片一小片的骨片，黄里带灰。这就是我的父亲吗？我凝视着它，竭力地想象着父亲的容颜，却无论如何也想不起，往往悲从中来，眼角润湿。

我妈妈去世，比爸爸更早。所以，我只能从爷爷或外婆的口中，知道父亲在全面抗日战争爆发前，就读于中山大学中文系。那时，有不少名家在中文系任教，像古代文学名家古直、

近代岭南词人陈洵先生

著名词人陈洵，都是我父亲的老师。陈洵先生住在广州西关逢源路逢源北街，与当年在石牌的中山大学，相距很远，每次上课，校方总派小车接送他往返。而我家，则在宝源正街，正好在陈家附近。凭着师生关系，当陈洵先生到中大上课时，父亲便乘"顺风车"，跟着陈老师前往石牌。

我听外婆说，我爸性急，一有空便躲在楼上读书。后来，我看到楼上的书架，确也放着不少书籍，像《三国演义》《十三经注疏》《杜诗镜铨》和厨川白村的《苦闷的象征》等。也许是我早年丧母，外公外婆对我特别怜爱，往往把我接到他们家里去住，而父亲又忙于学习，我和父亲实际上很少接触。他的照片，又没有留下，所以，父亲的面影，我完全记不清了。

一九三八年，日寇进攻华南，战机日夜轰炸，广州市区到处起火。在西关附近，有不少房屋倒塌。那时候，传闻日军即将登陆华南，一时人心惶惶，风声鹤唳；加以市政凌乱，盗贼横行。在广州沦陷的前夜，爷爷和外公决定，两家一起到澳门避难。先由我父亲和外公外婆等人，到澳门租好房子。随后爷爷带着我和妹妹、小姨，再在澳门会合。

我记不起当时是怎样离开家门的了，只记得跟着大人坐上黄包车，下了车，又走了一段路，到达一个叫泌冲的小村。我住在城市，从未到过农村，只见这里有几幢村舍、几株榕树，鸡啼犬吠，人迹罕见。我们走到村边，看到有一条宽宽的河。在河边，停泊着一条船。船上面有乌黑色的篷，船尾架着双桨。爷爷带着我们上了船。一会儿，两位船夫也上船了，他们拿着长长的竹竿，往岸上一撑，船就离开了岸。船夫又把竹竿提出水面，插向水里，奋力一撑，船头溅起了浪花，乌篷船就在河面上悠悠前进。

我在西关的家，离荔枝湾不远，我也常常到那里玩耍。荔枝湾的岸边，也停着几种小船。一种是船头船尾都是尖尖的，人们称之为“榄核”；一种则是船头尖船尾方的，人们称之为“螳尾（蜻蜓）”。这两种小船，多是让年轻人划着玩的。另外，还停泊着一种被称为“花艇”的船，船篷垂着缨络，挂着

一九三八年，侵华日军在海珠桥盘查市民

风铃，风过处，叮当作响。船舱里还会摆张小桌几，放着雅致的茶具。有时，荔枝湾也会出现装载货物的乌篷船，但都匆匆而过，我对这种船，也未有留意。

想不到，我第一次坐船，坐的就是这种乌篷船。两位船夫一前一后，前面的抡起竹竿，或左或右地撑，后面的一俯一仰，划着双桨。我很兴奋，和妹妹坐在舷旁，也把手伸进水里，一边拨着水，一边唱起上面说过的那首儿歌：

摇摇摇，
摇到外婆桥，
外婆叫我小宝宝，
问我妈妈好不好？
问我爸爸好不好？
我说：好！
外婆听了哈哈笑。

那时，我少不更事，不知道一家正是在逃难，只觉船儿摇摇晃晃，岸边的树慢慢地往后退，十分有趣。这一来，连近日敌机来袭，在头上嗡嗡作响，晚上警报一响，灯火管制，乌天黑地，人人噤若寒蝉，以及早上起来，被爷爷催着起床赶着上路的狼狈情景，都丢在脑后了。

不知不觉间，船靠岸了。船夫把竹竿竖着一插，和水面垂直，船身不再晃动，他们也跳下浅滩，扶着我们登岸。其后，爷爷领着我们又坐车，又走路，辗转到达澳门。但乌篷船的样子，坐船的感觉，却一直留在我的脑海里。

到了澳门，我开始上小学，父亲也在中学当上了语文教师。大清早，我上学了，他还未起床；晚上，我睡觉了，他还未回家。即使是星期天，父亲也往往返校工作，或者埋头备课和批改学生的作业。那时候，小姨已经成为我的继母，她便领着我和妹妹到白鸽巢、到松山公园一带玩耍。所以，在澳门，我和父亲虽然同居斗室，但相处的时间，也实在很少。

有一天黄昏，父亲回家比较早，那天，他带回一小瓶“五加皮”药酒，似乎很高兴。继母也炒了一点菜肴，难得一家人坐在一起，吃了顿晚餐。

那天，妹妹刚学会了折纸船，她拿出了折好的纸船，在饭桌上轻轻推动。父亲笑了笑，把她抱在膝盖上，转过头问我：“你们不是坐船来的吗？你上学了，会画船儿吗？”我怔住了，一想，船上有许多东西，有船竿，有船桨，有船舱，有船夫，有船篷，真不知该怎样画。父亲看到我发呆的样子，便用指头蘸了点酒，在桌上画了一条横线，又在横线中部附近，画了一条半月形的弧线，说：“这就是你们坐过的乌篷船。”我便问：“船竿呢？”父亲接着蘸了一点酒，在横线和弧线的交点上，垂直画了一条稍稍穿过横线的直线，我知道，这是代表船竿了。我再问：“水呢？”他笑了笑，在“竹竿”下面加上一条小曲线。我一看，这寥寥几笔，不就把我们坐过的船，画出来了吗？父亲看到我高兴的样子，又说：“化繁为简，读书、做事，都可以这样。”我似懂非懂，只默默点头。

谁知道，这是我和父亲最后的一次晚餐！

过了几天，爷爷知道广州局面平稳了，澳门也不是可以久留之地，便带领我们回家，只留下父亲单身一人，继续在澳门任教。

我们回到了广州，不到半年，忽然接到澳门中学的急电，说我父亲患上霍乱，正在入院抢救。爷爷立刻让继母奔赴澳门。可是，晚了，父亲只入院一天，便在镜湖医院不治去世。

原来，在一九四二年，澳门霍乱大流行。那年夏天，父亲所在的中学，举行学生毕业典礼，会后教师聚餐。平生谨慎的父亲，一时高兴，喝了杯汽水，染上了霍乱。在日本侵华期间，澳门孤立一隅，医药短缺。父亲上吐下泻，只一天，便被夺去年轻的生命。过两天，继母一个人回家，搂着我痛哭，我茫然不知所措，还不懂得伤悲，回头看到有小朋友向我招手，便一溜烟跑了。

过了一段时间，小学开学了，老师发给我们一张表格，要填上家长的名字。我骤然想起，父亲已经不在，该怎样填呢？面对着空白的表格，脑海里也一片空白。

那天下午，下着瓢泼大雨，我们不用上课。巷里大青石下的渠道，来不及泄水，水便从石隙中漫出，一直淹上门阶。邻居小朋友唱起了儿歌："落雨大，水浸街，阿哥担柴上街卖，阿嫂出街着花鞋。"我和妹妹听到了，也跑到门口看雨景，看行人打着伞，卷起裤管，涉水而行；看小朋友用竹竿打水，溅起水花。这时候，妹妹找了一张白纸，折了一只小船，放在水面上。纸船浮着漂着，一会儿被雨点渗透，漂到街心，便沉没了。

我目送纸船，蓦然想起，父亲不是在桌面上给我画过乌篷船吗？一横，一弧，一竖，一条曲线，这几笔，我分明记得。但是，父亲不在了！我竭力想着父亲的模样和身影，可是，怎样也想不起来，他给我留下的，就只是简单的几笔线条。

妹妹的纸船，慢慢地散解，它随着流水，渐渐漂远。而父亲画过的线条，却深深烙刻在我的脑海里。我开始懂得，如果不是日寇侵略，我家好端端的何至于要逃难？如果不是为了生活，父亲何至于孤身留在澳门？如果不是战争和乱离，澳门何至于霍乱大流行？何至于缺乏药品，群医束手无策？这一切，不就是日本帝国主义者造成的吗？日本的侵略，不知让我国多少同胞，或直接或间接死于战争！这一次，我懂得流泪了！我抹去脸上挂着的泪水、雨水，却抹不去心头的国仇家恨。

后来，我也在中山大学中文系毕业。“树欲静而风不止，子欲养而亲不待。”几十年过去了，有时遇上老一辈的亲友，往往会说我的眉目和父亲有几分相似。到底父亲的容颜是怎样的呢？我也会对着镜子，看着自己，却无论如何也想象不出父亲的面影。

清明时节，我又到安放骨灰的场馆，打开父亲的骨灰盒，细看骨灰，又竭力回忆我的父亲，但是，眼前呈现的，依然只有那一横、一弧、一竖、一曲的简单画面，依然只是那留在桌面上的乌篷船。

“鸳鸯楼”纪事

在中山大学康乐园的西区，有一幢教工集体宿舍，它是一幢普通的楼房，却曾拥有“鸳鸯楼”的雅号，很多人则直呼之为“夫妇宿舍”。多年前，人们一提起“夫妇宿舍”，便知道它所在的方位，至于其门牌号码，反而没人晓得。

“夫妇宿舍”是在一九六〇年建成的，住进去的多是年轻的教职工夫妇；到一九七〇年，夫妇们又纷纷迁出。十年间，这里发生过的许多事情，恰好是青年知识分子二十世纪六十年代命运的缩影。

中大为什么要建这幢宿舍？说来话长。原来在新中国成立后，教育事业发展很快，学校每年都会增聘一批青年教工。单身男教工住在荣光堂，女教工则住在爪哇堂三楼，每个房间住着两三人不等。到了二十世纪六十年代，历年积压的“王老五”越来越多，而学校从未为他们提供过可以双宿双栖的地方，这就出现了一些尴尬事。

那时，一位理科男教师爱上了一位女教师，人人都知道他们的关系，但苦于没有房子，他俩暂不能正式成婚，只能分居两“堂”，咫尺天涯，望梅而不止渴。幸而那时每个周末的晚上，学校的“电影广场”必放电影，在爪哇堂三楼和那女老师

作者住过的“鸳鸯楼”

同住一室的另一位女同胞，必然热心和知趣地去充当电影观众。趁着这空隙，男教师便偷渡银河，入室幽会。

某个周末，晚上治保人员在爪哇堂附近巡逻，发现这一带四下黑暗，夜凉如水，唯有三楼的一个房间却亮着灯，大奇，便上楼拍门查问。可是“十拍朱门久不开”，心下狐疑。后来门开了，只有女教师一人在屋，便释然。正想离开，忽听床底下发出了“阿嚏”一声，有人打了个喷嚏。治保人员大惊，赶紧弯腰掀起床单一看，只见一男教师，赤身露体，打着哆嗦，蜷缩着躲在下面。这时，被揭穿者自然满面羞惭，他们名虽正却言不顺，实在难以启齿。这趣事，人们传为笑谈，也惊动了学校领导，而校领导也从中得到了启发。

当时，“大跃进”的虚火刚刚消退，上面又开始“落实政策”。平心而论，在社会经济十分困难的情况下，省里对高级知识分子还是比较照顾的，如讲师以上级别的每月可有多得一斤生油供应的“特权”。不过，新中国已经成立十年，学校尚没有关心“王老五”们的婚姻大事，实在说不过去。六十年代初出现的小阳春式的政治气候，让校方萌发了人道主义精神（当时叫“阶级感情”），觉得不能让“王老五”们再拖下去了，便赶快为已婚或将婚的青年教工兴建了一幢原被谑称为“鸳鸯楼”的集体宿舍，以免再出现“钻床底”的笑话。不过，“鸳鸯”二字，当时又被认为带有“小资气”，人们便索性直白地称之为“夫妇宿舍”。

二十世纪九十年代以前，许多单位的集体宿舍被称为“筒子楼”，每个楼层中间有一条甬道，就像一根竹筒子，“筒”的两边面对面地分布着多个房间。房门一关，空气便不能对流，秋夏时室内的闷热可想而知。不过，那时一般的职工，若能在“筒子楼”分到一个房间，有了栖身之所，人们便喜上眉梢，哪里还管得了是“蜗居”还是“蚁穴”。

中大的“夫妇宿舍”可不是筒子楼，楼高三层，每层各排列着十间房，全楼可供三十户人家居住。房子单向，前面有宽约一米的走廊，这便是连接各家的通道，它像阳台一样向南敞开。房子虽小，但中间用纤维板隔着，前面可作厅，后面作卧室。当时，青年夫妇搬了进去，恍如置身豪宅，真有“海燕双栖玳瑁梁”之感。

“夫妇宿舍”最奇妙的地方是，每间房子进门后，左边是厕所兼浴室，面积约一平方米，右边是小小的贮藏室，却全都没有厨房。当时，校方的设计思想是：“大跃进”了，家家户户都到公共食堂吃大锅饭了，连打开水也可以在食堂解决了，夫妇们还要厨房干什么？

但想不到搬进“夫妇宿舍”不久，有人怀孕了，又隔不久，孩子出生了。那时“只生一个好”的政策还未出台，有些夫妇连续“增产”。结果麻烦了，孩子出生后若奶水不够，总

青年女教工住过的爪哇堂

得煮点稀粥米糊之类，广州人还要熬些姜醋，而这些东西，公共食堂无法供应。夫妇们实在没有办法，只好在那狭小的厕所里，放上煤炉和砂煲瓦甑、油盐酱醋，让那厕所兼具厨房的功能，总算解了燃眉之急。

但人有“三急”，若在煎煎煮煮之际，大人小孩忍不住要“办公事”，香风臭气便混在一起，长此以往，实在让人难堪。幸而当时大家没有怨言——房子的设计者们，没有把“夫妇宿舍”建成筒子楼，能考虑到广州天气潮热需要通风，让夫妇居住得稍为舒适，已是有了“以人为本”的思想了。至于智者千虑，必有一失，没有考虑到夫妇们还会在宿舍里“造人”，这也不必苛责。“大跃进”期间，人们只顾眼前，不顾后果，不像如今提出要有科学发展观，因此在“夫妇宿舍”只建厕所，不建厨房，虽属笑话，也属常态。

过了不久，不知道哪一家是始作俑者，竟把煤炉放在房门前的走廊上。接着家家户户有样学样，都把厨具挪出了厕所，那长长的走廊，就成了“夫妇宿舍”的公共厨房。

又不久，到公共食堂吃饭的号召渐渐被淡化，“夫妇宿舍”里的大人小孩，一日三餐索性都自己“搞掂”。于是每到做饭时，人们便在走廊上切菜的切菜，做饭的做饭，砍柴的砍柴，生火的生火。当时生火多用蜂窝煤，煤球熄灭后若要重新点燃，很不容易。人们一般在炉口上放些木柴，点着后拿葵扇拼命扇动，让火星四射，火苗蹿起，过一会儿煤块便会烧着，不过其间浓烟滚滚，煤气呛人。若从楼外望过来，只见“夫妇宿舍”的走廊层层冒烟，烟云冉冉上升，整座楼房恍如周幽王的烽火台；若从楼里从东往西望过去，只见小煤炉火光烘烘，一座接着一座，竟似“火烧连营七百里”，让人叹为观止。

不过，大家在走廊上做饭，也充满乐趣。当菜已下锅，在等待它煮熟之际，我便可以施施然一手拿着锅铲，一手抚着栏杆，眺望楼外的绿树，数着天上的归鸦。朝下望，左邻右舍的孩子们在荒坟断碑间蹦跳玩耍。我感慨系之，顺口哼几句辛弃疾的词：“把吴钩看了，栏杆拍遍，无人会，登临意。”有时闲得无聊，便踱上几步，看看邻室的炉子煮的是什么货色，大家交流几句做菜的经验，不着边际地聊些小道消息——边做饭，边休息，边沟通感情，边互相学习。大家兴致勃勃，其乐融融。于是，每天黄昏炊烟四起的时刻，这条通道兼作公共厨房的走廊，也成了“夫妇宿舍”的俱乐部。

在搬进“夫妇宿舍”前，我从来没做过饭，更不会炒菜，只懂得煲汤。煲汤的步骤当然很简单，在锅里放进材料，注上水，端在煤炉上便可。那时广州物资匮乏，买米买肉均凭票供应，每月每人可买猪肉两斤、鱼肉两斤。煲汤时放上点肉，便算是“老火靓汤”了。

有一回，“为夫”奉“为妇”之命，接受了煲“老火靓汤”的任务。我把盛了煲汤材料的锅放在走廊边的火炉上，便回身到屋子里备课。谁知只顾看书，忘了门外那锅汤。汤水始而沸，继而干，终而锅里的肉变成了焦炭。隔壁的王老师闻到走廊上一阵焦煳味，三步两脚替我把冒着黑烟的锅搬离了火位，才没酿成大祸。不过，我太太（那时叫“爱人”）下班回来时，看见我毁掉了半个月的肉，满脸娇嗔，把我数落一番。我始而解释，继而不服，终而反唇相讥，吵了起来，彼此声音越来越高，脖子越来越粗。这又惊动了王老师，他赶紧跑过来好说歹说，替我打圆场。我虽然嘴硬，其实也很心虚，也痛惜那焦煳了的半斤肉，便乘机找个台阶，溜之大吉。

又过了个把月，我们的“夫妇宿舍”出大事了。

有一天，深夜四时，同楼的胡老师忽来敲门，说是他的太太钱老师患了急病，昏迷不醒，让我和其他几位邻居，把她抬到校医室救治。我们急忙找来一张帆布床，放上病人，踉踉跄跄，在黑夜里深一脚浅一脚地小跑。那时谁也顾不上问钱老师患的是什么病，只一心一意想着救人要紧。后来才知道，钱老师原是华侨的女儿，新中国成立之初，不少侨居外地的青年，感到中国人民站起来了，纷纷返回内地，以期为人民服务，报效祖国。钱老师就是其中的一员，她满怀爱国热情，追求进步，不远千里，回到广州求学。毕业后，她和胡老师结了婚，一起留校任教。

一九五四年之前，粤港两地来往极为方便，过境手续也很简单。有一年的寒假，钱老师赴港探亲，住了一段时期才返校。这本是正常不过的事，谁也没有在意。过了不久，罗湖口岸开始关闭，人们再不能来往自如了。又不久，形势改变，“肃反”连着“反右”，“运动”一个接着一个，到她搬进“夫妇宿舍”一年后，不知为什么，钱老师就因赴港这一段经历，被有关人员怀疑起来。于是背靠背揭发，面对面审查，要她交代检查，劝她坦白从宽。钱老师思想单纯，从没有见过这样的大阵仗，越问她便越紧张，越紧张便越被怀疑。一来二往，审查者问不出所以然，而生性胆小的钱老师，经不起折腾，患上严重的忧郁症，天天要吃镇定药品。那天晚上，不知是一不小心，还是有心“自绝于人民”，药品服食过量，便昏迷不醒了。幸亏我们七手八脚把她抬进校医室，医生又给她洗胃，又给她打针，好不容易才把她救活过来。而抬她入院的邻居中，也有曾经审查过她的同志。

钱老师虽然得救，却从此精神极不正常，天天咄咄书空，不知所云。曾被称为“校花”的她，变得行为怪诞，面目臃肿。她回到“夫妇宿舍”，经常无事生非，怀疑一切，还说胡老师像《聊斋志异》的崂山道士那样，能够穿墙过壁，寻花问柳。胡老师实在没有办法，一天到晚，被她弄得鸡犬不宁。

不过，也许是因为我在“夫妇宿舍”里年纪最轻，平素也常和她说说笑笑，她倒很相信我。这反惹出麻烦了，每隔三四晚，九点钟左右，她必来敲门。一进屋，便指手画脚，语无伦次，一闹就是两三个钟头，实在害得我无法工作，太太、女儿也无法休息。开始的两三回，我还不知道她是精神病发作，以为她有什么思想问题，也煞有介事地加以劝导，学着做“思想工作”。岂知我越接茬，她就越兴奋，叽叽呱呱地说个不休。等到说倦了，才拔脚离开。胡老师知道她对我的骚扰，十分歉疚。我也知道他的难处，但彼此无计可施，无可奈何。

过了一段时间，我忽然醒悟，她既是病人，我何不也来装病？一天晚上，她又跑来我家胡扯，我就不接茬了。她说东，我不等她说完，插上嘴，便说西；她说胡老师钻墙洞，我便说昨天看见白切鸡会飞，看见咸鱼会游水。她愣了，我又故意流口水，擤鼻涕，装神弄鬼，又“哭”又笑。总之，她发神经，我比她更神经。她发觉我既疯且傻，觉得没趣，也有点怕，扭头便走。从此以后，钱老师再不上我家来了，不过，她依然对我比较友好，看来是同“病”相怜的缘故。可怜钱老师就此一辈子患上精神病，郁郁而终。胡老师是好老师，他一辈子陪着精神病人，有苦说不出。钱老师病故后，他更只能借酒浇愁。好端端的一个小家庭，从此进一步破碎。

我在演“闹剧”。但不少人心里都明白，钱老师的遭遇，是在“怀疑一切”的“左”风荼毒下，发生的一出悲剧！

话又说回来，那一段日子虽然困难，但住在“夫妇宿舍”里的同志们，团结友爱，一家有事，大家帮忙。在一九六五年以前，我们经常要轮流带学生下厂下乡，或参加“整风整社”，或参加“四清”运动，一去就是几个月。家里留下的妻小，邻居便互助照应。而彼此的孩子，出生时间也差不多，他们一起上幼儿园，一起上小学。上学时年纪大的带着小的，下课时一起做功课。孟子曰：“守望相助，疾病相扶持。”当年住在“夫妇宿舍”的居民，对此都有很深的体会。这和当下一些人，虽然同住一楼，左邻右舍，却老死不相往来，情况是大不一样的。

到了一九六六年五月，“文化大革命”开始，学校“停课闹革命”，天天不是开会学习，便是游行示威。“夫妇宿舍”里的教师再不用备课了，但都得参加群众运动。不久，学校里出现了红卫兵组织，出现了“大鸣大放大字报”的“大民主”浪潮，校系领导被视为“走资派”，老教师则被打为“资产阶级学术权威”，他们被统称为“牛鬼蛇神”。又不久，各院各系的“牛鬼蛇神”，一个个被揪斗，陆续有人被剃光头，被殴打。

红卫兵让他们头戴用报纸折成的尖帽，脖子上挂着写了名字画着“××”的纸牌，游街示众。被揪斗的人，左右两手分别被人向后拉着，又被按着低头弯腰，“坐喷气式飞机”。整个康乐园既不“康”，更不“乐”，只笼罩着乌烟瘴气和愁云惨雾。

居住在“夫妇宿舍”里的人，都是些青年教工，既当不上红卫兵，又算不上“走资派”和“反动权威”。但既然属于“革命群众”，就得参加斗争大会，接受教育。当看见“牛鬼蛇神”被斗被打，也得跟着唱“语录歌”，喊着“打倒××”的口号。在当时，“四人帮”要求人们“理解的要执行，不理解的也要执行”。老实说，“夫妇宿舍”里的人，多是“驯服工具”，上头号召，谁也不敢不跟。当看到容庚老师被称为“黑帮”，被涂黑了脸，在草坪上示众，当看到王起老师被打断了两条肋骨，身体痛楚扭曲，谁也不敢挺身而出，阻挠红卫兵的暴行。一天，地理系的一位老教授不堪凌辱，从课堂大楼上跳了下来，头颅迸裂，脑浆涂地。消息传来，“夫妇宿舍”的同事们尽管窃窃私语，心惊肉跳，但“革命不是请客吃饭”，在公开场合，对这类惨剧也只能表示与含冤自杀者划清界限，因为大家都接受了“反右”的教训：“你同情右派，你就是右派。”既然整人、斗人是上头定的“大方向”，多数人便跟风围观，其麻木的模样，活像当年鲁迅所说的那群在日本围观同胞被人砍头的看客。而围观的行为，本身等于助长了红卫兵的声势，让被侮辱的人更感难堪。总之，运动的围观者，不管自觉与否，不管内心是怎样想的，实际上也都成了帮凶。不错，我们的确无法左右历史，但我们这被“左”毒麻木了的一群，难道不该反思在那场民族悲剧中，自己所应担负的责任？

这段时间，“夫妇宿舍”里的居民，每当黄昏，只在走廊上做做饭，炒炒菜。邻居相见，多是打个招呼。闲着无事，也会关起房门下下围棋，打打扑克，表面上逍遥自在，内心实也忐忑难安。

又过了一年，形势大变。校内的红卫兵，在揪谁、斗谁和要不要冲击解放军的问题上，意见有分歧。他们分成了两派，一派称“红旗派”，一派称“东风派”。两派始而辩论，继而吵架，跟着便武斗。有人还弄到枪支，各占大楼，校园里杀气腾腾，一时间人心惶惶。这时，相当部分的青年教工也被卷了进去。于是，“夫妇宿舍”里的人，渐渐也分成两派。本来经常在一起聊天一起做饭的同事，碰见时或像互不认识，擦肩而过，或悻悻然怒目相视。而不同派系的红卫兵，也开始向住在“夫妇宿舍”中不同派的青年教师动手。这样，“鸳鸯楼”变成了“马蜂窝”。

一天中午，我正在走廊上做饭。忽见几个红卫兵走将进来，闯入隔壁黄老师的家，关上房门，大肆抄检。

黄老师是新中国成立前的进步青年，参加过由党领导的“地下学联”，新中国成立后又担任过学校学生会主席，他和太太余老师都是共产党员。在两派的斗争中，他们不同意某造反派的观点，于是成了该派进攻的目标。这次突然袭击，造反派搜出了黄老师的一张旧照片，照片上有人戴着新中国成立前参加学生军训的帽子，上面缀有“青天白日”帽徽。这下麻烦了，它成了黄老师“反人民”的罪证。黄老师两口子赶紧向红卫兵解释、理论，但“秀才遇着兵，有理说不清”。一个姓杨的造反派头目，嫌余老师唠唠叨叨，便很不耐烦，大声吼叫，骂余老师是“国民党的臭婆娘”。余老师一听，又急又气，怒火攻心，不知从哪里来的胆量，忽然扬起右手，一巴掌打在杨某的脸上。那杨某禁不住一个趔趄，他是打惯了人的，却想不到这位文弱的女老师竟敢向他动手，一时间来不及反应。旁边的几个造反派，也吃了一惊，等到回过神来，便哇哇大叫，要揍躲在后面的黄老师，走廊上乱成了一锅粥。

我做饭的地方离黄老师的房门口不远，本想“各扫自家门前雪”，但看到他们要打起来了，发觉势头不对，便一个箭步跑过去劝架，急忙间，却忘记了放下手中切菜的刀。造反派见我拿着刀冲了过来，以为我这当教师的“革命群众”也要来拼命，他们没有思想准备，大惊失色，纷纷退出房外。那杨某更像是《打渔杀家》里的教师爷，一边骂骂咧咧“等着瞧！等着瞧！”一边急忙撤离。

余老师是一时间气急动了手，我是一时间情急忘了放下刀，谁知一时间竟把造反派镇住，不知这算不算参加过“武斗”。等杨某他们走后，我们才发觉闯了大祸，天知道红卫兵会不会来寻仇，更担心“夫妇宿舍”中不同派别的“内鬼”会乘机作祟。如果内外夹攻，我们岂能“逃出生天”？两家人越想越怕，越怕越急，经过计议，认为事不宜迟，赶紧收拾细软，立即撤出这是非之地，分别到外边投亲靠友。那时，为避免被造反派发现，我们不敢从校门出走，只能趁着暮色，在“夫妇宿舍”附近围墙边的缺口处拖男带女，像钻狗洞般狼狈地逃离了学校。直到一九六九年，工宣队、军宣队进驻，校园渐趋平静，我们才回到了“夫妇宿舍”，结束了“丧家犬”般的生活。

转眼到了二十世纪七十年代初，工宣队下令全校住房大调整、大搬家，这幢楼的夫妇们便各奔东西。从此，“夫妇宿舍”的俗称也不复存在了。“文化大革命”后，人们在这幢楼的走廊外，给各家增建了厨房，旧时的“夫妇宿舍”已面目全非。所以，今天若有人提起它，在学校里，恐怕只有六十开外的人才会晓得。

几十年过去了，当年曾住在“夫妇宿舍”里的夫妇，“文化大革命”后许多人成了教学科研和行政的骨干，但如今都成老朽。当他们行经这一块“风水宝地”时，都会驻足观望旧时的居室。往日的友好邻居相见时，也会说起这里的风风雨雨。

元稹有诗云：“白头宫女在，闲坐说玄宗。”回首当年“鸳鸯楼”的喜怒哀乐、酸甜苦辣，便懂得那“闲”字的深意。

拔牙记

牙疼了一夜，天一亮，直奔医院。

到医院，排队挂号如仪，坐在冷板凳上静候。护士小姐们不紧不慢的喊号声、哼哼嗡嗡的叱责声，小孩们的哭闹声，在走廊候诊处混成一片。我枯坐一隅，脑瓜嗡嗡直响，恍兮惚兮，只觉得墙上那斗大的“静”字，左边的“青”字模糊不清，而右边，斗争的“争”字愈发分明。

“九号！”护士叫喊，我如梦初醒，赶紧到指定位置就座。环视诊室，颇觉新鲜，也很怕人。椅子像是理发店的摆设，可升可降，其上连着灯，对准病人嘴巴。嘴若一张，强光直射，洞察一切。椅边连着小桌，摆着盘儿，泡着钩儿、镊儿，插着钳儿、撬儿，银光闪闪，冷冷森森。

“张嘴。”医生走过来，下达命令，斩钉截铁。

我不由得来个狮子大开口。只见医生一手执钢撬，一手握铁拔，拨开我嘴角，敲叩我牙齿。我立刻紧闭眼睛，任由医生像考古队员似的，拿着挖墓的子午镐，在我的洞穴里探索。钢撬敲在牙齿上，医生问：“痛吗？”我用鼻子回应：“不痛。”医生逐一敲下去，我觉得有点滑稽，可惜牙齿不是扬琴，否则叮咚连声，妙趣横生了。

“哎哟！”我叫了一声，这回医生击中要害。那坏牙发出刺骨的疼，疼中有酸，酸中带颤，颤而发软。我的头颅像发生了七级地震。

医生探明了“震中”位置，又拿起一根长柄小圆镜，在“震中”附近照过来，压过去。七搞八搞，我的唾腺不耐烦了，始而润润焉、津津焉，继而霈霈焉、汩汩焉。怎么办？眼看憋不住，就要“飞流直下三千尺”了，幸而医生及时给我塞团棉花，稳住了大局。

医生走开了。过一会儿，又回来了，手里拿着针筒，在我的眼前晃了晃。然后针尖向上，拇指一推，药水像鲸鱼喷气般呈现出一条美丽的抛物线。“拔掉，怎么样？”医生似乎是征求我的意见。怎么样？我能怎么样！反正现在是满口排牙说不得，把命交给你就是了。正在浮想之际，忽觉牙床被螫，原来针儿已戳将下来。慢慢觉得，嘴唇有点厚，肿胀感遍及鼻子以下，嘴角似被向上拉，在意识中的面颊好像变了形。我明白了，医生给我注射的是麻醉针。世间事，常妙不可言，针是尖的，它现在让我产生的感觉却是钝的。谁都怕麻木不仁，但在特定的情况下，就怕不能麻木。郑板桥云“难得糊涂”，信哉斯言。我叩叩牙齿，它“噗噗”地发出木鱼般的声响。阿弥陀佛，看来麻醉针真起作用。

医生倒提着钳子走过来，我知道，他要下手了。古人有引颈受戮之说，我既有麻醉剂垫底，也不会疼到哪里去。大丈夫泰山崩于前而色不变，我索性就大睁着眼瞧着吧！

医生对我的自觉性颇为满意，毫不客气地把钳子一伸，夹住我的坏牙摇了两摇。只听得“呖嘞”一声，妈呀！我疼得冷汗直冒，只好死死地抓住椅角，就像抓住了救生圈。那医生运气于腕，摇中带扭，扭中带拔。说时迟，那时快，只一抽，坏牙随钳而出。我还来不及喊声“哎哟”，舌头就一阵发咸。医生示意我吐出血水，漱了口，让我咬着一块棉花，然后把坏牙在我面前晃了晃，意思是叫我检阅检阅他的成果。

我惊魂甫定，但还是很知趣地瞧着那颗和我彻底决裂了的坏牙。只见那沾着鲜血的灰黄色的牙脚，嶙嶙峋峋，孤孤零零，倒怪可怜巴巴的。

走出医院大门时，我抬头一看，云淡风轻，已近午天。我痛定思痛，仿佛豁然开朗。某哲人云：要战胜困难苦恼，首先要战胜自己的烦躁怯懦。拔牙，何尝不是如此？

拜拜，曾和我的牙床连在一起的坏牙！

剃头

小时候，最苦的事是按月到理发店剃头。

所谓剃头，其实是理个小分头，并非把头剃成个青色的光蛋子。不过，我对这项美容活动不感兴趣。那年头，理发店连风扇也没有，大热天理发，被按在椅上，颈下裹一层厚布，弄得头冒蒸汽，那难受劲儿就别提了。

头虽不剃，脸却要刮。每当进入这一程序时，我便毛骨悚然。试想，有人拿着利刀，时而对准您的咽喉，时而揪捏您的耳鼻，您的感觉如何？若有闪失，您脸上挂花，才真叫"美容"呢！那时，经常对我下手的师傅，姓潘，五十开外，暴眼缩腮。他往往对着我磨刀霍霍，眼中流露出捕捉猎物的神情。我一瞅见，浑身发软，只好紧闭眼睛，任他宰刮。潘师傅的刀，在我的脸皮上七上八下；我的心，也像悬着十五个吊桶，七上八下。

不过，后来，也是潘师傅改变了我害怕剃头的心理。

一天，我循例受剃。刚坐下，便看出潘师傅满脸杀气，威严得像个将军。我心里发怵，屏住气息，撅着屁股，动也不敢动。刮脸时，那口刀寒光四射，锋刃所及，凉飕飕的。我浑身起满鸡皮疙瘩，只好暗暗祷告，刀下留情。正忐忑间，忽听到响亮一声，如笛，如哨，如裂帛，余音袅袅，不绝如缕。我睁开眼睛，四下里一瞧，意识到那响声发自潘师傅的尊臀。我想笑，却不敢；想不笑，也不能。忍着憋着，其难受劲儿，别有一番滋味。潘师傅也知趣，收起剃刀，讪讪走开。这一来，我蓦然开窍。别看操刀者神气俨然，其实他也有漏“洞”；一泄气，便蔫了。那天潘师傅的滑稽形象，舒缓了我紧张的神经，再也怕不起来了。

不过，使我彻底清除了害怕情绪的，是因为读到《剃头》一诗。诗曰：“闻道头堪剃，人人尽剃头；有头皆可剃，不剃不成头。剃自由他剃，头还是我头；且看剃头者，人亦剃其头。”

史载，清兵入关，要男人剃光前额，脑后扎条小辫，有不从者，就得砍头。此诗写的就是这回事。少年时代的我，还未懂得这是明代遗民不满情绪的发泄，更不懂得这蕴藏着丰富的人生哲理，只觉得它很有趣。记得读到最后两句，不禁哑然失笑，随即会心微笑。从此，每当我被潘师傅按着刮脸时，眼前就浮现他也被人剃呀刮呀的情景，怜悯之情，油然而生，而畏怯剃头之情，则一去不复返矣。

中学之后，我再没有见到潘师傅了。听街坊们说，潘师傅的刀子，不小心在顾客脸上“嫳”了一口，登时被砸了招牌，只好转行。

近几年，马路扩建，那个店也被夷平了。

烹饪之乐

小张问我，工作之余，喜欢什么娱乐？我不假思索，答曰：“烹饪。”小张眨眨眼，以为我是在开玩笑呢！

我确实以买菜、煮饭为乐事。有人说，古人曾云：“君子远庖厨。”烹饪何乐之有？其实，那些只是动口不动手、离厨房远远的、生怕接近刀俎会影响其高贵身份的“君子”，根本不懂得烹饪是一门艺术。当然，烹饪会很累，但游泳、举重、弹钢琴、下围棋，难道就不累？世上事，何谓累？何谓乐？这和人的主观意识、情绪有很大的关系。苦事、累事，化为乐事，往往只在于一转念之间。

在我，烹饪之乐，从买菜时就开始了。

我从事教学和科研工作，累了，扔下书本，投身到市场上那支浩荡的买菜大军中去，左顾右盼，东指西点。当看到摊档上西红柿、丝瓜、豌豆、菜心，红馥馥如玛瑙，翠生生如绿玉，鲜嫩可爱，丰富多彩，我那紧张的脑袋，一下子便松弛下来了。如果碰到熟人，站着东拉西扯，互探菜篮，相视而笑，然后说声“拜拜”，分道扬镳。这一来，便会把烦愁抛到九霄云外。

我喜欢买鱼。在鱼贩的水池里，一尾尾鲜鱼左右悠转，生猛异常。看劏鱼，更属乐事。只见鱼贩用刀在鱼腹上轻轻一划，白花花的肠儿鳔儿像油一样流出；粉红色的鱼肉瓣瓣突起；那紫红色的心脏，却扑扑地跳个不停，似乎还在向顾客展示其强劲的生命力。我看准一块，讨得好价，捎带而归。当手上沾了点微甜的腥香，心上考虑着该如何整治时，不禁食指大动。咀嚼着自己这份施施然的心态，就已乐在其中，值得破钞了。有一次到清平路市场买菜，还动了诗兴，赋诗一首以纪其事呢！诗曰：

清平市集笑声舒，议价论斤问所需；
嫩鸭昂头邀顾盼，鲜虾跳脚落襟裾。
飘香大蒜挑盈把，染醉娇桃载满车；
诗兴一筐和菜挽，如今不叹食无鱼。

买了菜，便下厨。

我下厨，一般在下午五六点之间，那正是学校里开展文娱活动的时间。想想看，这时有人摆弄红、蓝、黄、白、黑种种颜料，有人摆弄宫、商、角、徵、羽种种音调，我则摆弄油、盐、酱、醋、糖种种佐料。你笔分五色，他乐成五音，我调和五味，所做虽不同，而养性怡情的效果则一，大家都在不同的感觉领域里，调制其不同的艺术作品，分头进入视觉、听觉和味觉的境界。在厨房，有时甚至会得到综合的审美效果。那刀盘碰撞，叮叮当当，高低抑扬，如闻乐韵。若心血来潮，在清蒸豆腐上放几颗油泡虾仁，伴以几片胡萝卜，眼前顿生出“雪里红梅”的景色。这一来，听觉、视觉的审美情趣，便被我熔于一炉。至于在咸鱼中加一点糖使其愈加鲜美，与绘画时在万绿丛中加一点红使其愈加可爱，同属艺术辩证法的巧妙运用。当我炒出一盘好菜，看到妻儿们点头咂舌，吃得杯盘狼藉时，那一份美滋滋、乐陶陶的心情，与在指挥大合唱后，转身谢幕，听到掌声雷动的心态一模一样。

艺术需要创造，烹调也是如此，火候的掌握，用料的深浅厚薄，与人的灵感极有关系。如果只会依样画葫芦，例行公事般如法炮制，没有新意，那么，对着炉火，汗流浃背，实无乐趣可言。但是，如果一边思考，一边制作——把勺子作为彩笔，把灶台作为舞台，张开想象的翅膀，爆发灵感的火花，情绪便大不一样，便有超水平的演出。我常吃炸馒头，可是常炸常焦，又黑又硬，一筹莫展。有一天，忽有所悟，切馒头时厚薄适度，如有神助。馒头下锅前，先蘸以凉开水，稍炸之，即捞起。结果，炸出的馒头片片金黄，松酥甘脆。我又想，四川人吃汤圆时，会让食客吃点麻辣，求取味觉的矛盾统一，颇有特色。按此原理，我在蘸馒头的炼奶中，也加上一点点辣酱，用以烘托甜腻。当我把这新创的艺术品捧上餐桌，食者果然觉得别有风味，我也充分体会到创作的乐趣。

据说，英国前首相撒切尔夫人，在日理万机之余，往往洗手入厨下，捻其两三味，与撒切尔先生共享。我想，她大概也颇知烹饪之乐吧！其实，我国古代的政治家，还从烹饪中悟出许多深刻的道理呢！古人有“调和鼎鼐”一语，那是指当宰相的本事而言的。又说，高水平的政治家，则“治大国若烹小鲜”。可见，他们把烹饪艺术与高超的政治艺术联系在一起。至于我，工作时面对汗牛充栋的古籍，如何去粗存精，含英咀华，如何灵活运用，融会贯通？这做学问的道理，与烹饪之理，不是也有相同之处吗？想到这里，烹饪的情趣，更升华为理趣，也不仅仅是娱乐的问题了。

哟！说得多了。太阳下山了，文娱活动时间又到了，我也该下厨去了。

说醋

我喜欢醋。

听说山西人最爱吃醋，乃至于每饭无醋不能下咽。我没有半星点儿山西大汉的遗传因子，却对醋情有独钟。醋的颜色，醋的味道，醋的神韵，我都爱。这不知是什么缘故。

闲暇时逛市集，到酱料店门口一站，于浓盐赤酱之间，我很容易分辨出哪边厢是酱油味，哪边厢是白酒味，哪个角落，则是醋味。我会不由自主地被醋味吸引，走到醋坛子前，对着那琥珀般的液体，张开鼻孔，让那股酸中带咸的气息，氤氤氲氲，直贯丹田。有时，鼻子禁不住刺激，“啊嚏”一声，打个喷嚏，顿觉脑门通爽，浑身舒泰，感到像腾云驾雾一般，与醋混成一体。

在酱料店站得久了，衣服沾满了醋味，连肌体也被熏得软软的。每归家入门，妻见到我那副气定神闲的酸态，便大声叱责：“又到醋坛子旁边发什么傻？”河东狮吼，听惯了，也懒得搭理，只是暗笑。本来嘛，读书人与醋，早结下不解之缘。古人称书生为“穷措大”“穷醋大”，宋元杂剧把饰演生脚者称为“酸”“么酸”“酸丁”。妻嫁鸡随鸡，嫁着书生，不是等于整天站到醋坛子旁边去吗？她还吼什么！

山西老陈夫妇晓得我爱醋，特地从临汾给我捎来“保健醋”一盒。我一看介绍资料，妙哉！善哉！原来它具有增进食欲、帮助消化、降压减脂、软化血管、养颜润肤、养肝抗癌等说不完的作用。我恍然大悟，怪不得山西专出关云长、郭子仪等猛将，想来与他们自幼便吃醋，吃得身躯健硕有关。

说实在的，我爱醋，倒不在乎它能保健，而是欣赏它具有奇异的功能。

人所共知，醋能杀菌。然更有趣的是，醋既能使软者变硬，又能使硬者变软。若炒洋白菜、绿豆芽，洒上点醋，软绵绵的菜蔬，入口便嘎嘣嘎嘣，脆生生可嚼；若用醋泡猪蹄子，泡上十天半月，保证那硬邦邦的骨头变得软酥酥可咬。试问，除醋以外，世上有哪种东西，能够既不欺软，又不怕硬，并且因物制宜，宜软宜硬？如此说来，书生被称为“醋大”“酸丁”，未尝不好，就怕你没有像醋那样的真本事。

当然，在“开门七件事”中，“柴米油盐酱醋茶”，醋只排行第六，近于末席。这也有其道理。因为它再有用，也永远不能当骨干，作主食。世上绝没有人能以醋填饱肚子的。君子贵有自知之明，醋如识好歹，当会乐天知命，不会去“呷”那柴米油盐的“醋”的。

提起呷醋，我又想，假如我是醋，被人呷，也不俗。

呷醋，妒忌之谓也。《续文献通考》称：“狮子日食醋酪各一瓶。”世以妒妇比狮子，便说妒忌为呷醋。

男人，为什么会被老婆呷醋？这首先是行为不够检点。例如，和女朋友在一起，态度亲昵，不符合男女授受不亲的祖训，老婆看在眼内，便不高兴了。如果她放泼撒野，你会六神无主；如果她无事生非，你会七窍生烟。但平心静气一想，你会发觉，这实在是老婆爱你的表现。史载杨贵妃是呷醋能手，当唐明皇和虢国夫人、梅妃等亲近鬼混时，她大兴问罪之师，弄得天翻地覆。而唐明皇对她的胡搅蛮缠，则表示可以理解，还说她是“情深妒亦真”哩！你看，这老头儿颇有点辩证思维。确实，如果老婆对你毫无感情，随时准备“拜拜”，她只是心如止水，绝不会醋海扬波；哪怕你染上艾滋病，与她何干？所以，老婆呷醋，应是好事。当她醋意盎然之际，你便有福了。你这醋被呷进嘴巴里，吞到肚子里，应该洋洋乎感到一阵温暖才是。

除了妻子会呷醋，别人也会呷你的醋。古今中外，这类事是经常发生的。

你或是学习不错，或是工作出色，受人注目，那就要加倍小心了。因为有一类人，自忖比不上你，却又不服气，在一旁窥伺，心里酸不溜丢。这便是呷你的醋了。

不过，做人也不必害怕被妒忌而谨小慎微，“两岸猿声啼不住，轻舟已过万重山”，大胆往前走可也。其实，在我看来，被人呷醋，倒是利大于弊。

人生在世，如果庸庸碌碌，谁会呷你的醋？因为你只是水，无色无臭，没滋没味，呷也是白呷。如果你的存在成了别人名利的威胁，让别人感到不自在，这起码说明你多少有点本领，真有点醋的能耐。所以，遭妒，实际上是一个人的社会价值曲折的反射。从别人的醋意中，你可以看到自己的滋味醇厚到何种程度；当你有本事能让别人酸得心口发痛时，大概此生便不算虚度。基于这一点，我常想，与其担心自己被呷醋，不如担心自己成不了醋。如果能把自己酿到像山西老陈醋那样酸香四溢，提神醒胃，那就太好了，即使被呷、被整、被排挤、被穿上小鞋，也不必计较。物有所值，你成了气候，不该付出点代价吗？语云：大人不计小人过。何况呷你醋者，反让你认识了你自己，使你增强了自信心，说不定还会是推动你前进的反作用力。可见，呷醋者在成全你呢！去爱那些呷你醋的人吧！

总之，我喜欢醋，巴不得自己是醋，也巴不得别人呷我的醋。这也许是我的偏见。

泳池记趣

我喜欢游泳，尤其在这几年，天天都得到校园里的游泳池去，泡上大半个钟头。

本来，对中老年人来说，慢跑也不错。慢跑之趣，在于能边跑步边聊天。若三五同好，呼朋引类，东拉西扯，步履杂沓，诚为乐事。但近来常听说有人在慢跑中猝死，死者中还有慢跑运动的“始作俑者”，这很不划算。而且，跑而不谈则枯燥；跑而多谈，吸进冷风，则肚子会痛。至于言多必失，还在其次。这一来，如何掌握跑与谈的分寸，便颇费周章了。游泳，却是不能谈话的。跳进池中，想不闭上鸟嘴，也难。试想，运动而不开腔，于人于己，不是省事不过吗？因此，在慢跑与游泳之间，我选择了后者。

到了游泳池，首先要更衣沐浴。游泳之趣，从这一刻便开始了。热天，大汗淋漓。在更衣室，脱得精赤条条，到水龙头下，让冷水兜头喷洒，胶黏黏的皮肤顿觉清爽，一股凉意直透心田，其滋味简直如佛教徒所说的醍醐灌顶。

不过，大冷天跑到更衣室，才叫有趣呢！偌大房中，空无一人，你可以随便踢腿舒腰，做足准备运动，才让水龙头淋沐。当温热的胴体被冷水喷射，便冒出一阵蒸汽，像把烙铁放在冰水上那样嗞嗞作响。缓过一口气，你会觉浑身发热，血脉偾张，喉头会不期然涌出一串歌声，例如唱出“临行喝妈一碗酒，浑身是胆雄赳赳”之类的豪言壮语。然后，冒着朔风，走到池边，奋身一跃，寒气入骨，而豪情满怀。那种冷热交叉所迸发出的快意，真不足为外人道。

通常，我一骨碌起床，便跑到泳池里去。黎明时这里静悄悄，一泓碧水，像琉璃，像软锦，像翡翠色的凝脂，平铺在你的脚下，即使夜来有多少懊恼，多少愁烦，也会烟消云散了吧！朱熹有诗云：“半亩方塘一鉴开，天光云影共徘徊。”游泳池的水，虽然不是活水，甚至还会有不少微生物，但它那澄澈宁帖的模样，足使你心平气和，恬然淡然，泰然适然。

下水之初，我的动作，总是柔和的。有时放松四肢，让身躯平躺，池水托着我，载沉载浮。仰望上方，只见长空如洗，白云悠悠，霞光冉冉。凉生脑下，醉入心脾。我便想，当年陶

中大泳池

渊明不为五斗米折腰，回乡务农，真是迂腐得很。如果他思路更开放一点，每天跑到浔阳江边游泳，或者拣个山塘水坳泡泡，“躺在绿波上，悠然看蓝天”，不是比“采菊东篱下，悠然见南山”有趣得多吗？每天采菊，不过省了一点买花钱；而游泳，还可以练好身体，静观世道之变，真个做到“纵浪大化中，不喜亦不惧”（《形影神·神释》）。我又想，人之初，泡在母体的胎衣里，摇摇晃晃，悠悠转转，浑浑噩噩，这和浮在游泳池里，不也有相似之处吗？起码同是“所谓伊人，宛在水中央”。所以，我觉得，躺在水中，与自然融为一体，等于回归大自然。而放松斗争的弓弦，泡软感情的棱角，当是舒服不过的事。

在游泳池碰到熟人时，其感觉与日常是不大一样的。如果水中相遇，彼此一对眼神，便算打了招呼。如果水边相见，虽会寒暄几句，却省了握手哈腰之类的礼节。而且，你穿你的比基尼，我穿我的三角裤，不存在你的上衣四个口袋，我的上衣两个口袋，或者你穿的是“佐丹奴”，我穿的是路边货诸类问题。当庐山真面目暴露于光天化日之下，身体发肤，算是赤诚相见，彼此之间，也似乎多了一分真率，少了一分遮掩，多了一点随便，少了一点矫饰。听说毛泽东主席喜欢在游泳池里接见来宾，甚至国家元首，折冲樽俎于碧波绿水之间，似玩耍非玩耍，似认真非认真，良有以也。

游泳之趣，还在于呛水。

学游泳，总免不了要呛几回水的。记得小时候，初学“狗爬式”，两脚乱蹬，两手乱抓，三下两下，水便灌进口中。我赶紧站稳，一阵咳嗽，咳得脑门刺痛，眼冒金星。喘了好一会，才算缓过气来。旁边的小朋友，幸灾乐祸，拍手大笑。我恼了，人若犯我，我必犯人。一发狠，扑了过去，把他按在水底，让他也尝尝呛水的滋味。这才敌进我退，转身逃离“战场”。而当我把呛水当游戏的一刹那，畏怯之情尽失。呛水，反成了儿童时代“好玩”的同义词。

即使精通泳术，呛水也是难以避免的。有一回，我正游着，斜刺里冲过来一条汉子，他把水花蹬得老高。当我张口换气时，被他撩起的浪便哗啦一声涌进了我的嘴巴；又咕噜一声，落入我的肚里。我赶紧转过身，沉住气，使劲地捂抹鼻子，才避免了继续吞服。池水的味道，并不“可口可乐”。它不咸不淡，不冷不暖，温温吞吞。当然，也不见得难以下咽，吞他几口，未必就有大肠杆菌来作怪。

有人说，呛水很难受，怎么反说有趣了？其实，难受和有趣的差别，只在一转念之间。只要心里不觉难受，那么，即使是难受的事，也会转化为有趣。这道理，和川、湘朋友喜欢在饭菜中加辣子是一样的。那些朝天椒，辣得够呛，呛得出汗，你以为嘴里就不难受吗？可是，辣椒辣不死人，嗜者可以一百个放心，这便越辣越过瘾。而且辣过以后，嘴上回甘，那才有滋有味呢！呛水何尝不如此？在游泳池里，呛几口水，是淹不死的。杜牧说：“忽发狂言惊四座，两行红粉一时回。”一呛水，无数的眼睛也会望着你：你越呛得厉害，大家就越注意。假如你真的翻了眼肚，学雷锋者肯定大有人在。在男女授受不亲的时代，小叔子见“嫂溺”，“援之以手”，何况现在思想都颇解放，而且池边站满了专职救生员。明知保险系数大大的有，呛水只能是有惊无险。凡属有惊无险的事，便有“趣”在其中。看透了这一点，它便成了你生活的调味品，不仅无害，反会让你在平凡中得到点刺激，这不就颇有韵致吗？当呛过水后，扳着池边，舒口长气，自我体味刚刚发生的可恼可笑却又无可奈何的狼狈相，从而领略生活的波澜，吸取经验和教训。如果把呛水提升到哲学高度，那对你一辈子都有裨益。如或碰上女性同情的目光，对你嫣然一笑，你会觉得生活多了点色彩。你有福了。

二〇〇六年五月二十五日，作者游泳归来，巧遇学生，欣然合影

泳池之趣，还多着呢！

在水中，动作协调，力度适中，水影波纹，在耳畔后退，自觉矫若游龙，滑如泥鳅，快如《水浒传》中的“浪里白条”，不禁沾沾自喜。那些年轻汉子、二八佳人，一个个被甩到身后。游到终点，站起身来，回看他们还像狗熊般追赶。一趣也！

正游间，肚皮被旁人蹬了一脚，正想发几句牢骚，说几声“国骂”，却又水淹七窍，作声不得，只好搓着肚皮苦笑。再一想，我也有蹬别人的时候，便释然。又一趣也！

看老太太游泳，觉其脸上皱纹，经水一泡，更加松软。又一趣也！

耳朵进了水，害怕中耳炎，赶紧上岸，以指压耳孔，侧头，做单足跳。连跳几下，如孩子们跳橡皮筋，便觉有一股暖流，宛然如蚯蚓，从耳中溢出。又一趣也！

游了一千米，二十个来回过来，精疲力竭，翻身上岸，便觉口干舌燥，身边却没有“健力宝”。不得已，跑到水龙头下，漱漱口，顺势咽下一点不合饮用的自来水，便如偷吃禁果，浑身清爽。又一趣也！

坐在池边，以足尖踢水，做潇洒状，一趣也！若水花踢到熟人脸上，彼此扮个鬼脸，做老天真状。又一趣也！

斜睨池边，见一男一女，半浸着水，喁喁细语，好半天不动。与其说他们在游泳，不如说他们在泡汤。而肌肤相距，不过咫尺，体温通过水波传达。想必又有一番意趣。就在想入非非之际，那双男女发觉有人窥伺，瞪了一眼，被瞪者连忙翻身入水，好像是他偷了人家的东西似的。又一趣也！

用力过猛，游泳裤带子断了，连忙捂裤上岸。又一趣也！

扶着池边，捂着鼻子。用力清清嗓子，分泌物便集中于口腔。乃运丹田之气，“咯吐”一声，分泌物应声飞出一米以外。又一趣也！

在水中发现死苍蝇。又一趣也！

戴着黑色防水眼镜游泳，可以在水中乱看，别人却不知我在乱看。又一趣也！

一泳者游“蝶泳”，却一点不似蝴蝶，只似饿虎擒羊。又一趣也！

父亲教儿子游泳，指手画脚做示范；儿子不听，东张西望找朋友；俄而见儿子扑腾扑腾地打水，父亲大呼小叫地追赶。一趣也！在旁边，一小女孩躺在救生圈上，年轻母亲推着她浮来浮去。小女孩乐也悠悠，母亲悠悠也乐。两个家庭，两幅景象，一动一静，相映成趣也！

忽来阵雨，无从躲避。反正浑身是水，也不必躲避，便索性我游我的，你淋你的，觉瓢泼大雨，无奈我何，又一趣也！雨越来越大，雨滴打到池面，溅出一阵水汽，也发出炒豆似的声响，毕毕剥剥，怪有趣也！

闭池时间到了，哨音一响，泳者纷纷离水。湿漉漉的，一起涌到更衣室，像一群水禽被牧鹅少年赶离水塘，一趣也。而两三泳客，不听招呼，还在一个劲儿地游来游去。救生员大声吆喝，用竹竿兜头拦截。二三子才讪讪然爬上了岸。其恋水之情可悯，其尴尬之态可掬。又一趣也！

泳池之趣，观之不足。每泳罢归来，浑身通泰，饭桌上的食物，被我一扫而光。某日，忽有所悟，遂搦笔和墨，作歌行体《秋泳曲》一诗。其中有句云："游罢溯流登彼岸，畅哉真似登霄汉；羽化飘然妙入禅，肺腑肝肠微沁汗。"

此诗发表，某兄见了，便问我："真是匪夷所思，怎么谈到禅去了？"

我没有回答，只做拈花微笑模样。某兄也似有所悟，遂相视而笑。我邀他到隔壁酒家共进生猛海鲜，浮一大白。

附：《秋泳曲》

日入沧溟万顷丹，弄潮跣足越江干；
浪拍沙堤秋藓老，天回归雁水初寒。
寒笛铮铮吹铁韵，胸涵浩淼连氤氲；
曲终犹发少年狂，击水三千迎亚运。
翻身溅落碧涛中，珠江迎客绽娇容；
水是眼波云是影，梨涡开处柳牵风。
风里千帆飞似箭，劈破琉璃犁雪练；
八方英俊赴燕幽，九月绿茵场上见。
相见如今剩海鸥，霜毛带湿看沉浮；
逆水顶风宜养气，须臾抖擞遏飞舟。
扭腰踢腿舒双臂，白鹅潭畔潜蛟起；

展眸追送夕阳红，满天凉雾嘘成气。
四围听我拨江声，小鱼瞪眼大鱼惊；
蛙鼓渐随游处远，一弯凉月引秋星。
乍见星低云欲黑，老树横摇江倒立；
骇浪如山压破头，海珠乱颤龙宫裂。
凝眉奋臂挽狂澜，划转潮头越险滩；
禹门三尺桃花浪，几人沉坠几人还！
用力须匀呼吸稳，漩涡湍瀑应斜滚；
潜入波心任去留，变化鱼龙显与隐。
风刀过后海云凝，数点渔灯弄晚晴；
神随澄宇千秋澹，身逐苍凫一叶轻。
游罢溯流登彼岸，畅哉真似登霄汉；
羽化飘然妙入禅，肺腑肝肠微沁汗。
云中瞥见二沙头*，树影笼江翠欲流；
默祷健儿成好梦，勇夺金牌出亚洲。
亚洲明日开新宇，四海五湖民作主；
欧风美雨任纵横，昆仑山有擎天柱。
灯火阑干海印桥，宛欲弯弓射大雕；
射大雕，兴未消，
归来尚觉江流转，仰看明月自逍遥。

*二沙头，广东省游泳训练基地。

“情人节”随想

上月，情人节刚过。据说，每年的二月十四日，是情人节，这引发我好些想法。

我之所以用“据说”一语，是因为我那死脑筋，从来不知道有所谓“情人节”。若按俗语，情人之间的“过节”，等于说两人脾气不合，感情出现疙瘩，彼此撒撒娇，吵吵嘴。而情侣若发生矛盾，这不是好事。我的老伴，当初也是我的情人，也经常闹点别扭，那就是“过节”了。幸而吵过后并无大碍，终成眷属。

记得某年的某一天，当“月上柳梢头”之际，我和老伴忽有“聊发少年狂”之兴，想到许久未开过洋荤，便一起到附近的“绿茵阁”，吃顿西餐解馋。

谁知到了那儿，平时很安静优雅的池座，竟挤满了红男绿女。我和老伴好不容易才找到角落的位置坐下。举目四望，每桌都是一男一女的年轻人，姑娘们和帅哥们，大多油头粉脸，穿着入时，时而喁喁细语，时而搂搂抱抱。我又看到，许多桌面上，躺着一束束的鲜花，有玫瑰，有百合，万紫千红，幽香袅袅。柔和的烛光，忽明忽暗，晃动掩映，如梦如幻。旖旎温馨的氛围，让我们老两口脸上的皱纹，也泡得松软了。

正在半是陶醉半是羡慕间，忽然附近“留座”的位置上，来了一双男女。甫坐下，那男的便把臂弯上的一大束红玫瑰，献到女的手上。我一算，那密密麻麻连枝带叶的玫瑰，怕有九十九朵之多，当然所费不菲。那女的，慢吞吞接过了花，羞答答地低下了头，嫣然嗅着，梨涡浅笑，幸福的脸庞，也像开成一朵花了。我再傻，也明白是怎么一回事。

正遐想间，忽然有位小姑娘，走到我身边，纤纤素手拿着一株浅黄色的花，小声地说：“先生，买一株吧！”我愕然，忙问：“为什么要花？”这一问，倒让小姑娘愕然了：“今天是二月十四日呀！是情人节呀！”我恍然大悟，原来如此！不过，我和太太从来没经历过情人节的洗礼，今天算是像《水浒传》中的林冲那样，“误入白虎节堂”。

既来之，则安之，凑凑趣，也未尝不可。便问：“这花多少钱一朵？”回答是：“十五块。”哗噻！十五块钱一株花，恰好是罗宋汤一盅的价格，到底买一株夜百合，还是添一盅罗宋汤？真是“鱼，我所欲也；熊掌，亦我所欲也”。我举棋不定，进退两难，一看那小姑娘期待的眼色，正准备咬咬牙掏腰包之际，只见太太给我打个眼色。我如梦初醒，灵机一动，连忙指指太太说：“不了，不了，我们早上已买了一盆花了。”真的，我俩已是“紫薇朱槿花残”的年华，结发夫妻，儿孙绕膝，还买什么表示爱情之花？弄不好，还可能让人误会我向这老太太求爱，是黄昏恋？续弦？还是“老而不”（粤语，指老而不死，是为贼也），找小三？

那卖花姑娘也知趣，淡然一笑，说声“祝情人节快乐！”施施然又到别的桌子寻找顾客去了。

交易不成仁义在，这一回，感谢卖花姑娘告诉我，原来这天是二月十四日，是所谓情人节！怪不得西餐馆的生意如此兴隆，怪不得花店忙得不可开交！其实，天下本无事，情人自扰

一九五六年，作者与冯君在中大惺亭

之。若男女之间彼此是有情人，那么，天天都在过节，何必专挑二月十四日？不过，突出这天作为“关节点”，以示郑重其事地相爱，也是好事。至于是否吃过了西餐，接过了鲜花，会不会出现不吃白不吃、不接白不接的情况，后事如何，则且听下回分解。不过，留下生命过程中一条风景线的痕迹，也并无大碍。

我和老伴当然也当过情人，但在一九四九年后，直到“文革”前，当时已表示相爱者，叫“确定关系”，彼此向别人介绍时，则称他或她为“我同志”；一旦领过结婚证，彼此则称为“爱人”，向别人介绍时，则称“我爱人”，从来没有“情人”的称谓。每年到了当年领结婚证的日子，一家子吃顿好饭，作为纪念，容或有之。至于呼朋引类，成群结队，示爱送花，而且还成为节日，那是绝对没有的事。这一回，偶然吃顿洋荤，晓得了洋节日，真让我们这类曾经沧海者开了眼界，叹

二〇一六年春节，作者与夫人在中大中文堂前。相伴一甲子，弹指一挥间

为观止。

仔细一想，虽然二月十四日情人节和我国传统无关，属“进口货”，但外来文化如果没有损害或者腐蚀我们的文化，不妨也可以为我所用。君不见，过情人节时，情人们不是要送鲜花吗？不是要上馆子吗？到这一天，种花的，售花的，经营餐饮业的，生意兴隆了，荷包肿胀了，由此拉动内需了，促进消费了，经济发展了，这又何乐而不为？我不相信过个把洋节，便会使人变得洋化。像每年公历的一月一日，我们都过元旦，机关学校都放假，人们也互相祝愿。而实际上，把一月一日视为节日，也是接受国际的惯例而设。严格地说，它也属舶来品。但不见得我们跟着世人齐齐过洋节，黄皮肤黑眼睛的龙的传人，便变成为红须绿眼的“番鬼佬”了。

一查资料，西方情人节的起源，有种种洋传说，它们多是与爱情和繁殖有关，而且和基督教有关。最具有积极性的说法是：公元三世纪，罗马帝国腐败的贵族阶级，为维护其统治，疯狂镇压反抗民众和基督教徒。传说教徒瓦伦丁，被捕入狱。谁知他在狱中和狱长的女儿相爱。被执行死刑前，他给她写了遗书，表明自己无罪和对她的眷恋。这感动了许多人，人们便把他牺牲的日子亦即二月十四日，称为“圣瓦伦丁节”，后改称“情人节”，作为纪念。后来，这节日起源的意义，逐渐被忘得一干二净。至于它传入神州，情侣们哪管什么“丁丁”？大家只在“情人节”这三个字上大做文章，充分利用它来表达爱意。

据说洋情侣每到了二月十四日，都是要互赠礼物的。洋人喜欢送花给女孩子，而我们也有“维士与女，伊其相谑，赠之以勺药”（《诗经•郑风》）的老传统。于是，花成了情人节的必需品。除了花，当然还会送点其他大小礼物，起码还要一起到餐厅喝杯咖啡。而要送礼物，就要购物了，亦即有了买方和卖方，进入市场经济了。当涉及钱银交易，随着时代的发展，洋传说也随着市场需要发生变化。据说有些地方，把每个月的十四日，都定为情人节，我的上帝！那么，岂不是一年有十二个情人节了吗？例如说，三月十四日是“白色情人节”，情侣们要送白色巧克力；四月十四日是“黑色情人节”，情侣们要吃黑色炸酱面。如此这般，说穿了，不过是商家们看到利之所在，飞噏大咬（粤语，指过分占便宜），想方设法掏空情侣的腰包而已。但每月都要过变着花样的“节”，也很烦人，《左传》云：“一之谓甚，其可再乎！”所以，自从这劳什子传入神州以来，城市里趋时髦的情侣们，也和大多数地方一样，只接受每年公历二月十四日，作为他们的节日。

有人说，所谓情人节，我国自古有之，无须选择二月十四日。有些学者，认为每年的农历七月七日，就是中国传统的情人节。

到秋天的晚上，澄空一碧，在横亘天心的银河两边，各有茕茕孑立的三等星，人们称它们一为牵牛星，一为织女星。男耕女织，这命名，恰好是农业社业形态的倒影。到了汉代，人们便传说，天上的织女星，原是玉皇大帝的第七个女儿，她竟降尊纡贵，嫁给了牵牛的牛郎。“生米煮成熟饭”，玉皇大怒，硬是把这对小夫妻分隔在两边，只命每年的农历七月七日，以乌鹊排队搭成桥，才让他们渡过银河相见。你看，与其说这天是“情人节”，不如说它是“怨偶节”更准确一些。到了宋代，诗人秦观同情这对可怜虫，写下了有名的《鹊桥仙》一词：

纤云弄巧，飞星传恨，银汉迢迢暗度。金风玉露一相逢，便胜却人间无数。

柔情似水，佳期如梦，忍顾鹊桥归路。两情若是久长时，又岂在朝朝暮暮。

可见，秦观把牛郎织女视为有情有义，而又被迫分隔的夫妻。若把他们看作还未成家的情人，实在是不伦不类。

到近代，妇女们在七月七日拜七姐，祈求织女传给她们灵巧的手艺，于是七月七日又称“乞巧节”。到晚上，家家户户，妇女们在桌上摆满能够表现自己手艺的小玩意，争妍斗丽，任人参观。“七月七日”涵义的嬗变，说穿了，是封建时代妇女把这天作为表达愿望和展示才能的日子。这一来，说它近似“妇女节”，也无不可，但与“情人”毫不相干。

如果硬说我国有类似情人节的传统，不如说农历的正月十五元宵节，更合适一些。

在古代，春节过后的月圆之夜，每家每户，大街小巷，都会挂上花灯，争妍斗丽；大邑通衢，扎上鳌山，辉煌灿烂。还会大放烟花，照亮夜空。辛弃疾的词“东风夜放花千树，更吹落、星如雨”，写的就是宋代元宵节的街景。

这一夜，从来被深锁闺中的女孩子，可以“放风”了。她们可以打扮得花枝招展，到处游逛；可以闲倚户牖，弄姿搔首；可以左顾右盼，寻找合眼的梦中情人。至于那些秀才书生，纨绔子弟，乃至行商坐贾，或乘机寻花问柳，或到处饱餐秀色，或乘机攀墙钻穴，或为双方目成后的密约偷期创造条件。所谓“众里寻他千百度，蓦然回首，那人却在灯火阑珊处”，写的就是那么一回事。不过，人们过元宵，吃汤圆，放花灯，这些民俗活动，主要还是为了迎接每年第一个月圆之夜。在一元复始、大地回春之际，城乡市镇，搞个流动式的烛光晚会，大家祈求多福。至于为红男绿女提供谈情说爱的机会，则只是副产物。所以，把元宵节说成是中国传统的情人节，也还似有些勉强。

不同的国家、地区，自然有不同的文化传统。在今天，中外交往频繁，利益冲突和合作机会并存，特别在文化以及在意识形态方面，各种思潮，扰扰攘攘，或激烈冲突，或渗透融合。因此，对待外来文化，必须区分精华与糟粕。对外来的精神垃圾以及不符合我国国情的文化，应该坚决抵制。而对优秀的外来文化，则应该提倡借鉴吸收，把它融入我国的文化中，让我们的精神财富更丰满，这对提高民族文化自信心，也有积极的意义。至于有些外来文化，显示出世界文化的多姿多彩，它对我们未必有益，却又无害，也不妨让它存在。若经过改造或过滤，同样可以为我所用，这也未必需要顾及它是不是我国固有传统的问题。

依我看，我国除民族地区外，过去广大的汉族人士，并无情人节传统。试想想，封建时代婚姻要遵父母之命，媒妁之言，青年男女，大多数只能盲婚。能先当情人，一天到晚唧唧哝哝如张生、莺莺者，只属凤毛麟角。哪有可能让少男少女，集中过一天什么情人节？

改革开放以后，情人节这种洋节日传了进来，不少思想比较开放的青年便接受过来。至于情人节的起源，即使与基督徒有关，但我们的青年人，哪里管得这些？无非趁个节点，图个热闹，趁个机会搂一搂，送束花，表示对爱情的珍重。我从未见到男士们送花时，在胸口用手画个“十”字，也未听到女士们接花时喊声“感谢天主”。实际上，在我们这里，过情人节只是儿童“过家家”的升级版。

至于有些洋节日，我认为，传过来颇有益。例如母亲节，据知起源于古希腊。现代意义上法定母亲节的日期，为每年五月第二个星期天，则始于美国。我国人民从来重视孝道，“百行孝为先”，但没有约定俗成，确定在某一天，儿女们齐齐向母亲表示感恩。改革开放以来，这个洋节日传进来了，我们接受了。到这天，儿女们给母亲送上一束康乃馨，给母亲做顿好饭菜，一家团聚，其乐融融，大家衷心感谢母亲养育之恩，让母亲们感到幸福和自豪。这节日，把我国固有的“孝”传统和外来的优良文化结合起来，不是很好吗？在广州，到母亲节那天，酒家食肆，真有人满之患。当我看到儿女们搀扶着妈妈共进晚餐，心头也阵阵温暖。作为父亲，虽然在那天只能充当配角，但也沾光了，那酒那菜，少不了有我一份。尽管儿子先敬给妈妈一只鸡腿子，才夹给我一块鸡脖子，我也心甘情愿，没有半点醋意。

我国有许多传统的节日，像春节、元宵节、清明节、端午节、中秋节、重阳节等等，这些节日，色彩斑斓，群众喜闻乐见。弘扬我国的文化传统，让广大群众进一步增强家国情怀，让旅居海内外的游子，乡愁有所寄，江山如有待。因此，正确引导和做好传统节日的各色各样安排，其重要性自不待言。

至于如何对待外来文化，包括如何对待洋节日，实质上是如何正确理解“洋为中用”的问题。近世以来，随着国门逐步打开，各国文化交流也频繁，互相影响也越来越多，这真不是以人的意志为转移。以语言为例，我们一些词语，便来自外来语。像“经济”一词，在古汉语是“政治”的意思。传到日本，日语则理解为指金融财经。近百年，“经济”一词又从日本传回我国，我们便按日语对它的解释，原来把它解为“政治”的传统意义，反被湮没。显然，东俗西渐，西俗东渐，其实很正常。

当然，洋节日往往来自洋风俗与洋传说。凡是出自古代的风俗、传说，总会和宗教或迷信沾上些边，这是由古代的生产力低下和生产关系决定了的。像西方情人节的起源，在歌颂爱情的同时，不就和基督徒扯上边吗？问题是，随着时代的发展，节日的宗教色彩愈来愈淡薄，乃至被改变，被遗忘，剩下的只具形式外壳。当情人节传进香港，再传进内地，内地青年只欣赏这节日具有的浓厚浪漫情调，它可以把系在彼此心中的彩带，绑得更紧密一些；商家则趁机发其洋财，如此而已！所以，当年我这老头在情人节时，大惊小怪，出了洋相，只好承认自己属井底之蛙。

其实，我国许多传统节日，也大多数与封建迷信沾上了边。就以春节来说，我们不是把它称为“过年”吗？何谓“年”，原来，老祖宗们认为“年”是一种狰狞可怕的神秘鬼怪，它在春节时，就要跑出来作祟，侵犯人畜。它会发出“嗹！嗹！”的怪声。当时人们敲锣打鼓，放鞭炮，大声吆喝，把这鬼怪赶跑了，就叫作“过年”。依我看，我国远古有“驱傩”的风俗，“傩”就是鬼怪，“傩”与“嗹”“年”，都是一音之转。总之，传统的过年，是带有迷信色彩的。随着时代的发展，到后来，“过年”的迷信色彩越来越淡薄。许多人根本不知道，也不必知道这"年"的来历。如果有人因为过年的来源涉及迷信，不让过年，那么，不知会有什么后果。在"四人帮"管治的时代，也真曾把过年说成是"四旧"，说要破除。到底也还是破不成，那几年，广州的花市照开，只是花市多挂几条歌颂性的革命标语而已。

至于有人说，要按我国的传统把情人节定在每年的农历七月七日，表示歌颂牛郎织女的爱情；果真如此，则更麻烦了，因为这传说与道教有关，牛郎织女、玉皇大帝，也全是道教制造的人物。这和西方情人节的起源，实质如出一辙。

接受外来文化，需要正确的引导。其实，不同的民族，各有不同的特性和传统，有些方面，甚至抵触。像西方有万圣节，那天晚上，人们把自己打扮成厉鬼，戴上双目流血的骷髅面具，满街上群魔乱舞。这种洋节，不合我们的国情民情，虽然在香港，每年也有些人和洋人一起凑趣，在兰桂坊里装神弄鬼，但它不可能为内地群众所接受。至于流行于西班牙的"西红柿节"，人们把西红柿扔来扔去，大打街仗，那烂糜糜的茄酱，把道路广场弄成红通通的"红海洋"，这种暴殄天物的做法，神州老百姓肯定不会效法。

想不到从上个月年轻人刚过去的情人节，忽想起当年我自己在认识什么是情人节时，那种不尴不尬的情状，于是胡扯一气，竟还涉及"洋为中用"的话题。话说多了，这里暂且打住吧。

可怜的杨贵妃

——文化思想发展的一条轨迹

荔枝红了，又上市了。那晶莹雪白的果肉，未放到嘴里，便让你馋涎欲滴。

在广东，荔枝有许多品种，有“桂味”，有“糯米糍”，有“槐枝”，有非常名贵用作贡品的“挂绿”。而最先上市的，是“妃子笑”。

这“妃子笑”，名称很独特，据说唐朝的杨贵妃爱吃荔枝，人们一见到最早熟的荔枝，也不管是什么品种，先摘了下来飞马送到长安。那杨贵妃一见，笑逐颜开，人们便把这早熟的品种，称之为“妃子笑”。其实，如果唐代已发明了飞机，那么，即使杨贵妃吃不到广东出产的名品“挂绿”，就光吃到核小肉甜、汁鲜如蜜的“糯米糍”，或者吃到甜而带香的“桂味”，那么，她吃到用驿马送来的“妃子笑”时，是会笑不起来的。因为“挂绿”等品种，与“妃子笑”不可同日而语。那“妃子笑”，表皮艳红，肉质也白，看上去也很美，吃一口也觉甜，但仔细品味，甜中带点酸，肉薄而核大。虽然不好说它中看不中吃，但和其他的荔枝品种相比，毕竟属次品。吃惯了荔枝的老广们，对它一般是瞧不上眼的。

到底杨贵妃吃的荔枝，是否真由岭南进贡，我也有些怀疑。因为四川的涪陵也出产荔枝。四川和唐代首都长安的距离，比广东近得多，太监们舍近而图远，怎能让贵妃娘娘满意？所以，杨贵妃吃到的荔枝，更可能是涪陵的产品。

不过，岭南人天生就有做生意的头脑，管他贵妃娘娘是否真吃到粤货，抢先认定她吃的，就是岭南最早上市的这一种。那时，还未有人懂得什么专利权和广告费，连出身于广东的太监高力士，也不懂向广东方面收取中介费和好处费。否则，娘娘和太监们的收入，肯定大大超过了在电视里兜售假药的“大咖”。

吃了荔枝，其实可能已经成为“荔枝干”的杨贵妃，当然会笑，但她吃滑了嘴，昏愦的唐玄宗，以及高力士等一班人便年年岁岁，劳民扰民。他们不惜让当时的“快递小哥”，急于星火，以致践踏农田，骚扰百姓，贪污腐败，劳民伤财。不是说“一骑红尘妃子笑”吗？其后果是，“渔阳鼙鼓动地来”，招致了“安史之乱”。从此，曾经GDP（国民生产总值）高居世界第一的唐皇朝，便一蹶不振，走了下坡路。

过去有“沉鱼、落雁、闭月、羞花”之说，这四位大美人，即西施、王昭君、貂蝉、杨贵妃。她们各有各的活法，命运也各有不同。杨贵妃爬得最高，也摔得最惨。

先说西施，她被越国大夫范蠡看中，派她到吴国去当“卧底”，迷倒了吴王夫差，越王勾践便乘虚复仇，灭了吴国。范蠡这招，高明得很，而且肥水不流别人田，他立马带走了西施，让她跟着自己改行搞经济，“游五湖”，西施成了老板娘。在四大美人中，她可算是最幸运的。

按正史所载，王昭君被汉元帝当成礼品，送给匈奴的呼韩邪单于当小老婆，还给单于生了个小杂种。呼韩邪死后，昭君本来想归汉，但汉朝命她“从胡俗”，她只好留在匈奴。

真搞笑，呼韩邪和其大老婆生下的长子复株累，不仅继承父业，而且把小妈妈也继承为妻。昭君和他同衾共枕，也给他生了两个女儿。至于野史，包括元杂剧《汉宫秋》，说王昭君忠于汉朝，过了边境，投江自杀云云，其实是没有的事。当然，你若说她很幸福吗？怕也不是。所以，王安石也说："明妃初出汉宫时，泪湿春风鬓脚垂。"只是在匈奴住惯了，羊肉也吃滑了嘴。况且"汉恩自浅胡恩深，人生乐在相知心"（《明妃曲》），既然单于父子都恋上了她，那就嫁鸡随鸡，嫁狗随狗，嫁着狐狸随山走吧！总之，美得"沉鱼"的西施，美得"落雁"的昭君，生涯虽然曲折，却都得到善终。

那貂蝉，只是小说中的人物，传说关羽担心她的美色会迷倒刘备，横下心来，把她杀了。不过，史籍对貂蝉此人没有记载，大可以忽而不论。即使有其事，横竖是个死，大刀砍来，一声咔嚓，也死得痛快。

最可怜的，则是杨贵妃了。人们不是有"马践杨妃"的传闻吗？据说她死后，尸首被千军万马踩踏，可见人们对她怨恨之深，还落得千秋万世被人议论。不过，从历代人们对她的议论中，可以看出不同时代思潮的发展变化。这现象，也有助于我们研究文化思想发展史。

杨贵妃名杨玉环，又称太真。据学者考证，她原名不叫"玉环"，而叫"玉奴"。人们不是有"燕瘦环肥"之说吗？看来，她的身材属健美型。而唐人的审美观，虽不至于像汤加人那样，养得越肥，越被视为美，但唐代女孩肯定不会干减肥的傻事。试看今天出土的唐俑，女性脸庞多是两腮胀鼓鼓的。露胸袒背者，间亦有之，这便可见一斑。不过，健美的杨玉环能歌善舞，据称有名的"霓裳羽衣舞"，是由她创作的。当她跳起舞来，可以在"翠盘"上滑来滑去。可见，她起码称得上是个二流演员。

大家知道，从古以来，不管是主动还是被动，演员们总是会把名字改来改去的。“玉奴”的名字，当然不及“玉环”娇贵，于是传来传去，历代人只管叫她那较为好听的名字。

当初，杨玉环也混得不太好，她早年父母双亡，由叔叔杨玄璬抚养成长。那杨玄璬是个七品芝麻官，却又颇工心计，他看到杨玉环长得漂亮，长得丰腴，便送她去当宫女。

不久，杨玉环便当上寿王妃了。这寿王，是唐玄宗一辈子生的三十七名儿子中的第十八子，名叫李瑁。谁知“汉皇重色思倾国”，老皇帝看到了儿媳的花容月貌，魂牵梦萦，一心要抢过来自己享用。可是，又觉得多少有碍观瞻，便让杨玉环先行出家，当一回道姑，取名为“太真”。有趣得很，太真，太过于真，真得过了头，不正说明她出家是假的吗？假作真时真亦假，假做道姑的杨太真，便成为杨玉环的第三个名字。

过了一段时间，老皇帝熬不住了，便让这假道姑重新入宫，一把揽在怀里，三下五除二，册封为贵妃。可笑得很，这回，老皇帝也懒得用明修栈道暗度陈仓之类的战法，明目张胆干起爬灰的勾当，“从此君王不早朝”，“三千宠爱在一身”了。

至于杨玉环的丈夫寿王，眼睁睁看着父亲大人乱伦，也只好哑巴吃黄连，有苦说不出。李商隐有诗云：“龙池赐酒敞云屏，羯鼓声高众乐停；夜半宴归宫漏永，薛王沉醉寿王醒。”说的就是李瑁心里，实在不是滋味。他眼巴巴看着父亲大人啃着原本属于自己的老婆，不气得半死才怪！所以，别人沉醉，他哪有心思喝酒，他能不清醒吗?!

杨玉环当上贵妃，在政治上有没有插手朝政，像历史上许多后妃那样拉帮结派，弄得朝廷上有帝党、后党、太子党之类？这一点，史书上记载不多，但不可能完全没有。其实，在这方面，她也不必多费心思，只须一心一意缠住唐玄宗，杨氏家族不就可以在经济上放开手脚，飞噙大咬，在政治上招降纳叛，横行无忌了吗？

如果杨玉环给唐玄宗生了一男半女，情况便会大不一样了，她或者会为了接班人问题，走到前台，拼命干预朝政了。可是，她的肚皮并不争气，即使和别的人有些不干不净，也没法珠胎暗结。你若说她不想替李隆基生个把儿子吗？当然不！白居易不是说，他俩有过“七月七日长生殿，夜半无人私语时”的秘密吗？《长生殿》的剧本，不也是说他们到长生殿里秀恩爱，对天“密誓”吗？但是，李隆基和她已经成为“糖黏豆”，谁也离不开谁，何必还求牛郎织女的保佑？鲁迅先生说得好，杨李二人亲密到如此程度，还要对天发誓，这只能说明杨贵妃对唐明皇有些担心了。说白了，“密誓”不过是“固宠”，它反而说明杨李之间有了裂痕了。这说法，也是有其道理的。

不过，我想，在七夕，杨玉环和唐玄宗跑到长生殿里唠唠叨叨，其目的恐怕还在于求子。

按照古代的风俗，七月七日，称为七夕。传说天上的玉帝，得知他的女儿织女私嫁牛郎，勃然大怒，作为惩罚，硬把他俩分隔在银河两边，只能在每年的七月七日，才让乌鹊架桥，让这对小夫妻渡过银河相见。《古诗十九首》中有一首佚名的作品，写的就是这回事：

迢迢牵牛星，皎皎河汉女。
纤纤擢素手，札札弄机杼。
终日不成章，泣涕零如雨。
河汉清且浅，相去复几许。
盈盈一水间，脉脉不得语。

这传说，实际上是在门阀体制下，在男耕女织的社会中，人民表达对不合理的婚姻制度的反感。

不过，到唐代，社会婚姻状况有了变化。人们过七夕的涵义也有了变化。七夕被称为乞巧节了。那织女不是会“札札弄机杼”吗？于是，妇女们便祈求这位女神，教给她们巧妙的神仙般的手艺。

在唐代，乞巧还兼有求子的意思。唐代薛能在《吴姬十首》中说：“芙蓉殿上中元日，水拍银台弄化生。”所谓“化生”，就是在盘子上放一个蜡制的小孩。陈继儒在《群碎录》中指出：“七夕，俗以蜡作婴儿形，浮水中以为戏，为妇人宜子之祥，谓之化生”。清代的福申，也在《俚俗集》中有所补充，说是“唐宫中，以蜡制小儿，浮银盘水而弄之，以为求子之兆，名弄化生”。因此，唐代人在七夕时，还要在盒子里养着蜘蛛。蜘蛛又称“蟢子”，蟢子者，喜子也！很明显，人们恭恭敬敬地向织女叩头，已经不是只向她学习手艺那么简单。

由此可见，当年杨玉环拉着李隆基，到长生殿里乞巧，怕也更多是为了祈求上天给予她一男半女吧！可惜，牛郎和织女没有买账，这是杨玉环的不幸。而由此，似乎她只一心一意地求孕，于是，典籍中也没有过多描述她插手朝政的记载。何况，在历史上，强势的帝王多是乾纲独揽。唐玄宗何许人也！在早期，他是以“英主”自命的。他连张九龄等大臣的意见也听不进去，未必会让内宠杨贵妃走上前台，让她在政治上指手画脚。这一来，也是杨玉环不幸中之大幸！否则，她会被视为与慈禧太后同是一丘之貉。

杨贵妃被人诟骂，原因之一是她“污乱春宫”。最大的绯闻是她和安禄山有些不三不四的勾当，像认安禄山为干儿子，还公开赐给他“洗儿钱”之类。不过，这出格的做法，似乎唐玄宗并没有多大意见。据史料记载，李隆基对杨贵妃最为生气，并且曾把她驱出宫闱的，只有两回事。一是讨厌她

“妒”，亦即竟敢干扰唐玄宗爱上别的女人；一是因为她“窃宁王玉笛吹”。关于后者，倒有点奇怪，宁王是唐玄宗的哥哥，按理，杨贵妃喜欢音乐，偷偷拿了宁王的玉笛，吹吹玩玩，有什么了不起？为什么竟让唐玄宗大动肝火？显然，其中必大有奥妙，只是历代的人没有留意这蛮有意味的细节。

其实，封建朝代哪个宫闱没有淫乱的问题？不错，平民百姓若乱搞男女关系，关系到贞节问题，是罪不容诛的。但对皇帝来说，则从来没有约束力。在南朝，宋明帝的姐姐山阴公主，就愤愤不平地对其皇帝弟弟说：“妾与陛下虽男女有殊，俱托体先帝。陛下后宫数百，妾惟驸马一人。事不均平，一何至此？”（《南史卷二•宋本纪》）明帝一听，无法反驳，只好“为（公主）面首左右三十人”。面首者，做“鸭”也。

山阴公主敢于公开为男女的不平等叫板，实在很不简单。至于历代王朝，内庭里男女的关系，搞得一塌糊涂，那是公开的秘密。君不见，明代后宫的宫女和太监，便会结成固定的“对食”关系。对食者，接吻也，他们以此来解决性的需求。何况，在唐代，男女关系比较开放宽松。据崔令钦《教坊记》云：“坊中诸女，以气类相投，约为香火兄弟，……儿郎既聘一女，其香火兄弟多相奔，云学‘突厥法’。”这就是说，一旦结为“香火兄弟”，性对象是可以互相交换的。唐代李肇在《国史补》中说，唐玄宗诏令安禄山和杨氏三夫人约为兄弟。所以，即使杨贵妃在性行为方面有什么不轨之处，在当时，也算不了什么大事。只是后人从道学观念出发，有意在道德方面抹黑杨贵妃，臭骂杨贵妃，以此让唐玄宗的罪行有所减轻，有所开脱。

在马嵬坡下，“花钿委地无人收”，杨贵妃死了，死于一场政变。

当年，安禄山起兵叛唐，势如破竹，把镇守潼关的哥舒翰打得屁滚尿流，兵锋直指长安。唐玄宗急了，赶紧逃命。他一边跑，一边想卸担子，把兵权移交给太子李亨，让他抵挡安禄山。但是，他又舍不得立刻交出皇帝的宝座，一直在犹豫不定，还设法牵制李亨的权力。关于这一段的情况，王夫之在《读通鉴论》中有精彩的评述：

> 玄宗闻东京之陷，既欲使太子监国矣；其发马嵬，且宣传位之旨矣。乃未几而以太子充元帅，诸上分总天下节制，以分太子之权。忽予忽夺，疑天下而召纷争，所谓一言而可以丧邦者，在此矣！……玄宗之犹豫不决，吝以天下授太子，而不尽皆杨氏衔士之罪也。其父子之闲，离忌而足以召乱久矣。

关于父亲大人迟迟不肯交权的做法，李亨当然懂得。当时，他驻军在灵武县，围在他身边的太子党，便想先下手为强，奔赴驻在马嵬的皇帝“御营”，先干掉杨国忠，粉碎杨氏利益集团，从而孤立唐玄宗，逼着他交出政权。这一点，《资治通鉴》是有所记载的：“陈玄礼以祸由杨国忠，欲诛之，因东宫宦者李辅国，以告太子，太子未决。”可见，李亨其实知道了陈玄礼要动手搞政变的。所谓“未决”，等于默许。否则，他必然立刻阻止。而陈玄礼也看透了李亨的心思，立刻行动，这就有了马嵬事变的一幕。

其实，后来许多人都知道马嵬之变是怎么一回事。在明末，敌军兵临城下，崇祯帝与大臣们手足无措，范景文等便建议请先让太子带兵以赴江南。那时，光时亨大呼：“奉太子往南，诸臣意欲何为，将欲与唐肃宗（即李亨）灵武故事乎！”此言一出，范景文等就不敢则声了（《明季北略》）。可见，人们都知道李隆基和李亨父子的矛盾，知道马嵬之变，乃是儿子要夺取政权的行为。

总之，在刺刀见红的时刻，无论杨贵妃有没有罪愆，大罪还是小罪，都得死！

在陈玄礼逼宫的情势下，唐玄宗只能弃车保帅。他再爱美丽的杨贵妃，也爱不过自己那条老命。于是，可怜的女人，便不得不成为唐代利益集团斗争中的牺牲品。

你说杨贵妃愿意死吗？当然不。白居易很聪明，在《长恨歌》里，只说了句“君王掩面救不得”。至于杨贵妃自己的态度如何，则避而不谈。元代杂剧《梧桐雨》就不客气了，作者白朴直写杨贵妃不仅不愿意替唐玄宗背黑锅，而且颇不满皇帝老爷子让她去死。当唐玄宗惺惺作态，表示不得不执行陈玄礼的命令时，白朴让杨贵妃对唐玄宗说：“陛下好下得呀！”所谓“好下得”，亦即好狠心的意思！可见，在白朴看来，杨贵妃根本不愿去当替死鬼。

杨贵妃该不该死？不是值得研究的问题。她享尽人间荣华富贵，恃宠骄横，最后一报还一报，摔得很惨，这在历史中也是常例。至于她怎样死法，是自缢，被缢，是“饮金屑”自尽，还是活活被马踩死，或是死后才被马踩，横竖是个死，实不必细究。

值得思考的，倒是在她死了以后，人们怎样评价她的问题。当然，在她来说，“死后是非谁管得”？人们怎样评价她，她管不着了。可是，从人们对她不同的评价中，我们倒可以看到我国古代文化思潮的起伏变化。换言之，对杨贵妃的评价，成了研究文化思想史中有趣的环节。

一般说来，唐代和许多王朝一样，争夺接班人的斗争，是极其残酷的。可是，在舆论方面，倒是相对开放的。别的王朝，例如在大清，你只须看看它搞了多少次文字狱，焚毁了多少书籍，便知道是多么的严酷了。特别是如果你在诗文中敢说皇帝半个“不”字，不想脑袋搬家，也难。但在唐朝，便不同了，唐玄宗和杨贵妃死后，人们可以公开议论。陈寅恪先生在《元白诗笺证稿》中，指出唐诗无讳避条，还说“唐人竟以太真遗事为一通常练习诗文之题目”。这明智之举，也可能是历经丧乱的唐王朝，还能活下去，并且能坚持了一百五十年之久的原因之一。

杨贵妃一死，第一个跑出来表态的人，是“诗史”杜甫。他老夫子在《北征》一诗中写道：“不闻夏殷衰，中自诛褒妲。”《北征》，是杜甫在安史之乱爆发后，写自己逃难过程中见到种种悲惨情况的名篇。在诗中，他把杨贵妃比喻为褒姒和妲己，显然认为她和褒、妲一样，是祸国殃民的狐狸精，是让人民流离失所的罪魁祸首。显然，维护皇帝尊严的儒家思想，左右着杜甫对杨玉环的评价。

过了五十年左右，人们对安史之乱多有反思。元和年间，白居易和他的朋友王质夫、陈鸿，一起到游仙寺游玩，还谈论到杨、李的种种传闻，相与感叹。王质夫便怂恿“深于情，多于诗”的白居易，写下这一段动人的故事，于是便有了流传千古的《长恨歌》。诗成后，白居易也让陈鸿写了《长恨传》，让他以散文的形式，进一步说明创作这首长诗的题旨。

关于《长恨歌》，大家都很熟识，当然，它对杨玉环也有所批评；陈鸿在《长恨传》中，还说了几句冠冕堂皇的话，表明他们创作的动机，是“欲惩尤物，窒乱阶，垂于将来者也”，但全文的情绪，更多是出于对杨贵妃的怜悯。《长恨歌》最后不是有“在天愿作比翼鸟，在地愿为连理枝”两句吗？老实说，白居易、陈鸿这几位老朋友，相与陶醉在杨、李爱情的传闻之中。至于对他们的批判，其矛头也更多是指向李隆基。显然，在安史之乱时隔半个世纪后，痛定思痛，评价杨贵妃的天平，也逐渐向有利于她的方面倾斜。

粤剧《七月七日长生殿》剧照

我并不否认，从唐代到宋、明，坊间出现了许多描述杨玉环生活混乱的传闻，现仍印行作为文献资料的《开元天宝遗事十种》，不就有着许多有关杨贵妃的八卦吗？那时候，居民们茶余饭后，信口开河编些故事瞎说，这种情况，既不足信，也不足奇。

值得注意的是，不少晚唐诗人公开为被背黑锅的女性说话了，替杨贵妃抱不平，最明显的是李商隐，他在《马嵬》一诗中，便指责唐玄宗：

海外徒闻更九州，他生未卜此生休。
空闻虎旅传宵柝，无复鸡人报晓筹。
此日六军同驻马，当时七夕笑牵牛。
如何四纪为天子，不及卢家有莫愁。

这首诗明写得够大胆了，李商隐直接质问唐玄宗：你做了四十多年皇帝，竟来一个“弃兵保帅”，忘记了曾对着牛郎织女发过什么誓，这算是什么东西！可见，李商隐不仅同情杨贵妃，而且把矛头直指口含天宪的皇帝老子。

其实，敢于讽刺那些把罪名全推给女人的做法，李商隐也不只这一次。在《北齐二首》之一中，他便用嘲弄的口吻写道：“一笑相倾国便亡，何劳荆棘始堪伤；小怜玉体横陈夜，已报周师入晋阳。”请看，帝王一味地花天酒地，被玩弄的女性，只陪着吃唱玩乐就是了，你能把亡国的账，算在她们的头上吗？

到了残唐五代，后蜀被宋所灭。孟昶的贵妃花蕊夫人，就不肯当祸水了，她竟写下了流传甚广的诗句：“君王城上竖降旗，妾在深宫那得知；十四万人齐解甲，更无一个是男儿。”如果杨贵妃像花蕊夫人那样，有写几句诗的本事，她也未必不会说出这样的话来，未必不会责问杜甫老夫子，怎么能把安史之乱的罪魁祸首，就认为是她？

总之，到了晚唐，人们对“祸水”们的态度发生了很大的变化。那些被误解被侮辱的妇女，开始有人为她们说公道话了。其实，在中唐时期，白居易尽管写了《长恨歌》，批判唐玄宗的“重色”，但是，他在《新乐府·李夫人》一诗中，写了汉武帝怀念李夫人、周穆王怀念盛姬、唐玄宗怀念杨贵妃以后，竟然抛出了下面的结句：“生亦惑，死亦惑，尤物惑人忘不得。人非木石皆有情，不如不遇倾城色。”这等于说，爱美是人的本能，人非草木，“食、色，性也”，也难怪男性统治者不顾一切地去爱。在这里，白居易的想法，已接近人性的范围。谁想到，深受儒家思想影响的白老先生，也会说出这样出格的话？可见，尽管在封建社会，在封建礼教这块压在人民心头的磐石之下，注重人性，作为民主思想的一部分，还是能在石缝里，顽强地挣扎出枝枝杈杈。

涉黄的“段子”，从来是人们或是公开或是私下里很感兴趣的话题。平头百姓，固然无所顾忌，而道学先生，高端人士，何尝不会窃窃私语。所以，从唐以来，有关杨贵妃的宫中秽事，一直为人们津津乐道。在明末，连编写给青少年学习的启蒙读物《幼学琼林》，还出现“新剥鸡头肉，明皇爱贵妃之乳”“贵妃之乳服诃子，为禄山之爪所伤”之类的句子，也就可见一斑。于是，历史上可怜的杨贵妃，曾成为乱搞男女关系的代词。

到清初，有人为杨贵妃平反了。经过晚明异端思想的涌动，经过明末顾炎武、王夫之和黄宗羲等掀起的进步思潮的洗礼，在清初文坛上，特别在舞台上，人们对杨贵妃的评价大变。

康熙十年（公元一六七一年），孙郁（一说是李玉）写传奇《天宝曲史》，就以杨、李故事为题材。剧作者比较严厉地批判了李隆基生活的奢侈腐败，也写到杨贵妃和梅妃争宠，甚至写到她三姊妹联合和皇帝厮缠，但一点没有涉及传闻中杨贵妃的秽事。她是宠妃、妒妇，却不是淫娃荡妇。

到康熙二十七年，洪昇写成了《长生殿》。他在《例言》中表明：“余撰此剧”，“若一涉秽迹，恐妨风教，绝不阑入”。所以，洪昇在戏中把导致唐朝衰败的罪魁祸首，明明指是唐玄宗。这老头子出场便唱：“端冕中天，垂衣南面，山河一统皇唐。”以为朝廷有多了不起，“真个太平致治”，于是认为“行乐何妨！愿此生终老温柔”了。结果，文恬武嬉，安禄山一反，他便屁滚尿流，还差点赔了老命，从此唐朝一蹶不振。

当然，洪昇也写到杨玉环做过错事。首先错在“天生丽质难自弃”，弄得皇帝不理朝政，七颠八倒，此其一。当然，她最重要的错，是在于她作为杨国忠的妹妹，让杨氏一家能拉帮结派，一味给皇帝大灌迷汤。结果，让唐玄宗的政权大厦，轰然倒塌。这一点，洪昇也对杨贵妃有所批判，还让她做了痛彻心脾的检讨。

在《长生殿》里，戏剧的主要矛盾，环绕着杨、李的关系展开。而他们矛盾的焦点，无非是杨贵妃专宠善妒，动不动呷醋，连她的妹妹虢国夫人和唐玄宗有一腿，她也大吵大闹；唐玄宗想起了曾宠幸过的梅妃，私下里和她相见，杨玉环发现了，又闯过去“捉奸”，弄得唐玄宗灰头土脸，只好向她赔不是。

洪昇在《长生殿》中所写的杨贵妃，是真心实意爱着唐玄宗的，她只容许皇帝爱她一个人。封建时代，婚姻规定一夫多妻制，何况皇帝具有三宫六院的特权。所以，如果女性不容许丈夫去睡另一个女性，这就被称为“妒”。妒，就犯了“七出”之条，是可以被丈夫扫地出门的。但是，洪昇认为杨贵妃“情深妒亦真”，认为她排他性的行为，乃是专一地爱着唐玄宗的表现。为此，洪昇只力图描绘她的娇惯、放肆，却不涉恶毒。

杨贵妃的妒，实质是要求对方爱情专一，这当然是合理的。从人类婚姻关系发展的轨迹看，夫妇爱情专一，是社会发展到男女平等阶段的要求。但是，且不说在封建社会，这要求根本不可能，即使在实行一夫一妻的时代，也不容易做到。别看有些人道貌岸然，俨然道德的化身，对别人乱搞男女关系严厉得很，其实，他自己却偷鸡摸狗。《长生殿》写杨贵妃则不顾一切，硬是要把唐玄宗捏在手中。虽然唐玄宗确也最爱她，而他所处的特殊地位和封建制度，却让他越爱她，越宠她，便越糟糕，乃至于“占了情场，误了朝纲”。总之，杨、李的关系反反复复，杨贵妃终于逐步掌握住开启唐玄宗心房的钥匙，而到头来，这钥匙，又给她打开了通向死亡的墓门。

洪昇写杨贵妃也有错，但在整部戏中，完全抛开历史传闻中有关她的秽事，写她全心全意只爱一个男子；还写到她为了唐玄宗的安全，主动请死；死后又后悔罪愆，连神仙也原谅了她。总之，她的所作所为，只是为了一个“情”字。“今古情场，问谁个真心到底？但果有精诚不散，终成连理”。因此，洪昇的朋友认为《长生殿》是“闹热的《牡丹亭》”，把杨贵妃和杜丽娘对爱情和人性的追求等同起来。随着《长生殿》饮誉剧坛，成为我国戏曲史上最卓越的名著之一，杨贵妃的形象，在大多数观众的心目中，也逐步走向正面。人们开始同情她，怜悯她，认可她。特别是后来梅兰芳先生常演出《贵妃醉酒》，以精湛的演技，刻画出这宠妃在宫中的苦闷，更让观众了解她灵魂深处的酸楚。至于历史上有关她污秽的传说，在现代观众的心中，也逐步被抹去了。

安史之乱，在封建的体制下，唐玄宗最应受到鞭挞，最应负让历史开倒车的全责。倒是长期以来，可怜的杨贵妃，替他背上罪恶的十字架，这实在很不公平。鲁迅说：“关于杨妃，禄山之乱以后的文人就都撒着大谎，玄宗逍遥事外，倒说是许多坏事都由她，敢说‘不闻夏殷衰，中自诛褒妲’的有几个？就是妲己，褒姒，也还不是一样的事？女人的替自己和男人伏罪，真是太长远了。”（《女人未必多说谎》）但是，适当地为犯过错误而又非首恶者，实事求是地正名，解开让她背负得过重的十字架，又谈何容易！君不见，从唐代到出现《长生殿》的清初，杨贵妃不是替唐玄宗背了近千年的黑锅吗？

历史车轮，滚滚向前。到清朝乾隆时代，既懂为官作宦又懂营商嗜利、深受市民思想影响的诗人袁枚，在诗歌理论上，主张“性灵说”，亦即强调创作要表现人的感情和个性。这位被洪亮吉称为“通天老狐”的怪杰，对杨贵妃和唐玄宗的评价，更突破封建专制时代文化思想的主流，简直能振聋发聩。

袁枚写过两首咏马嵬的诗，其一是：

莫唱当年《长恨歌》，人间亦自有银河；
石壕村里夫妻别，泪比长生殿上多。

和前面所有吟咏评价杨、李关系的诗歌、剧本相比，袁枚这首诗所表现的文化思想，显然又跨进一大步。在他看来，杨贵妃这可怜虫的遭遇，固然值得同情，但老百姓因安史之乱导致的苦难，不知比她严重多少倍。袁枚从马嵬之变，想到杜甫在《石壕吏》中写到“老翁踰墙走，老妇出门看”，“一男附书至，二男新战死”以及老妇“急应河阳役”的悲惨遭遇，说明他的眼光，更多落在老百姓方面，说明他对杨贵妃悲剧命运的认识，有更深刻的思考，说明经历过明末异端思想的启蒙，到清中叶，传统的文化思想发展到更高阶段。

“妃子笑”，妃子笑？历来的妃嫔媵嫱，到头来，有多少能笑得起来呢？

当然，“好在历史是人民写的”，随着时代的车轮滚滚向前，人们也越来越加深对人性和民主思想的认识，到后来，杨贵妃的形象，在人们的心目中，也逐渐有所改变。据知，我们的东邻日本，对杨贵妃却是颇为敬重的，还认为她并没有死在马嵬坡，而是流亡到了日本，不久死在山口县。现在，山口县有杨贵妃墓。日本朋友还把她视为美丽的象征，女孩子们也常去拜祭。

不管杨贵妃死在哪里，她死了，那是千真万确的。至于白居易、洪昇等作家说她飞上仙山或月宫，不过是浪漫主义的想象。至于在我国文化史上，人们对她的评价出现矛盾，甚至诗人们在自己的内心中，也出现了矛盾，这说明，包含着民主思想的人性与反人性的斗争，一直贯串并左右着我国的政治史、思想史和文学史。弄清楚这条线索，大致上可以看到我国历史和文化发展的轨迹。

后记

在我国传统文化中，师友之情，是人际关系的重要一环，被列入“五伦”之一。我在岭南出生、成长，特别在中山大学求学、工作和生活，得到许多老师的培养，也受到许多同辈朋友的熏陶。他们又多是岭南籍或长期在岭南工作的学者。几十年过去，他们的音容笑貌，依然历历在目。

这本小书，大部分是我近年来发表过的追忆怀想师友的随笔，也有一些写自己在岭南生活的感受。所写的虽然只是吉光片羽，但也许对了解岭南学人的风貌性情，多少有些帮助。

书成后，蒙张诗洋博士赐序，并蒙罗韬先生赐字，林雅杰先生题写书名，王浩之先生赐印，在此一并致谢。

黄天骥

二〇二〇年十二月二十一日